깃
발

깃발

초판 1쇄 발행/2003년 5월 15일
초판 2쇄 발행/2003년 12월 20일

지은이/홍희담
펴낸이/고세현
편집/강일우 김정혜 문경미 김현숙
펴낸곳/(주)창비
등록/1986년 8월 5일 제85호
주소/경기도 파주시 교하읍 문발리 파주출판도시 42블록 5 우편번호 413-832
전화/031-955-3333
팩시밀리/영업 031-955-3399 · 편집 031-955-3400
홈페이지/www.changbi.com
전자우편/literat@changbi.com

ⓒ 홍희담 2003
ISBN 89-364-3672-4 03810

깃발

홍희담 소설집

창작과비평사

차 례

깃발

유리창이 덜커덩하는 소리에
순분은 눈을 떴다.
열어둔 창 틈으로 빗물이
흘러들어와 벽을 적시고 있었다.
문틈에 부딪친 빗물이
순분의 머리 위에 떨어졌다.
그 차가움에 순분은 아직도
남아 있는 잠기운을 떨쳐냈다.
빗줄기가 거세어졌다.
순분은 일어나 창문을 닫았다.
부엌에서 달그락거리는 소리가 들렸다.
장지문 너머로 동생들의 코 고는 소리도 들렸다.
어머니가 아침준비를 하고 있었다.
써레라이트로 얼기설기 막아놓은
틈새로 빗물이 새어들어와
구석을 적셨다.
두 사람이 들어서면 꽉 차는
조그마한 부엌이었다.
어머니가 말했다.
하늘도 노해졌지. 웬수놈들……
순분은 쭈그리고 앉아 파를 다듬었다.
한창 딸기철인데……
혼잣말처럼 어머니가 뇌까렸다.
이맘때면 인근 밭에서
딸기를 받아 팔아오던 어머니였다.
도시가 꽉꽉 막힌 지
벌써 3일째였다.
어머니는 혹 뚫린 곳이 있는지
아침마다 외곽지대를 서성거려보았다.
어제는 딸기밭이 보이는
야산까지 올라갔었다.
……아이구, 죽을 뻔했다야.
총을 멘 군인들이 새까맣게
늘어서 있드라.

깃발

1

유리창이 덜커덩하는 소리에 순분은 눈을 떴다. 열어둔 창 틈으로 빗물이 흘러들어와 벽을 적시고 있었다. 문틀에 부딪친 빗물이 순분의 머리 위에 떨어졌다. 그 차가움에 순분은 아직도 남아 있는 잠기운을 떨쳐냈다. 빗줄기가 거세어졌다. 순분은 일어나 창문을 닫았다. 부엌에서 달그락거리는 소리가 들렸다. 장지문 너머로 동생들의 코 고는 소리도 들렸다. 어머니가 아침준비를 하고 있었다. 썬라이트로 얼기설기 막아놓은 틈새로 빗물이 새어들어와 구석을 적셨다. 두 사람이 들어서면 꽉 차는 조그마한 부엌이었다. 어머니가 말했다.

"하늘도 노하셨겠지. 웬수놈들……"

순분은 쭈그리고 앉아 파를 다듬었다.

"한창 딸기철인데……"

혼잣말처럼 어머니가 뇌까렸다.

이맘때면 인근 밭에서 딸기를 받아 팔아오던 어머니였다. 도시가 꽉꽉 막힌 지 벌써 3일째였다. 어머니는 혹 뚫린 곳이 있는지 아침마다 외곽지대를 서성거려보았다. 어제는 딸기밭이 보이는 야산까지 올라갔었다.

"……아이구, 죽을 뻔했다야. 총을 멘 군인들이 새까맣게 늘어서 있드라. 걸음아 나 살려라 하고 내뺐는데 뒤에서 총을 쏘아대지 않겠니. 저승길이 오락가락하드라."

밥솥에서 구수한 냄새가 났다. 순분이 말했다.

"또 보리를 많이 넣었나보네."

"먹을 쌀도 얼마 안 남았어. 니 사장인가 하는 작자는 코빼기도 안 보이냐?"

"벌써 도망갔대나봐."

"난리 나면 있는 놈들이 먼저 도망간다니까……"

순분이가 다니는 방직회사는 그리 큰 편이 못 되었다. 큰 회사의 하청을 맡고 있었다. 50여명의 근로자들이 한달 꼬박 일해야 8만원도 안 되었다. 그 돈이 순분네 식구에겐 고정 수입원이었다. 어머니와 순분이 그리고 동생 둘이 먹는 곡식값이 반을 차지했고, 연탄과 전기세 수도세를 제하고 나면 남는 것이 없었다. 어머니가 노점상을 해서 버는 돈으로 간신히 동생들 공부를 시켰다. 순분네가 바라는 것은 조그만 구멍가게 하나 세를 얻어 어머니가 이리저리 쫓겨다니지 않았으면 하는 바람이었다.

"쟤들 깨워라. 학교 안 간다고 늦잠이나 퍼질러 자고…… 난리도 이런 난리가 없구먼."

하면서 어머니가 혀를 끌끌 찼다. 동생들을 깨워 아침밥을 먹고 순분
은 집을 나섰다.

비가 걷히어 아침이 반짝거렸다. 오월의 공기가 상쾌했다. 나무 잎
사귀들은 물을 머금어 싱싱했고 꽃들은 뺨 비비며 피어나고 있었다.
아직 이른 시간이라 시위 차량은 뜸했다. 앞서서 자전거를 타고 가던
남자가 힐끗 돌아다보았다. 속력을 늦추었다. 순분이가 다가가자 남
자가 말했다.

"도청 가시죠?"

순분은 대답을 않고 계속 걸어갔다. 남자가 천천히 페달을 밟으며
다시 말했다.

"꽤 먼 거리잖아요. 뒤에 타세요. 안전하게 모셔다 드릴게요."

순분은 주저하다가 자전거 뒤에 올라탔다. 손을 어찌할까, 하다가
속력을 내는 바람에 저도 모르게 남자 허리께를 붙잡았다. 시민들은
걸어서 혹은 자전거를 타고 도청으로 갔다. 도로는 깨끗했다. 남자가
말했다.

"말끔하죠?"

"네."

"어제 궐기대회가 끝나고, 남아서 청소를 했어요. 누가 하란 것도
아닌데 많이들 거들더군요."

도시 중심부로 가까이 갈수록 전쟁을 겪고 난 흔적이 역력했다. 깨
진 유리창이며 시커멓게 그을은 벽, 그리고 불타버린 공공건물들……

"저 봐요."

하면서 남자가 턱으로 밑을 가리켰다. 비에 젖어 선연히 드러난 핏자

국이었다. 핏자국을 피하느라고 자전거가 삐끗했다. 남자가 말했다.

"저렇게 시뻘겋게 살아 있는데…… 무기 반납하자는 놈들은 저런 것도 안 보이나보지요? 대개 학생놈들인데 정말 총으로 갈겨버리고 싶데요."

남자가 페달을 마구 밟았다.

"좀 천천히 달려요. 무서워요."

순분이가 소리치자 남자가 뒤를 돌아보며 씩 웃었다.

"무섭긴 뭐가 무서워요. 씽씽 달리는 자가용도 없겠다, 택시도 없겠다, 정말 자전거가 교통수단이 되니까 우리 같은 사람들 살맛이 나네요. 아가씨 같은 분도 태워줄 수 있고요."

평소엔 낯선 사람과 말도 못하는 주제에 어떻게 자전거까지 얻어탈 수 있나, 하고 순분은 자신의 대담성에 놀라워했다. 그러나 낯선 사람들이 아니었다. 도시 전체가 일치감을 느끼고 있었다. 모두가 하나였다. 모두가 보고 웃었다. 피어나는 기쁨에 손에 손을 잡았다.

남자는 무기를 어떻게 습득하게 되었으며, 그 전쟁에서(라고 남자는 표현했다) 자신은 어떤 역할을 했으며, 그 무기로 공수특전단을 어떻게 통쾌하게 물리쳤는가를 신이 나서 이야기했다.

"……아가씨는 잘 모르겠지만 공수특전단이라는 게 단순한 군인이 아니지요. 명령만 내리면 어디에나 어느 사람이나 쑥밭을 만들든가 살해하든가 무엇이든지 해치우는 살인마들이지요. 말하자면 특수부대죠. 전쟁이 났을 때 적의 심장부에 투입되어 효과적인 전투를 수행하는 임무를 맡고 있지요. 그들은 아군의 승패와 관련없이 적진 속에서 죽음을 불사하는 철의 인간들이지요. 이런 임무를 같은 동족에게 해치웠으니 말이나 됩니까? 아마 공수부대가 생겨난 이후로 세계적으로도 이런 일은 없을 겁니다."

순분은 몸을 떨었다. 그녀도 보아서 안다.

그날은 18일, 피의 일요일이었다. 순분이가 다니던 야학은 일요일
엔 예배를 보았다. 예배를 마치고 친구들과 어울려 중국집에서 점심
을 먹었다. 노닥거리다가 버스를 탔다. 네시쯤이나 되었을까, 버스가
공용터미널 부근에서 멈추어 섰다. 시위 군중들이 모여들어 빠져나갈
수가 없었다. 버스에 탔던 사람들이 내리는 바람에 순분이도 따라 내
렸다. 전경들이 쏘아대는 최루탄에 이미 부근은 매캐한 연기로 가득
찼다. 금남로와 소방서 쪽에서 군중들이 계속 몰려오고 있었다. 순분
은 군중들과 섞여 꼼짝할 수가 없었다. 갑자기 여기저기서 비명소리
가 터져나왔다. 쓰라린 눈을 가까스로 떴다. 어디서 나타났는지 얼룩
무늬 군복을 입은 군인들이 날뛰고 있었다(나중에 그들이 공수특전단
이라는 것을 알았다). 공수특전단들은 무조건 곤봉을 휘둘렀다. 머리
고 가슴이고 닥치는 대로 내질렀다. 그들과 맞닿아 있던 군중들이 순
식간에 피를 토하고 쓰러졌다. 손을 뻗치는 사람에게 가차없이 대검
으로 배를 쑤셨다. 누군가가 순분의 팔을 끌어당겼다. 그녀는 골목길
로 내달리다가 앞사람을 좇아 건물 속으로 숨어들었다. 서너 명이 숨
을 죽이고 숨어 있었다. 창밖으로 군용 트럭이 달려오는 것이 보였다.
트럭이 멈추어 서자 이미 포승으로 묶은 사람들을 차에다 던져올렸
다. 올라온 즉시 옷을 찢어대더니 등뒤를 개머리판으로 계속 난타했
다. 어떤 공수특전단원은 대검으로 청년의 등을 쑤시고는 다리를 잡
아 질질 끌어서 트럭 위에 던졌다. 노인 하나가 끌려가는 청년을 뒤따
르며 손을 저었다. 공수특전단은 한손에 청년의 발을 잡은 채로 대검

으로 노인을 내리쳤다. 노인은 피를 뒤집어쓰며 고꾸라졌다. 거리에는 일시에 살기가 맴돌았다. 시뻘건 칼날이 햇빛에 번들거렸다. 트럭 안은 던져진 시체들로 가득 들어찼다. 트럭이 움직였다. 그리고 어디론가 사라졌다.

비명과 흐느낌이 요란했다. 순분은 온몸이 얼어붙어 있었다. 숨어 있던 사람들이 움직이는 대로 그녀도 따라 건물에서 나왔다. 사람들이 길바닥에 주저앉아 통곡하고 있었다.

"악귀들이야, 악귀들."

"인간의 탈을 쓰고 어찌 저럴 수가 있단 말인가."

"같은 민족끼리 어찌 저럴 수가."

"이대로 죽을 수는 없어."

온 거리는 피의 강, 통곡의 바다였다.

순분은 어떻게 집에 왔는지 모른다. 머리는 산발이었다. 신은 벗겨져 있었고 발바닥에서 피가 흘렀다. 온몸에 신열이 났다. 헛소리를 하며 이불을 뒤집어쓰고 벌벌 떨었다. 헛것이 보였다. 커다란 곤봉이 내리쳐지는 바람에 소스라쳐 놀라곤 했다. 날이 선 대검이 춤을 추며 그녀의 배를 쑤셨다. 주위는 온통 피바다였다. 옷깃에는 핏덩이가 엉겨 있어 손톱으로 긁어냈다. 살과 뼈가 분해되어 공중으로 훨훨 날아다녔다. 짓밟혀 생생한 시체더미가 되어 땅 위에 굴러다녔다. 그녀는 손을 싹싹 빌었다. 젖가슴을 헤치고 죄가 없다고 가슴을 쥐어뜯었다.

"쥑일 놈들 쥑일 놈들……"

이따금 정신이 들 때면 어머니의 뇌까리는 소리가 들려왔다. 이틀을 그렇게 비몽사몽 헤맸다. 정신이 들면서 그녀가 느낀 것은 살아 있는 것이 몹시 무섭다는 거였다. 숨쉬는 것마저 힘겨웠다. 육체는 넋이 빠져 로봇 같았다. 파충류들이 사는 세계에 내팽개쳐진 것 같았다. 차라리 그때 죽었으면, 하고 바라기도 했다. 죽음보다 더 무서운 생생한 비명소리와 칼부림과 찢긴 시체더미. 그런 기억을 갖고 어떻게 온전히 살아갈 수 있을 것인가. 생명 한줌 움켜쥐고 그녀는 이를 악문 채 일어섰다.

"듣고 있어요?"
하는 소리에 순분은 퍼뜩 정신을 차렸다. 남자가 얼굴을 돌리는 바람에 자전거가 삐끗했다. 다시 중심을 잡으며 말을 이었다.
"내 말을 들어보란 말예요. 중국집 배달원이 공수대원과 싸워 이겼다면 누가 믿겠어요?"
"중국집 배달원요?"
"내가 바로 중국집 배달원이란 말입니다. 하하하."
남자의 목소리가 의기양양해져서 웃음소리도 마냥 허풍스러웠다.
불타버린 노동청을 지날 때 남자는 퉤, 하고 침을 뱉었다.
"노동청이 뭐 하는 덴지 정말 몰랐다구요. 높은 나리들이나 들락거리는 덴 줄 알았지 뭡니까. 알구 보니 노동자들을 위한 건물이라던데 이 근처에 오면 괜히 주눅이 들곤 했지요. MBC도 불타고 세무서도 불났지만 여기 불탈 때가 제일 신나더군요. 그때 들어가보았지요. 닥치는 대로 부수어버렸죠. 만세를 부르고 애국가도 합창을 했어요. 애국가를 부를 때 가슴이 뭉클하데요."
도청의 분수대가 보였다. 남자는 페달을 천천히 밟았다. 남자가 말을 이었다.
"머리털 나고 처음으로 애국가다운 애국가를 부른 듯한 느낌이 들었지요. 왜 다섯시만 되면 애국가가 울려퍼지잖아요. 길거리 가다가도 공연히 서서 들어야 하고, 극장에 가도 들어야 하잖아요. 애국은 이런 것이 아닌데, 하는 생각과 이럴 때의 애국은 마치 권력자들에게 아부하는 것 같아 기분도 안 좋지요. 그런데 그땐 그렇지가 않았어요. 정말 내가 애국자가 된 것 같아 눈물을 찔끔 흘렸지요."

자전거가 멈추었다. 순분은 자전거에서 내려왔다. 남자도 내려와 보조를 같이했다.

도청 앞 광장에 많은 사람들이 몰려들고 있었다. 그들 중에는 각 동 단위로 몇백명씩 집결하여 구호를 쓴 피켓과 플래카드를 쳐들고 구호를 외치고 노래를 부르기도 했다. 도청 주변 담벽에는 각종 플래카드가 울긋불긋 붙어 있었다.

민주시민 만세
살인마…… 찢어 죽여라
노동삼권 보장하라
어용노조 물러가라
비상계엄 해제하라
유신잔당 물러가라
휴교령 철폐
농협관료 물러가라
죽을 때까지 싸운다
해방의 그날까지
광주 꼼뮨 만세

빨간색과 검은색, 파란색 페인트로 그려진 현수막은 마치 함성과도 같았다. 도청 앞 광장 맞은편 상무관을 가리키며 남자가 말했다.

"저기 가서 분향을 합시다."

상무관에는 많은 시체가 무명천에 덮여 진열되어 있었다. 관이 부족하여 아직 입관되지 못한 시체도 수십 구 있었으며 무명천 위로 검붉은 핏자국들이 배어나와 있었다. 분향대가 입구에 설치되어 있었다. 남자가 향을 피워 꽂았다. 순분이도 따라했다. 고개를 숙일 때 오열이 터져나왔다. 정신이 어찔했다. 남자가 어깨를 받쳐주었다. 관을 부여안고 통곡하는 소리가 상무관을 메우고 있었다. 가슴이 막혀 미처 목젖을 빠져나오지 못한 오열소리는 구천을 헤매는 영령들의 소리 같기도 했다. 슬픔도 극도에 달하면 울음소리가 제대로 나오지 않는 것일까. 확인하려고 내놓은 얼굴은 차마 볼 수가 없었다. 대검으로 난자되어 귀에서 턱으로 잘린 얼굴도 있었고 목젖이 너덜거리는 얼굴, 이마를 정면으로 찔린 얼굴은 눈을 부릅뜨고 이를 악물고 있었다. 밖으로 나오면서 남자가 말했다.

"그래도 저 시체들은 다행한 편이에요. 어디로 끌려갔는지, 어디서 죽었는지 확인되지 않은 시체들은 또 얼마나 많겠어요?"

그의 눈가에 파르르 경련이 일었다. 그의 얼굴에 어떤 결의 같은 것이 나타났다. 그가 말했다.

"저렇게 죽어갔는데 어떻게 무기를 반납하라는 겁니까? 지금 이 시점에서 무기를 반납하라는 것은 우리 시민의 피를 팔아먹는 행위예요. 절대 반납해서는 안돼요."

하면서 남자가 다급하게 걸음을 떼어놓았다. 순분이가 말했다.

"자전거는 어떻게 하고요?"

"지금 자전거가 문제예요? 도청으로 들어가야만 되겠어요. 아가씨, 그럼 여기서 헤어져요. 또 만날 수 있겠죠."

걸음이 빨라지다가 이윽고는 달려가는 남자의 뒷모습을 한동안 바라보았다. 도청 정문 쪽에 많은 사람이 모여 있었다. 그의 모습이 인파에 가려 구별할 수가 없었다. 순분은 걸음을 떼어놓았다. 주변의 담벽에는 여러가지 선전구호가 적힌 플래카드, 대자보 등이 나붙었으며 잔혹하게 죽은 시체와 부상자들 그리고 병원에서 지금 죽어가고 있는 사람들의 모습을 담은, 급히 현상한 듯한 흑백사진이 무수히 걸려 있었다. 수습위원회의 투항주의적 자세를 맹렬히 비난하는 문구도 보였다. 순분은 수습이라는 문구 자체가 눈에 거슬렸다. 순분이 앞에서 사진을 보고 있던 단발머리 여자애가 울고 있는지 어깨가 들먹거렸다. 얼굴을 앞으로 가져갔다. 영순이었다. 그녀들은 거의 똑같이 이름을 부르며 얼싸안았다.

"살아 있었구나."

눈물을 훔쳐내며 영순이가 말했다. 같은 공장의 근로자였고 야학에도 같이 다녔다. 그녀들은 최루탄 때문에 잎이 시들시들한 플라타너스 밑에 앉았다.

영순네 집은 산수동 밑에 있었다. 그날 18일, 순분이들과 헤어진 영순은 공수대원들을 피해 가까스로 집에 도착했다. 식구들은 방에 있지 않고 연탄과 허드레 물건을 넣어둔 광 속에 숨어 있었다. 주인 식구들과 같이 있었다. 영순이가 막 숨고 난 직후 담 위로 청년 둘이 뛰어올랐다. 한 청년이 미처 다리를 들어올리지 못했을 때 군홧발소리가 울렸다. 허리 반쯤만 보이던 청년이 으윽 소리를 내더니 담 밖으로 떨어졌다. 한 청년은 마당으로 뛰어내렸다. 미처 피할 틈도 없이 공수대원이 문을 박차고 뛰어들어왔다. 붉은 얼굴에 눈은 살기를 번뜩이며 청년의 뒤꼭지를 향해 곤봉을 내리쳤다. 청년은 피를 토하며 나동그라졌다. 공수대원은 머리채를 휘어잡고 질질 끌고 나갔다. 문앞에서 공수대원이 소리쳤다.

"데모하는 년놈들은 모두 죽여버린다."

영순이의 이야기를 들으면서 순분은 그날의 공포가 다시금 되살아났다. 눈물을 손등으로 씻으며 영순이가 말했다.

"숨어서 다 보았어. 우린 그날 밤 방에서 못 잤어. 공포로 밤을 꼬박 새웠지."

분수대 앞에는 많은 사람들이 몰려 혼잡을 이루고 있었다. 궐기대회는 아직 열리지 않았다. 영순이가 마지막 눈물을 씻어내며 말했다.

"우리도 이러고만 있을 수 없잖아."

"어떻게 해야 할지 모르겠어."

"야학에 가보자. 혹시 친구들이 있을지도 모르잖아."

"그게 좋겠구나. 같이 모이면 좋은 생각이 떠오를지도 모르니까."

그녀들은 손을 꼬옥 잡고 야학 건물이 있는 광천동 쪽으로 걸어갔다. 야학은 낡은 목조건물 이층에 있었다. 층계를 오르내릴 적마다 삐그덕거렸다. 모서리가 닳아져 잘못 디디면 미끄러지기 일쑤였다. 그런 계단을 둘이는 단숨에 올라갔다. 문이 빠끔히 열려 있었다.

"드디어 나타난다."

하면서 얼굴들이 나타났다. 전남제사에 다니는 형자와 미숙이, 그리고 순분이와 같은 방직회사의 철순이었다.

"순분아, 방금 니 이야기를 하고 있었어."

미숙이가 말했다.

"얼마나 걱정했는지 몰라. 그날 공용터미널에서 너를 보았었거든. 공수대원들이 그 난리를 치고 난 후 너를 찾으니까 안 보이잖아. 혹시나 하고 얼마나 애태웠다구."

미숙이는 순분이의 손을 잡은 채 계속 말하였다.

미숙이는 전날(17일) 늦게 고향인 해남으로 내려갔었다. 2년 동안 30만원짜리 적금을 부어온 것이 만기가 되어 처음으로 큰돈을 갖고 고향으로 내려간 것이다. 고향집에는 늙으신 부모와 오빠, 중학교에 다니는 동생이 살고 있었다. 포도밭 5백평과 논 세 마지기를 소작하여 근근이 살아가고 있었다. 아버지는 중풍으로 누워 있어 일을 할 수가 없었다. 아버지는 30만원을 받아들고 눈물만 흘렸다. 어머니는 부엌에서 치마폭을 적셨고 오빠는 미숙이의 거친 손을 꼭 잡고 눈물을 삼켰다. 이튿날 오빠와 같이 올라왔다. 가톨릭농민회 회원인 오빠는 19일 광주 호남동 성당에서 열리는 농민대회에 참석하기 위해서였다. 그들이 공용터미널에 내렸을 때가 네시쯤이었다. 그 엄청난 학살장면을 목격한 그들은 공포에 떨며 미숙이 자취방에 와서 하룻밤을 꼬박 새웠다. 이튿날 농민대회에 참석하고 돌아온 오빠는 화가 치밀어 있었다.

전남 각지에서 몰려온 농민들이 전날의 학살 소식을 듣고 흥분했다는 것이다. 이대로 시내로 진출해 공수대원들과 붙어보자고 아우성이었다. 농민들은 낫과 곡괭이 등을 갖고 오지 못한 것을 안타까워하며 무기 될 만한 것을 찾아보기도 했다. 그러나 농민운동권 지도부에서 반대를 하고 나섰다. 엄청난 물리력을 갖고 있는 공수대원들과 붙는다는 것은 현시점에서 무모한 행동이다, 지금 농민회 역량으로선 그들을 물리칠 힘도 없을뿐더러 조직이 파괴될 위험도 있다, 더군다나

확대계엄으로 체포의 위험이 있다, 어차피 지는 싸움일 텐데 사태를 관망하며 각자 소신껏 행동한다, 등등의 결정이 내려졌다. 농민회원들은 격렬하게 반대했지만 지도부의 결정을 바꿀 수는 없었다. 지도부는 잠적해버렸다. 농민회원들은 어찌할 바를 모르고 뿔뿔이 흩어져버렸다.

오빠는 거친 숨을 내쉬며 지도부 욕을 해댔다. 미숙이도 덩달아 화가 치밀어올랐다. 그녀가 물었다.

"오빠, 지는 싸움이라니, 그것이 뭔 말이야?"

"글쎄 말이다. 싸워보지도 않고 진다고 결정을 내리는 것이 지도부의 할 일이냐? 그런 자들을 지도부라고 떠받들어왔으니, 아이구 속터진다, 속터져."

"지도부를 빼버리고 농민회원들끼리 단합하면 될 거 아니야?"

"그게 그렇지가 않더라구. 조직인가 뭔가 하는 것에 속해 있으면 거기에 따르게 마련이지. 그러니까 지도부가 중요하다는 거야."

오빠는 방구석에 처박혀 있을 수가 없었던지 집을 나가버렸다. 갖고 올라온 가방을 그대로 놔둔 것으로 보아 고향집에도 내려가지 않았을 터인데, 그후로 종무소식이었다.

미숙이가 한숨을 포옥 내쉬며 말했다.

"해방이 되었는데도 안 나타나니까 자꾸만 이상한 생각이 들잖아. 혹시나 해서 병원이란 병원은 다 찾아보았고 상무관에도 가보았지만 찾을 수가 없었어. 고향집에 내려갔나 하고 알아보고 싶어도 연락할 수가 있어야지. 고향집에도 안 갔다면 오빠는……"

미숙이는 말을 잇지 못하고 고개를 떨어뜨렸다. 형자가 미숙이의 어깨를 쓸어주었다.

"지는 싸움이라고 말했던 자들, 지금쯤 무슨 낯을 하고 있을까?"

형자가 말했다.

"윤선생님도 그런 말을 했어."

"윤선생님이? 어떻게 그럴 수가?"

모두들 눈을 동그랗게 떴다.

강학들 중에 윤강일은 특별한 데가 있었다. 전남대학교 사학과 3학년 때 데모 주동자가 되어 감방생활을 했었다. 공부가 끝나고 이따금 조촐한 간담회가 열리면 윤강일은 곧잘 감방생활의 이모저모를 이야기하곤 했다. 눈에 핏발까지 세우며 이야기하는 그를 보고 있을라치면 나도 한번 감방생활을 했으면, 하는 바람이 일 정도였다.

"감옥이 바깥과 차단되어 고독할 것 같지?"

하고 윤강일은 이미 대답을 준비한 물음을 물었었다.

"그렇지가 않아. 절대로 고독하지가 않지."

하나의 커다란 집단으로서, 아무리 엄격하게 격리한다 하더라도 그들은 강한 연대감으로 맺어져 있다는 것이다. 연대는 두터운 벽도 파고든다. 벽은 살아 있어 말을 하기도 하고 혹은 쿵쿵 하는 신호로 의사를 소통하기도 한다. 한마디의 말이나 한번의 눈짓으로도 모두를 이해한다. 감옥은 갇혀 있는 것이 아니다. 사회를 진단하는 하나의 집단이다. 그것도 전투적인 집단이다, 하고 윤강일은 말했었다. 또하나의 노동자 집단도 전투적 집단이라고 덧붙여 말했다. 윤강일은 두 집단의 유사성을 여러 예를 들어 설명했다.

본래 인간에겐 양면성이 있다. 강함과 약함. 용기와 공포. 아름다움과 추함. 존엄성과 비열성. 이 두 집단에는 이런 양면성이 허용되지 않는다. 어느 한쪽만이 요구된다. 이것 아니면 저것이다. 강함, 용기,

아름다움, 존엄성. 이러한 면모들은 두 집단이 갖고 있는 성격——적이 분명한——으로 이 선택은 사회의 어느 계급보다 용이하다,라고 윤강일은 말했었다. 그가 잘 쓰는 용어들은 다음과 같다.

혁명. 비지. 피티. 전사. 빨치산. 무장투쟁. 계급투쟁. 시가전. 유격전. 죽창. 게릴라. 봉기. 제국주의. 자본주의. 주변부자본주의. 종속이론. 해방신학. 제3세계. 민중. 프랑스혁명. 빠리꼼뮨. 러시아혁명. 레닌. 볼셰비키. 베트남. 통일…… 이런 용어들은 잠시 동안 역사 한가운데에 젖게 하는 마력을 갖고 있었다. 그러나 어떤 역사인가. 전봉준의 농민전쟁. 항일유격대. 이름없이 죽어간 전사들이 만들어낸 역사와 어떻게 관통할 수 있는가.

윤강일은 운동권 지도부 중의 한 사람이었다.

모두들 의아한 듯이 형자를 쳐다보고 있었다. 철순이가 참지 못하고 물었다.

"언니, 자세히 말해봐. 윤선생님이 정말 그랬다는 거야?"

그중 나이가 많아 형자를 언니라고 불렀다. 형자가 고개를 끄덕였다. 영순이가 말했다.

"정말 믿기지 않아. 아는 것도 많은 분이 어찌 그럴 수가 있어? 지는 싸움이라니…… 윤선생님 지금 어딨어?"

"여기에 없어. 도시를 빠져나갔어."

형자는 자세한 경위를 들려주었다.

형자는 금남로 전투에서 윤강일을 보았고 MBC 앞에서 시위대를 선동하는 그를 보았었다. 이마에 끈을 질끈 동여매고 한 손을 휘두르며 구호를 외쳤다. 시민들은 폭력의 정당성을 획득하고 있었다. 공수대원들의 무자비한 학살은 공포 분위기를 넘어, 산다는 것 자체를 뒤흔들어놓았다. 젊은이들은 숨을 곳도 없었다. 시내에 인접한 동네에서 살고 있는 젊은이들은 가택수색을 피해 변두리 쪽으로 방황하고 있었다. 그곳에도 이미 계엄군으로 무장되어 있었다. 결국 죽음 아니면 싸움이었다. 인간의 존엄성이 파괴된 데서 나오는 근원적 폭력성이 폭발되어갔다.

형자는 시위대들과 섞이어 목이 터져라 외쳤다. 윤강일은 목이 쉬었는지 말소리가 제대로 나오지 않았다. 그는 시위대들과 더불어 불이 붙은 오토바이를 MBC 건물 속으로 밀어붙였다. 몇번을 더 시도하다가 드디어 MBC는 불길에 휩싸였다. 불빛에 일렁이는 윤강일의 두 눈은 활활 타오르고 있었고 그것은 마치 혁명의 봉홧불을 높이 쳐든 자의 눈빛과도 같았다. 형자는 그때 승세는 우리 쪽에 있음을 의심치 않았다. MBC와 인접해 있는 인가에서는 짐보따리를 들고 나오는 사람들로 혼잡을 이루고 있었다. 아이들은 소리쳐 울어댔다. 시위대들은 불길이 번지지 않도록 최선을 다했다. 새벽의 여명이 밝아올 때까지 그들은 목이 터져라 외치며 돌아다녔다. 더이상 걸어다닐 힘도 없었을 때에야 그들은 집으로 돌아갈 생각을 했다. 헤어지면서 윤강일이 말했다.

"내일 집으로 와라. 새로운 전략을 세워야 하니까."

이튿날(21일) 형자는 윤강일의 하숙방으로 찾아갔다. 운동권 청년 세 명이 모여 있었다. 한 명은 전대 총학생회 간부였다. 윤강일은 현정세를 간단히 분석한 뒤 시민들의 움직임을 조직적으로 통제해야 한다는 단안을 내렸다. 갑자기 운동권 청년 하나가 숨차게 들어왔다.

"드디어 놈들이 발포를 시작했어."

모두들 경악했다. 백주의 공식적인 총기 발포는 이제 최후의 결전을 피할 수 없다는 사실을 명백하게 알려주었다.

"평화적 해결은 끝났군."

하면서 윤강일은 초조한 기색을 내보였다. 그들은 도청으로 갔다. 지금까지의 낭만적이고 들떠 있던 분위기가 일시에 사라진 듯했다. 도청 방어선과 시민들 사이에 총을 맞은 시체가 서너 구 쓰러져 있었다. 아직도 죽지 않고 아스팔트 위에서 꿈틀거리고 있는 사람을 구해내려고 뛰어나가는 시민들이 있었다. 적의 조준사격은 그들 역시 사살해버렸다. 그러고는 연발로 요란하게 위협사격을 가했다. 계엄군 쪽에서 시체의 다리를 잡고 끌고 가기 시작했다. 용감한 시민들이 달려들어 이쪽 편에 가까이 있는 몇구의 시체를 끌고 왔다. 시민들은 눈물을 흘렸다. 윤강일은 침통한 표정으로 그 광경을 지켜보다가 인파를 헤쳐나갔다. 형자도 따라갔다. 전대 총학생회 간부도 따라갔다. 세 사람은 운동권의 아지트인 사무실로 들어갔다. 윤강일은 계속 침통한 얼굴을 하고 있었다. 학생회 간부가 말했다.

"형, 최후의 결전이 다가오고 있어요."

"그래. 결전이 끝나면 엄청난 검거선풍이 불 거야."

멀리서 연발의 총성이 들려왔다. 윤강일이 계속해서 말했다.

"총기가 나왔다는 것은 대단히 의미심장한 거야."

"어떻게요?"

형자가 물었다.

"피를 보면 피를 부르게 마련이지. 어차피 지는 싸움일 텐데, 얼마나 피를 흘려야 할까."

"지는 싸움이라뇨?"

24

형자는 그의 말을 이해할 수 없었다. 싸움의 양상은 점점 더 격렬해지고 시민들은 하나같이 투쟁에 나서고 있지 않은가.

"총기가 나왔다는 것이 바로 그거야. 힘의 대결은 비정한 거야. 4·19의 총기발사하곤 다르지. 그때는 장소가 서울이야. 이런 싸움이 서울에서 벌어졌다면 이 정권은 가는 거야. 그러나 여기는 소도시야. 몇군데만 차단하면 꼼짝없이 갇혀버리게 돼. 결국 엄청난 희생만 치르게 되겠지."

윤강일이 말을 멈추었다. 잠시 후에 다시 말하는 그의 목소리가 돌같이 굳어 있었다.

"이럴 때 무모하게 피를 흘리는 것보다 일보후퇴의 전략을 세우는 것도 현명한 거야."

"형, 아무래도 일단 피신해야겠어요."

"나도 그 생각이야. 사태를 관망하면서 새로운 전의를 가다듬어야지."

"어떻게 그럴 수가 있어요?"

형자가 분노를 띤 목소리로 말했다.

"선생님들이 말하던 시가전, 봉기 등등이 나오고 있는데……"

"상황을 정확하게 볼 줄 알아야 돼."

윤강일은 두 사람을 번갈아 보며 단안을 내리듯 말하였다.

"어쨌든 이 도시를 빠져나가자."

"그래요 형. 조금도 지체할 수 없어요."

그들은 다급하게 일어섰다. 형자가 소리쳤다.

"가면 안돼요."

밖으로 나가는 그들을 따라가며 형자가 다시 외쳤다.

"가면 안돼요. 우리가 이기고 있잖아요."

윤강일이 뒤를 돌아다보았다. 연발총 소리가 다시 들려왔다. 그의 눈빛이 흔들렸다. 그가 한발을 내디디면서 말했다.

"어차피 지는 싸움이야. 너도 같이 가자."

"싫어요."

하면서 형자는 층계 난간을 꽉 붙들고 그들이 빠져나가는 것을 노려보았다. 배신감이 치밀어올랐다. 그녀는 도청 쪽으로 달려갔다. 각종 총기로 무장한 수백명의 시위대들이 도청 앞으로 진격하여 치열한 총격전을 벌이고 있었다. 그녀는 야학에 잠깐 얼굴을 비추다 만 소년을 보았다. 구두닦이였다. 소년은 카빈총을 들고 싸우고 있었다. 소년이 형자를 기억하고 씩 웃었다. 그리고 카빈총을 높이 치켜들어 보였다. 형자는 총을 든 사람들을 본능적으로 알아보았다. 대부분이 그녀와 같은 하층계급 사람들이었다. 그녀는 그들과 같이 저녁 늦게 해방의 기쁨을 나누었다. 개인은 개인을 열어, 마을은 마을을 열어, 거리는 거리를 열어, 금남로는 금남로를 열어, 최후의 결전장인 도청의 열림과 더불어 민주공동체를 이루어냈던 것이다.

말을 마치고 형자는 한사람 한사람 둘러보았다. 모두들 충격을 받은 듯 멍하니 앉아 있었다. 형자가 말했다.

"그건 그거구, 이제부터 일을 찾아보기로 하자."

형자는 야학생 중에서 남다른 데가 있었다. 야학에 나오긴 했지만 학과공부를 하러 나오지는 않았고 이곳에 모이는 여러 공장의 근로자들을 만나기 위해서였다. 형자는 남의 이야기를 잘 들어주었다. 공장에서 일어나는 일이며 집안 얘기, 또는 애태우는 연애 얘기까지 들어주었다. 순분이가 전태일이며 석정남이라는 이름을 알게 된 것도 형자 덕분이었다. 형자는 겉장이 다 닳은 잡지책을 갖고 왔다. 『대화』지였다. '불타는 눈물'이 어찌 석정남 하나뿐이겠는가.

"언니, 이런 글이라면 우리도 쓸 수 있겠네."

하고 순분이는 말했었다.

"글이란 게 별게 아니야. 혼자서 간직하기엔 너무 벅찬 것 있잖니? 또 공장에서 일하다보면 화나는 일들이 많잖아. 그런 일들을 글로 쓰면 되는 거지."

"그래두 글재주가 있어야지."

형자는 도서목록 중에서 책 한권을 꺼내 보였다. 순분이는 페이지를 넘겨보았지만 너무 어려웠다.

"뭐가 뭔지 모르겠네. 언니, 우리 얘기를 이상하게 써놓았잖아. 우리 얘긴 우리가 써야 되지 않을까?"

그래서 그녀들은 작은 책자를 만들었다. 시도 있었고 수기, 고향으로 보내는 편지, 수필 등등이 실렸다. 형자의 의견으로 이름을 모두 떼었다.

"이름을 떼고 읽어봐. 모두가 우리들 글 같잖아."

정말 그랬다. 모두 각자가 쓴 것 같았다. 하나하나 읽을 때는 잘 드러나지 않는데 전체적으로 읽고 나면 치밀어오르는 것이 있었다. 개인의 불만들이 합쳐져서 집단의 분노가 표현되었다. 순분으로서는 처음으로 자신을 되돌아보는 계기가 되었다. 그녀 가정의 가난만 탓해 왔는데 그게 아니었다. 집단의 문제였다. 노동자 집단의.

"아주 간단하게 생각해봐."

하고 형자는 말했었다.

"우린 뼈빠지게 일하잖아. 일한 만큼 대가를 받아야지. 이건 권리야. 그런데 우린 권리를 빼앗겼어. 다시 찾아야 될 텐데 순순히 찾을 수가 없거든. 혼자서는 너무 약해. 하지만 힘을 합치면 강해지지."

형자는 노조의 필요성을 강조했다. 그녀는 노조라고 발음할 땐 꼭 앞에 '민주'자를 붙였다. 민주노조. 기실 노조라면 알고 있었지만 기업주 편이라서 심드렁하게 생각하고 있었다.

강학들과 맞서서 이야기를 주고받을 수 있는 야학생은 형자뿐이었다. 야학생들은 강학들에게 고마움을 느끼고 있었지만 형자만은 그렇지 않았다. 강학들은 그나마 야학에 와서 근로자들을 접함으로써 올바르게 살 수 있는 지침을 배운다는 것이었다. 어느때인가 강학들이 노학연대의 필요성을 강조했다.

"정말 노학연대를 말하고 싶으면 최소한 3년 이상 근로자 생활을 해야만 돼요."

하고 형자는 주장했다. 이 말에 강학들은 선험적 경험이라는 것도 있다고 맞섰다. 형자가 말했다.

"대학생들이 노동현장에 뛰어드는 것은 훌륭하다고 봐요. 그들은 공부한 이론을 현장에 적용하려고 안달을 하지요. 최소한 대학생들이 노동현장에 들어올 때는 이론적으로 통일이 되어야 합니다. 이론은 이론이 갖는 성격으로 분열이 일어나게 마련이어서 각자 분파가 생겨나지요. 근로자는 이리 쏠리고 저리 쏠리다가 방향감각을 잃게 되고 주체적으로 설 수도 없게 돼요. 그러니까 개인의 선택에 의해서 노동현장에 들어올 것이 아니라 통합된 조직과 이론을 갖고 집단적 차원에서 들어와야지요. 아니면 아예 들어올 생각도 하지 않는 게 좋아요. 우리는 우리가 갖고 있는 성격으로도 자연히 전투적이 될 수밖에 없으니까요."

이러한 말에 강학들은 아무 대답도 하지 못했다. 유식한 강학들이 쩔쩔매는 것이 순분으로서는 기분이 좋았다. 순분네 공장에도 여대생 두 명이 신분을 감추고 들어와서는——나중에 알았지만——몇달 동안 열심히 일한 적이 있었다. 단발머리에 운동화를 신고 옷차림도 털털해서 그녀들이 여대생이라고는 아무도 몰랐다. 그녀들은 노조결성의 필요성을 강조했다. 그런데 과정에서 문제가 생겼다. 한 여대생은 노조를 결성하기 전에 의식화를 위한 소모임을 주장했고, 딴 여대생은 노조결성을 먼저 해놓고 투쟁을 벌이면 자연히 의식화가 된다는 것이었다. 근로자들은 이 말도 맞고 저 말도 맞는 것 같아 이리 왔다 저리 갔다 하다가 결국은 회사 간부들이 알게 되어 그녀들은 쫓겨나게 되었다. 몇명의 근로자들도 쫓겨나게 되었다. 여대생들은 그들 세계로 갈 곳이 있었지만 쫓겨난 근로자들은 갈 곳도 없었다. 블랙리스트에 올라 어느 곳에도 취업할 수가 없었다.

형자는 자신에 대해서 아무 말도 안했지만 어려서부터 서울 모 방직회사에 다녔고 임금투쟁으로 해고근로자가 되었다가 본래 고향인 이곳에 내려온 것으로 소문이 나돌았다.

층계 오르는 발자국 소리가 들렸다. 미숙이가 일어나 문을 열었다. 영철이었다. 같은 야학생으로 자개공이었다.

"혹시나 해서 들렀어."

"이제야 나타나?"

미숙이가 핀잔을 주었다. 영철은 머리를 긁적였다. 영순이가 말했다.

"지금 우리가 겪은 이야기를 하고 있던 중이야. 너도 얘기해봐."

형자가 고개를 저으며 말을 막았다.

"이제 겪은 얘기는 그만 하자. 지금 중요한 건 그게 아니야. 지금부터가 정말 중요한 거야."

형자의 말로는 완전한 해방이 아니라는 것이다. 지금 광주는 해방구이지만 고립된 해방구다. 해방구라는 말 자체가 풍기는 구역 분계선이 있다. 이제부터는 해방구를 중심으로 구역 분계선을 넓혀나가야한다. 전라도 전역, 경상남북도, 충청남북도, 강원도, 경기도, 서울이어야 한다. 그리고 한라에서 백두까지 해방구가 되어야만 진정한 해방이다. 이어서 형자가 말했다.

"……그러려면 투쟁에 적극적으로 가담해야 돼."

"난 총을 들고 싶어."

영순이의 말을 미숙이가 받았다.

"난 시민군으로 들어갈 거야."

"여자도 시민군이 있대?"

영철이가 놀렸다. 미숙이가 눈을 흘기며 말했다.

"여잔 시민군이 못 되나 뭐."

"총을 쏠 줄 알아야지."

"배우면 되지."

여러 제안이 나왔지만 딱히 결정을 볼 수가 없었다. 상황을 알고 나서 정하기로 하고, 원칙은 도청으로 들어간다는 것이었다. 아무도 이의를 제기하는 사람이 없었다.

도청 분수대 앞에 도착했을 때 막 허수아비에 불이 붙여지고 있었다. 붉은 글씨로 ××× 살인마라고 써 있었다. 군중들은 돌을 던지며

"빨리 죽여라" 하고 발을 굴렀다. 허수아비의 발끝에서부터 불이 붙어 삽시간에 온몸이 타오르자 군중들은 열광적으로 환호했다.

그녀들은 도청 정문으로 갔다. 정문에는 '수습대책위원회'라고 씌어 있는 띠를 어깨에 두른 청년들이 일일이 출입을 통제하고 있었다. 형자가 나서서 말했다.

"우리도 할일이 있을 것 같은데요. 들여보내주세요."

"안됩니다."

몇번 사정을 해보았지만 완강하게 거절당했다. 그녀들은 낙심해서 한동안 우두커니 서 있었다. 사망자를 확인하기 위해 들어가는 사람들은 출입이 허용되고 있었다. 미숙이는 오빠 생각이 나서 한번 사정해볼까 하다가 혼자서는 들어갈 마음이 나지 않았다. Y라는 완장을 두른 사람도 출입이 허용되었다. 영철은 무슨 생각이 떠올랐는지 "잠깐만 기다려" 하고 급히 뛰어갔다. 얼마 후에 다시 나타난 영철의 손에 Y자가 씌어진 완장이 다섯 개 들려 있었다.

"이걸 차고 들어가. 난 YWCA에 가야겠어. 그곳에 용준이형이 「투사회보」를 만들고 있어. 나보고 등사를 도와달라고 해서 그러마고 했지."

용준이라면 '들불야학'팀의 중심인물이었다. 그녀들은 완장을 두르고 정문 앞에 다가갔다. 아무 말 없이 들여보내주었다.

2

도청 안마당 한구석에 시체들이 놓여 있었다. 대부분의 시체는 이미 그 형상을 제대로 알아볼 수가 없었다. 총상을 입거나 곤봉을 맞은 시체는 머리와 얼굴이 짓뭉개져 있었고, 대검으로 난자된 시체는 붓거나 부패해 냄새가 진동했다. 눈알이 튀어나온 시체, 팔이 떨어져나간 시체, 목이 잘려서 몸과 분리된 시체, 유방이 잘렸는지 가슴께가 너덜너덜한 여학생도 있었다. 혹시 오빠가 있나, 일일이 시체들을 확인하던 미숙이와 동료들은 스스로 놀라 손이나 손수건으로 입을 막았다. 오열을 하다가 그대로 기절해버린 부인들도 있었다. 미숙이 오빠는 없었다. 그녀들은 '작전상황실'이라고 써붙인 곳으로 갔다. 총을 어깨에 멘 남자가 물었다.

"어떻게 오셨습니까?"

"우리도 도청을 지키려고 왔어요. 무슨 일을 하면 좋을까요?"

형자가 말했다.

"글쎄요. 지금 무기반납 문제로 싸우고들 있느라 정신이 없어요. 댁들이 알아서 필요한 부서를 찾아보도록 하세요."

그녀들은 상황실을 나와 이층으로 올라갔다. 총을 메고 바쁜 듯이 걸어다니는 남자들 속에서 그녀들은 갈팡질팡했다. 어디 한군데 제대로 자리잡힌 곳이 없었다. 마침내 그녀들은 '취사실'이라고 씌어진 커다란 사무실을 찾아냈다. 그곳에 삼십여명의 여자들이 저녁준비를 하고 있었다. 여학생과 근로자들이 대부분이었다. 형자는 그중 몇은 안면이 있는지 손을 맞잡고 인사를 나누었다. 형자팀들은 자연스럽게 섞여 식사 준비를 했다. 식사시간은 대중이 없어 자정까지 계속되었다. 형자는 설거지를 끝내고 각 분대실을 찾아가보았다. 무기반납 문제를 놓고 강경파와 온건파가 열띠게 논쟁하고 있었다. 강경파들은 대개 룸펜 계층이나 노동자들이었다.

"무기를 반납하자는 놈들은 배신자와 같은 거요."

한 노동자가 총대를 책상 모서리에 탁탁 부딪치며 말했다. 대학생들로 이루어진 '학생수습대책위원회'들은 온건파였다. 그들 중 한 명이 말을 받았다.

"당신들은 또 피를 흘리길 원하는 거요?"

"누가 피를 흘리자고 했소? 피 흘린 것을 헛되이 하지 말자는 말이죠."

강경파.

"무기를 갖고 있는 한 피는 흘리게 마련이오."

온건파.

"무기를 내놓는다고 적들이 우릴 그냥 놔둘 것 같아요. 우린 적을 안 믿어요. 적은 적입니다."

강경파.

"이런 식으로 대치하는 한 수습이란 있을 수 없습니다."

온건파.

"수습 수습, 자꾸 그러는데 그 말이 뭔 말이오? 도청을 내놓자는 말 아니오? 어떻게 찾은 도청인데……"

강경파.

"무기를 반납하면서 우리에게 유리한 고지를 따내면 되지 않습니까."

온건파.

온건파들이 말하는 유리한 고지란 구속된 모든 사람을 석방할 것이며, 보상계획 수립과 치료대책 완비. 비무장 민간인의 시외통행, 사실보도에 노력할 것, 폭도나 불순분자라는 용어 사용 중지, 사태수습 후

보복금지 약속 등등이었다. 이러한 수습안은 강경파들에게 더 심한 반발을 일으켰다. 한 노동자는 주먹을 쥐어 보이면서 목청을 높였다.

"그건 원점으로 되돌아가는 것이오. 이미 전쟁은 벌어졌고 그것도 적들이 먼저 벌인 것인데 왜 우리가 타협을 해야 합니까? 우린 절대로 항복 안해요."

"그게 어째 항복입니까? 최후의 타협이지."

온건파.

"항복 아니면 승리지, 왜 그리 머리를 굴려요. 먹물들은 어쩔 수 없다니까."

강경파.

"그럼 무대뽀로 싸우자는 말인데, 전쟁중에도 전략이라는 게 있지 않습니까?"

온건파.

"전략이라고 세운 것이 겨우 수습이나 하자는 거요? 전쟁중에 적과 타협하자는 것은 스파이나 하는 짓이오."

강경파.

"스파이라니? 그럼 우리가 스파이란 말이오?"

온건파.

"결국은 스파이짓과 같은 것이지요."

강경파.

그때 수습위원장이 나섰다.

"당신들 지금까지 신분증 조사를 안했는데 신분증을 제시하시오."

강경파들의 얼굴이 일그러졌다. 한 노동자가 주민등록증을 내밀었다.

"여기 있다. 똑똑히 봐. 대한민국 정부에서 발행한 거다."

반말이 나오기 시작했다. 강경파들 중에 총대를 움켜쥐는 자들도 있었다. 수습위원장이 말했다.

"이건 보통 신분증이잖소? 이걸 갖고 어떻게 당신 신분을 정확히 알 수 있겠소?"

"대학생이면 다냐? 이 개새끼들아."

턱에 칼자국이 있는 남자가 앞으로 뛰쳐나오며 외쳤다.

"그래 우린 놈팽이다. 놈팽이는 내 땅을 지킬 권리도 없단 말이냐? 너희들만 나라를 생각하는 줄 알아?"

남자가 갑자기 허리에 찬 권총을 뽑아들고 공포를 쏘았다. 수습위원들의 얼굴이 하얗게 질리었다. 그들은 서로 눈짓을 주고받더니 하나둘씩 빠져나갔다. 나가는 위원들 중의 한 명이 옆사람에게 소곤거렸다.

"무식한 놈들하곤 말도 안 통한다니까."

나가는 위원들을 향하여 다시 한번 공포를 쏘며 한 남자가 외쳤다.

"무기반납 어쩌구 또 떠들면 대갈통에 총구멍을 뚫어놓을 테다."

적들은 무기로 무장돼 있는데 왜 무기를 내놓자는 말인가. 칼에는 칼, 무기엔 무기. 지금의 무기는 바로 우리의 목숨이지 않은가. 강경파들만이 남았을 때 아무 논란이 없었다. 그들은 자랑스레 총을 만지기도 하고, 먹물들을 보기 좋게 한방 먹인 것에 대해 즐거워하기도 했다. 형자가 한 남자를 붙들고 말했다.

"우리끼리 지도부를 만들면 되겠네요. 그래서 우리가 주체적으로 도청을 장악하고 일을 해나가면 되잖아요."

"지도부라뇨?"

남자가 의아한 듯 형자를 쳐다보았다.

"일을 해나가려면 조직이 필요하잖아요. 마치 노조를 만들듯이 말예요."

"여기가 공장인가요?"

"말하자면 강력한 조직이 필요하다는 말이지요."

형자는 안타까워 말이 잘 나오지 않았다. 남자가 말했다.

"지도부라는 건 먹물들이나 하는 거 아녜요? 학생수습위원인가 뭔가 하는 치들이 도청에 들어와서 제일 먼저 한 것이 지도부를 만든 겁니다."

"글쎄 그건 잘못된 지도부고요. 정말 강경파들이 지도부를 이루어야 한단 말예요."

"글쎄, 그런 생각은 해보지 않았어요."

딴 사람들 붙들고 말해봐도 역시 같은 대답이었다. 의기로움과 공분으로 도청을 지키고는 있었지만 집단을 이루어 강력한 지도부를 이루기엔 너무나 힘이 미약했다. 조직이 아니라 개개인으로 도청에 들어온 때문이기도 했다. 그들은 지도부를 만들 생각은 않고 각기 제 위치로 돌아갔다. 형자는 취사실로 돌아와서 한숨도 자지 못했다. 그녀는 이상한 생각이 들었다. 생각해보니 운동권 청년들을 거의 보지 못했던 것이다. 형자는 윤강일에 의해 운동권 청년들과 여러번 접촉한 적이 있었다. 기본적으로는 노학연대를 반대하는 입장이었지만 지역사회인만큼 완전히 배제하기는 힘든 일이었다. 운동권 내에서는 민청세력이 지도부를 형성하고 있었다. 아직 운동논리도 없고 선배도 없고 사회과학적 지식도 없었던 1974년, 몇백명의 대학생들은 의분과 유신독재에의 항거로 학생운동의 기치를 내걸었다. 그들이 운동권의

지도부를 형성한 것은 당연한 일이었다. 여기에 70년대 후반에 들어서면서 재야 인사와 JOC, 민청세대의 모임인 현대문화연구소, 야학팀, 구속자 옥바라지팀인 송백회, 그리고 노동자들이 조심스럽게 연대를 맺고 있었다. 형자는 처음에는 의구심을 갖고 그들을 바라보았다. 그들과 접촉하면서 차츰 좋은 점을 발견하게 되었다. 운동의 결집점이 단순히 이론이나 사무실이나 기관운동이 아니라, 인간적인 깊은 신뢰와 도덕적 우위에서 운동의 힘을 모아나가고 있었다. 그렇다고 본능적으로 숨겨져 있는 지식인에 대한 불신을 없애주는 것은 아니었다. 그들의 이론은 들을 만한 부분이었다. 이론적으로 그들은 혁명의 사상을 지녔고, 전사였고, 선진적이었다. 그들이 보통 말하는 무장투쟁, 시가전 등등이 형자의 일상생활을 파고든 것은 숨길 수 없는 사실이었다. 그들에 대한 배신감은 윤강일의 도피로 이미 맛보았지만 역시 지금도 배신감이 치밀어올랐다. 그렇다면 그녀의 내밀한 한부분은 그들을 신뢰하고 있었단 말인가. 그 생각에 미치자 형자는 자리에서 벌떡 일어났다. 그리고 꼬부라져 잠들어 있는 동료들을 바라보았다. 저들은 누구인가. 지식도 없고, 이론도 없고, 운동논리도 없는 저들은 왜 도청에 들어왔는가. 그녀는 동료들을 전적으로 신뢰한다고 자부했으나, 지식인을 향한 신뢰의 부분만큼 동료들에 대한 신뢰를 저버리고 있었던 것은 아닌가. 그녀는 자신을 깊이 자책한다. 그녀는 지금 관통한다. 그녀는 바로 그들이었다. 거기에 잠깐 지식인이 끼여들었던 것이며 그것은 원칙에서 벗어난 것이었으며 이번 항쟁으로 그녀는 다시 동료들에게 돌아온 것이다. 지식인에 대해 배신감을 느꼈던 것 자체가 우스운 일이었다. 그것은 배신이 아니고 그들 자체가 바로 그런 성향이 아닌가. 그녀 자신이 흔들렸을 뿐이다.

형자는 동료들을 하나하나 바라보았다. 꼬부라져 잠들기도 하고, 의자에 앉은 채로 잠들기도 하고, 옷을 맨바닥에 깔고 자기도 했다. 그녀는 옆에서 자고 있는 순분의 뺨을 가만히 쓰다듬었다. 순분이가 놀란 듯 눈을 떴다. 의아한 눈빛이 서서히 사라지면서 미소를 지었다. 뺨에 있는 형자의 손을 꼬옥 잡고 가슴께로 가져갔다. 그리고 다시 눈을 감았다. 형자의 눈이 차츰 젖어왔다.

이튿날(25일) 오후 7시가 되어서야 운동권 청년들이 도청에 나타났다. 형자가 알기로는 열 명도 못 되는 인원이었다. 새로 들어온 운동권 청년들이 강경파로 주도권을 쥐면서 도청은 새로운 항쟁지도부의 면모를 갖추게 되었다. 온건파인 수습위원장은 사의를 표하고 나가버렸다. 식당에서 지금까지 밥짓는 일을 해왔던 여학생 이십여명도 함께 빠져나갔다. 인원이 줄어들면서 밥짓는 일은 더욱 바빠졌다. 밤늦게 YWCA에 대기중이던 3개조의 취사부가 새로 편성되어 도청 안으로 들어왔다. 대부분이 근로자들이었다.

밤 10시에 민중민주항쟁 지도부가 정식으로 발족되었다.

야간 경계조가 바뀌는지 복도가 소란스러웠다. 시민군들이 식당 안을 기웃거렸다. 형자는 라면을 끓여주었다. 순분이도 일어나 형자를 도왔다. 라면을 먹던 시민군 중에서 누가 순분이를 보고 눈을 크게 떴다. 그가 말했다.

"아가씨, 나 모르겠습니까?"

"누구신지……"

"전번에 자전거 태워줬지 않아요."

"어머!"

순분이가 탄성을 올리며 그에게로 다가갔다.

"그땐 정말 고마웠어요."

"여기서 만나게 되다니…… 아가씨도 담이 크네요."

"담이 커서 그러나요? 할일을 할 뿐인데요."

"이젠 밥도 맘놓고 먹게 되었구나."

하면서 남자는 하품을 해댔다. 순분이가 말했다.

"빨리 가서 주무세요. 피곤해 보이는데요."

"정말 졸려 죽겠네요. 이틀이나 못 잤어요. 오늘은 괜찮은 먹물들이 들어온 것 같아 잠을 좀 잘 수 있겠네요. 전번 학생수습위원들은 자꾸만 총을 뺏으려고 해서 정말 화가 치밀었어요. 총이 있어야만 도청을 지킬 수 있잖아요. 총 없으면 꼼짝없이 당한다구요."

남자는 개머리판을 다정스럽게 쓰다듬었다. 그리고 묻지도 않은 말을 했다.

"아가씨, 내 이름이나 알아두슈. 김두칠이라고 해요."

"내 이름은 순분이에요."

"순분이. 참 이쁘네요. 시골에서 산나물이나 캐야 될 이름인데 참."

"참이라니, 뭐가 참이라는 거예요?"

"못 볼 것 많이 보았을 테니 안됐다는 생각이 들어서요. 나야 사내새끼니까 괜찮지만……"

순분이의 눈이 금세 젖어왔다.

"그만들 잡시다."

누군가가 말했다. 김두칠은 총대를 어깨에 메고 거수경례를 하고 나가버렸다.

새벽 다섯시(26일)에 비상령이 떨어졌다. 도청은 삽시간에 긴장감이 감돌았다. 총을 들고 이리저리 뛰어다니기도 했고 창문 밖으로 총

부리를 대고 조준하는 시민군도 있었다. 형자는 상황실로 내려가보았다. 계엄군이 탱크를 앞세우고 시내로 진입하고 있다는 무전이 접수되었다는 것이다. 형자는 뛰어올라와 식당 안에 있는 동료들에게 마음을 침착하게 먹고 준비를 하자고 말했다.

"준비라니, 무슨 준비?"

미숙이의 물음에 영순이가 움츠렸던 어깨를 펴며 말을 받았다.

"싸울 준비지 뭐."

"우리에게도 총을 달라고 해야 돼."

"밥만 하니까 속상해. 총 쏘는 법도 배우고 싶어."

"죽게 될지도 모르겠네."

순분이의 말에 모두들 충격을 받은 것 같았다. 순분이도 얼결에 말이 나와버렸는지 한 손을 입으로 가져갔다.

계엄군은 한국전력 앞에서 진을 치고 더이상 진격해 들어오지는 않았다. 재야인사들로 이루어진 수습위원들이 계엄군 탱크 앞 도로 위에 드러누웠다는 소식도 들려왔다. 시민들은 아침 일찍부터 도청 앞으로 모여들었다. 항쟁지도부는 계엄군의 일시 진입으로 뒤숭숭한 분위기였지만 어느정도 체계를 정비하고 있었다.

형자와 순분이는 「투사회보」를 가지러 YWCA로 가는 도중에 분수대 앞에서 궐기대회를 보았다. 시민들이 연단 위에 올라가 하고 싶은 말을 모두 했다. 그러나 하고 싶은 말이라는 것에는 엄격한 기준이 있었다. 그것은 피로써 찾은 자유를 더럽히지 않는 기준이었고 적에 대한 분명한 응징의 기준이었고 싸움의 양상은 치열한 무장투쟁의 기준이었다. 자유란 이런 것이 아니겠는가. 무한히 열려 있는 가능성 앞에서 하나를 선택하는 것이 아니라 상황에 대한 분명한 당위 말이다. 하나의 상황 앞엔 하나의 결정만이 있을 뿐이다.

　계엄군 진입의 소문 때문인지 시민들 사이에 긴장감이 감돌고 있었다.

　"언니, 저 벽보 봐."

　순분이가 가리킨 곳에 큰 대자보가 붙어 있었다.

　미국 항공모함 부산 앞바다에 정박중.

　우리의 우방인 미국은 민주주의와 인권을 수호하는 나라입니다. 광주의 민주시민을 보호하기 위하여 지금 부산에 미국 항공모함이 정박중에 있습니다. 더이상 광주는 피를 흘리지 않을 것입니다. 시민들은 동요하지 마시고 도청에 집결합시다.

　시민들은 그 대자보를 보고 안심하는 눈치였다. 자유의 여신상을 상표로 하는 나라를 떠올리며 막연한 기대감을 갖고 있었는지도 모른다. 나이 많은 할아버지 한분이 순분에게 물었다.

　"뭐라고 썼지? 눈이 어두워서 안 보이는구먼."

　순분은 또박또박 읽어주었다. 읽기를 채 끝마치기도 전에 할아버지는 혀를 끌끌 찼다. 순분이가 물었다.

　"왜 그러세요, 할아버지?"

　"큰 나라는 믿을 것이 못 돼."

하면서 걸음을 옮기는 할아버지 뒤를 형자와 순분은 쫓아갔다. 할아버지는 가로수 밑에 앉아 담배를 붙여 물었다. 그녀들도 옆에 앉았다. 담배 한대를 다 태우고 나서 혼잣말처럼 할아버지가 중얼거렸다.

　"손자놈이 안 들어와 걱정이 태산같구먼."

"언제부터요?"

"19일이던가, 벌써 일주일이 지났는데……"

"몇살인데요?"

"고등학생이지. 장손인데 말야."

할아버지 눈가에 눈물이 어른거렸다. 할아버지가 계속해서 말했다.

"병원이란 병원은 다 찾아보았고 상무관에도 도청에도 죄 가보았지. 원 그럴 수가 있는가. 내 평생 그런 처참한 모습은 처음 보았지. 짐승도 그러지는 못하는 법이여, 짐승도. 하늘도 무심하시지."

할아버지는 하늘을 쳐다보며 깊은 한숨을 내쉬었다. 하늘은 맑고 푸르렀다. 무심한 하늘은 그 빛을 찬란히 드러내고 있었다. 군용기가 요란한 소리를 내며 날아갔다. 분수대 연단 위에서는 웬 아낙네가 눈물어린 목소리로 외치고 있었다. 형자가 할아버지에게로 눈을 돌리며 물었다.

"할아버지, 아까 하신 말씀인데요. 큰 나라는 믿을 것이 못 된다고 하셨잖아요."

"그게 뭐 어때서?"

"왜 그런 말씀을 하셨나 하고 여쭈어보는 거예요."

"늙은이가 뭐 아나? 경험으로 미루어봐서 무심코 나온 거지."

"경험이라니요? 어떤 경험요?"

할아버지는 대답을 않고 담배만 뻐끔뻐끔 피웠다. 담배연기를 바라보는 할아버지의 시선이 가늘어졌다. 할아버지는 말하기 시작했다.

6·25사변 때 할아버지는 국방군에 입대해서 평양까지 밀고 올라갔다. 코 큰 병사들까지 합세해서 파죽지세로 밀고 올라갈 땐 신나기까지 했다. 그들이 평양에 입성했을 땐 이미 쑥밭이 돼 있었다. 시가는

말할 것도 없고 교외 부근까지 하나도 남아 있는 것이 없었다. 유엔군의 무차별 폭격 때문이었다. 살아 있는 것은 모조리 요리해버려 그야말로 죽음의 도시였다.

"……은근히 부아가 치밀더군."

할아버지의 음성에 노기가 띠어 있었다.

"왜요?"

"아, 왜 평양이라고 하면 우리나라 도시 중에서 경치 좋기로 유명하잖아. 나도 소학교 때 수학여행 가봐서 알지. 아무리 빨갱이들이 판치고 있던 도시라도 역시 우리나라가 아닌가. 그런 도시를 코 큰 놈들이 와서 쑥밭을 만들어놓았으니 화가 안 나고 배기겠어? 이겼다는 생각보다 금수강산이 초토화됐다는 생각이 앞서더구만. 그때 큰 나라는 믿을 수 없다는 생각이 들었지. 믿을 건 제 민족밖에 더 있겠어? 싸우네 마네 해도 제 새끼, 제 가족, 제 동족이 제일 중요하지 않겠나. 살붙이니까. 딴 나라는 믿을 것이 못 된다니까……"

말을 마친 할아버지는 타버린 담뱃재를 털어냈다.

이렇게 오래 살았다는 것은 그 나름만큼 지혜롭게 되는 것인가, 하고 형자는 생각해보았다. 아니면 이 민족이 노인들을 지혜롭게 만드는 것인가. 자애롭고 평안한 노후가 아니라 민족이 겪어온 수난들을 되살리며 회한에 젖기도 하고, 분노가 불끈 솟아오르기도 하고, 때로는 무력감에 빠져 하루하루 사는 것 이외에는 어떠한 생존의 기쁨도 없고, 때때로 현정세를 본능적으로 감지할 수 있는 지혜를 체득하기도 한다.

살아 있는 자들은 정치적이다. 아무리 혼자 무력감에 빠져 있어도 계기가 주어지면 정치성의 면모가 드러난다. 반골이든 반동이든 야당

세든 여당세든…… 정치적 입장을 갖는다는 것은 참으로 중요하다. 올바른 정치적 입장은 삶의 방향을 올바르게 결정짓는다. 광주는 지금 정치적 입장을 분명히하고 있다. 군사독재정권은 물러가야 한다. 군사독재정권이 만들어낸 공공건물이 불타버린 것을 보면 안다. 싸움의 격렬함치고는 건물은 그리 많이 파괴되지 않았다. 꼭 없애야 될 곳만 불태워 없앴다. MBC, 세무서, 노동청, 어용언론, 어용노조. 민중의 기본권이 박탈된 곳만 정확하게 파괴되었다. 이 사실은 이 항쟁이 절대로 무정부주의자들이나 폭도들의 싸움이 아니라는 점을 드러내준다. 도청을 불태워버릴 수도 있었다. 그러나 도청은 건재하다. 그것은 우리들이 정치를 하겠다는 의지이다. 진정한 민주정부를 수립하겠다는 표현이다. 정치의 현실성을 획득하겠다는 행동이다.

할아버지가 자리를 털고 일어섰다. 순분이가 부축하며 말했다.

"가시게요?"

"손자놈 친구들이라도 찾아봐야 하겠구먼. 혹 소식이라도 들을 수 있을는지."

굽은 등을 휘적휘적 흔들며 걸어가는 할아버지를 그녀들은 한동안 바라보았다. 그녀들은 똑같이 손자는 죽었을 거라는 생각을 했다.

궐기대회 연단 위에서는 웬 스님이 목청을 돋우고 있었다. 장삼자락이 바람에 휘날려 장중한 분위기를 자아내고 있었다. ××× 목을 쳐서 이 장삼자락으로 싸갖고 오겠다는 대목에서 군중은 열광하면서 박수를 쳤다. 순분이도 박수를 치다가 골똘한 표정이 되어 있는 형자를 보고 조심스럽게 물었다.

"언니, 그래도 미국은 좋은 나라잖아. 어쨌든 우리를 도우러 온다니까."

"글쎄, 난 할아버지 말씀이 맞을 것 같아. 우린 군사독재정권에 의해 피를 흘렸거든. 그리고 미국은 군사독재정권을 인정하고 옹호하지."

"………"

"생각해봐, 순분아. 우리 국군의 군사작전권을 누가 갖고 있는 줄 아니?"

순분은 고개를 가로저었다. 형자가 말을 이었다.

"서울만 빼놓고 한미연합사령관이 갖고 있어. 그리고 연합사령관은 미국인이야."

"그러는 게 어덨대?"

"그렇다니까. 너 텔레비에서 가끔 판문점 회담 장면을 보여주는 거 봤지? 이북은 분명 이북 대표자가 나오는데 이남은 미국인이 대표자로 나가잖아. 남의 나라에 와서 주인행세를 하는 격이지."

순분이의 입술에 파르르 경련이 일어났다. 막연했던 부분들이 환하게 명확해지면서 순분은 기쁨과 분노의 감정을 동시에 맛보았다. 형자가 말했다.

"분명한 건, 광주가 또다시 계엄군에 함락되려면 미국의 동의가 있어야만 되는 거야."

"그렇겠지."

"우린 미국에 대해서 막연한 환상을 갖고 있어. 어쩌면 미국의 정체를 분명하게 깨닫게 해주는 일일 거야."

"뭐가?"

"만의 하나라도 도청이 함락되고 우리가 저들의 총에 맞아 죽게 된다면, 그땐 미국의 정체를 분명히 깨닫게 될 거야."

"………"

"져도 지는 것이 아닐 수 있어. 그래도 이런 엄청난 피의 대가로 알게 되는 것이 슬퍼."

형자의 목소리가 떨려나왔다. 순분이가 형자의 손을 잡으며 조금 흔들었다.

"언니, 자꾸만 지는 쪽으로만 생각하는 것 같아."

"그렇구나. 내가 왜 이러지. 이러면 안되지. 우린 승리할 수 있어." 하면서 순분의 손을 같이 흔들었다. 승리를 하려면 구체적인 전략이 세워져야 한다. 형자의 머릿속에 여러 작전들이 떠올랐다.

미국인들을 인질로 잡아 도청 안에 가둔다. 계엄군이 진압해오면 같이 자폭한다고 위협한다. 자국민 인명은 하늘같이 존중하는 미국 정부에서 모종의 협의를 제기한다. 최소치는 인명피해가 더이상 없을 것이고, 최대치는 이 도시만이라도 해방구로 고수하며 지방자치제를 실시한다. 또다른 작전도 떠올랐다. 특공대를 조직한다. 무기를 갖고 도시를 빠져나간다. 타도시의 미국 대사관을 점거한다. 그러면 계엄군의 진격을 막을 수 있고 시간을 벌면서 해방구의 정치적 진로를 펴나간다.

항쟁지도부 저녁회의 때 이 작전들을 꼭 제시해야겠다고 형자는 마음먹었다. 항쟁지도부가 새로 발족된 것은 어제였고 체계가 잡혀가면 이러한 작전들이 수행될 것은 자명한 일이었다.

군중들은 선창자를 따라 구호를 외치고 있었다.

그녀들은 YWCA로 갔다. 그곳은 선동선전대인 '광대' 문화팀들과 「투사회보」팀인 야학생들의 거점이었다. 영철이는 잠을 거의 못 잤는지 핏발이 선 눈을 하고 있었다. 「투사회보」팀을 이끌어가고 있는 용준이는 속속 들어오는 속보들을 검토하며 편집을 하고 있었다. 조직되어 있던 두 팀은 최대한 능력을 발휘하고 있었다. 조직은 이렇게 중요하다. 조직은 일상 속에서 이루어지며 일상 속에서의 싸움이다. 조직의 일원으로서 작은 일이라도 겸허하고 꾸준하게 하는 것은 더 본격적인 조직을 준비하고 예고하는 일이기도 하다. 조직은 현실이다. 그러한 현실은 사상을 향해 고양되어나간다. 조직은 물리력이다. 지금 이 두 조직은 몇십만의 시민을 결집시키고, 홍보를 담당하고, 사건의 진상을 규명한다. 조직의 물리력을 눈으로 확인하면서 형자는 감격에 겨워 눈시울이 뜨거워졌다.

누군가가 용준이를 불러냈다. 잠시 후에 들어온 용준이의 표정이 굳어 있었다. 영철이가 물었다.

"왜 그래, 형?"

"오늘밤 중으로 계엄군이 진격해올 가능성이 많다는 연락을 받았어."

비장한 침묵이 흘렀다. 드디어 올 것이 오는 모양이구나. 사람들은 서로 얼굴을 보지 않고 각자의 생각에 깊이 잠기는 듯했다. 눈에 눈물이 고이는 사람도 있었다. 또다시 처절한 죽음의 항쟁을 하여야 할 것인가. 죽어간 영령들 곁으로 가야 할 것인가. 누군가가 노래를 부르기 시작했다.

우리의 소원은 통일
꿈에도 소원은 통일
이 정성 다해서 통일
통일을 이루자

"그래도 일은 해야지."

용준은 소매를 걷어붙이고 등사기 쪽으로 다가갔다.

형자와 순분은 그곳을 나왔다. 날이 어두워지고 있었다. 고립된 도시는 외로운 싸움 끝에 허물어져가고 있었다. 궐기대회는 끝났지만 시민들은 흩어지지 않고 「우리의 소원」을 부르고 있었다.

이 겨레 살리는 통일
이 나라 살리는 통일
통일이여 어서 오라
통일이여 오라

아무도 움직이려고 하지 않았다. 이런 상태에서 계엄군과 싸워 시민군이 이길 것이라고 생각하는 시민은 거의 없었다. 식량의 공급도 막혀 있었고 슬픔과 피해의식이 고개를 쳐들기 시작했다. 군중들은 고개를 숙이고 흩어지기 시작했다. 순분이가 젖은 눈으로 형자를 바라보며 말했다.

"언니, 아무래도 계엄군이 쳐들어오려나봐."

형자가 고개를 끄덕였다.

"순분아."

형자의 목소리가 낮게 가라앉아 있어 순분은 긴장했다. 그녀들은 도청과 분수대 사이에 서 있었다. 길게 뻗어나간 금남로에 하나둘씩 불빛이 빛나기 시작했고, 어디서 날아왔는지 새떼들이 분수대 위를 빙빙 돌았다. 형자는 마치 처음 보는 풍경인 양 하나하나 시선을 주었다. 순분이가 참지 못하고 그녀의 팔을 잡았다.

"언니, 뭘 생각해?"

"음……"

낮게 신음소리를 내며 형자는 말을 이었다.

"분수대 앞과 YWCA, 그리고 도청."

"………"

"순분아 생각해봐. 그곳에 모인 사람들의 선택을."

"………"

"분수대 앞에 모인 사람들은 일상으로 돌아가는 사람들이야. YWCA는 언제든지 선택의 가능성이 있는 사람들이 모인 곳이고. 그리고 도청은……"

"도청은?"

순분이가 다급하게 물었다. 형자가 도청으로 시선을 돌리며 말했다.

"도청은 죽음을 결단하는 사람들의 것이야. 그것은 선택이 아니라 당위로 받아들이는 사람들의 것이지."

형자가 마치 자신에게 확신시키려는 듯이 두 손을 모아 잡았다. 순분은 그 손 위에 자신의 손도 포개었다.

"내 말을 잘 들어봐. 나중에 누군가가 이 일을 해야 돼. 어쩜 너희들이 해야 될지도 몰라."

형자가 말했다. 순분은 잡고 있던 손에 힘을 주었다. 형자가 말을 이었다.

"도청에 끝까지 남아 있던 사람들을 잘 기억해둬. 어떤 사람들이 이 항쟁에 가담했고 투쟁했고 죽었는가를 꼭 기억해야 돼."

"………"

"그러면 너희들은 알게 될 거야. 어떤 사람들이 역사를 만들어가는

가를…… 그것은 곧 너희들의 힘이 될 거야."

형자의 눈이 먼 곳을 응시하고 있었다. 깊이를 알 수 없는 눈빛이었다. 머리카락이 바람에 나부꼈다. 이마에 흩어진 머리카락을 순분이가 조심스럽게 쓸어주었다. 언니는 꼭 죽으려고 마음먹은 것 같아, 하고 말하고 싶었으나 속으로 삼켰다. 순분이가 말했다.

"언니, 난 그래. 이 며칠간 맛본 해방의 기쁨만으로도 일생 동안 어떤 험난한 일을 당하더라도 참아낼 수 있을 것 같아."

"그럼, 그렇구말구."

그녀들은 도청 안으로 들어갔다.

작전상황실에 시민군들이 부산스럽게 드나들고 있었다. 무전을 듣고 있는 상황실장의 표정이 어두웠다. 기동타격대장이 급한 걸음으로 상황실로 들어갔다. 형자는 순분에게 먼저 취사실로 가라고 이르고 기동타격대원 중의 한 사람을 붙들고 물어보았다.

"총 한 자루만 얻을 수 있을까요?"

"왜요?"

"아무래도 필요할 것 같아서요."

"총은 있지만 총알이 형편없이 모자라요."

기동타격대원은 바쁜 듯이 가버렸다. 형자는 각 분대실을 기웃거려보다가 총알이 없는 M1 한 자루를 습득하게 되었다. 워낙 고물이 되어 폐기처분이 된 것 같았다. 손잡이 부분이 너덜너덜하고 개머리판과 총신의 결합이 불량하여 몹시 흔들거렸다. 그래도 안도감으로 마음이 진정되어왔다. 두 손으로 부여안았다. 뺨에 총신을 갖다댔다. 섬뜩했다. 그러나 뺨의 온기가 총신에 전해지면서 마치 늘 대해오던 일상의 물건처럼 다정스러웠다.

기동타격대장이 상황실에서 나왔다. 기동타격대원들이 대오를 정비하고 급히 도청을 떠나갔다. 외곽지대를 방어하기 위해서였다. 2개조는 도청 사수를 위해 남았다.

형자는 취사실로 갔다. 총을 든 형자를 보고 모두들 놀라는 것 같았다. 그녀가 말했다.

"형편없이 망가져서 내버려진 것을 가져온 것뿐이야."

저녁은 먹는 둥 마는 둥했다. 취사실을 기웃거리는 시민군이 거의 없었다. 그녀들은 식사를 하라고 각 분대실을 찾아가보았다. 모두들 정신이 없는지 들은 척도 하지 않았다. 할 수 없이 쟁반에 식사를 받쳐들고 분대실로 찾아가 억지로라도 밥을 먹였다. 지금 밥 먹게 생겼느냐고 핀잔을 주기도 했지만 억지로 입 속에 넣으면서 눈물이 핑 돌기도 했다.

작전상황실은 숨가쁘게 돌아가고 있었다. 무전을 듣고 있던 상황실장은 순분이가 내미는 쟁반을 손으로 가볍게 밀치면서 나가라고 손짓했다. 상황실장이 숨가쁘게 소리쳤다.

"여기는 도청본부다."

"뭐라고?"

"잘 안 들린다. 크게 말하라, 오버."

"뭐라고? 화정동 시민군 본부라고?"

"응 응."

"뭐? 수십 대의 탱크로 밀어붙여 쳐들어온다고?"

"응 응. 지원군을 보내달라고?"

"지원군이 어딨어. 도청사수 인원도 부족한데."

"총알도 부족해? 여기도 마찬가지야."

상황실장의 얼굴에 진땀이 흘렀다.

취사부에 한 청년이 들어왔다. 그가 말했다.

"지금 계엄군이 진격해 들어오고 있습니다. 나이 어린 학생이나 여자들은 피신하라는 지도부의 명령입니다."

"오빠들과 같이 있겠어요."

영순이가 말했다.

"우리에게도 총을 주세요."

"우리도 싸우겠어요."

이곳저곳에서 울음이 터져나왔다. 한 여자애는 청년이 메고 있는 총을 달라고까지 했다. 청년은 가슴이 미어지는지 꿀꺽하고 침을 삼켰다. 그는 목소리를 가다듬고 명령조로 말했다.

"빨리 나가십시오. 시간이 없습니다. 이건 명령입니다. 살아서 증언할 사람도 있어야 하잖습니까?"

모두들 흐느꼈다. 청년은 말을 잇지 못하고 나가버렸다. 나가지 않겠다고 버티는 동료들을 하나하나 내보내면서 형자는 결코 눈물을 보이지 않았다. 나가는 동료들 중에 순분이가 마지막으로 문을 나서면서 흐느꼈다.

"언니."

"그래, 잘 가."

순분은 복도를 걸어나가다가 김두칠을 만났다. 그는 엉겁결에 순분의 손을 꽉 쥐었다. 순분의 눈물이 김두칠의 손등에 떨어졌다. 김두칠은 손을 놓고 그녀의 등을 밀었다. 차마 걸음을 떼어놓을 수 없는지 벽에 손을 의지하며 걸음을 떼어놓았다. 막 계단을 내려서면서 그녀가 무어라고 소리쳤으나 사람들의 술렁거림 속에 그냥 파묻혀버렸다.

김두칠은 흐르는 눈물을 얼른 손등으로 씻었다. 그리고 도청 광장으로 나 있는 창문 앞으로 다가섰다. 그를 따라온 두 명의 시민군도 같이 나란히 섰다. 식당 문에 기대어 있던 형자도 그들 곁으로 다가갔다.

창문으로 5월의 바람이 불어오고 있었다. 시가지는 깊은 정적에 싸여 있었다. 하늘과 땅이 검은 장막을 하나로 휘두른 것같이 분간이 없었다. 별똥별 하나가 포물선을 그리며 사라졌다. 바람이 세차게 불어왔다. 그들은 가로수가 서걱이는 것 같은 소리를 들었다. 풀향기 같은 냄새도 맡은 것 같았다. 김두칠은 숨을 크게 들이마셨다. 그가 혼잣말처럼 중얼거렸다.

"이렇게 좋은 세상인데……"

옆에 서 있는 시민군이 고개를 끄덕였다. 뺨 한쪽에 상처자국이 나 있었지만 표정은 맑고 진지했다. 또 한 시민군은 열다섯, 여섯쯤이나 되어 보이는 소년이었다. 총을 어깨에 멘 것이 힘겨운 듯 한쪽 어깨가 처져 있었다. 소년이 말했다.

"이상하게 식구들이 둘러앉아 밥 먹던 것이 생각나요."

소년이 잠시 말을 끊었다가 다시 이었다.

"그때는 밥을 먹어도 먹어도 밥숟갈만 내려놓고 뒤돌아서면 다시 배가 고팠는데 여기서는 하루에 겨우 한끼 정도밖에 먹지 못하는데도 배고픈 줄 모르겠어요. 그냥 모든 게 안심이 되고 좋아요."

소년은 자랑스러운 듯 총대를 슬그머니 만졌다. 그리고 형자를 바라보며 물었다.

"누나도 총 있어요?"

"그래, 있어."

"그럼 됐네요."

먼 곳에서 연발총 소리가 났다. 우리 편 총성이 아니다. 형자는 총성만 들어도 우리 편인지 아닌지 구별할 수 있다. 우리 편은 둔탁하고 탁, 탁, 탁, 끊어지는 소리가 난다. 김두칠이 윗주머니에서 담배 한개비를 꺼냈다.

"담배가 있었군."

뺨에 상처자국이 나 있는 시민군이 반가운 듯 말했다.

"겨우 한대 얻었지요."

성냥불을 그었다. 잠시 밝아졌다. 불만 붙이고 담배를 건네주었다.

"형 먼저 피세요."

"자네 먼저 피워."

"먼저 피세요."

그들은 한모금씩 번갈아 피웠다. 중간쯤 태웠을 때 김두칠이 소년에게 담배를 내밀었다.

"너도 한모금 피워라."

"전 담배 피울 줄 몰라요."

"그래도 피워, 임마. 어쩌면 마지막 담배가 될지도 모르니까……"

소년은 두 손으로 받아들고 조심히 한모금 빨았다. 평소에 담배연기라면 몹시도 싫어하던 형자였지만 오늘따라 그 냄새가 살냄새처럼 향기롭게 느껴졌다.

"누나도 한모금 피세요."

"난 이미 피운 것 같은 느낌이야."

형자는 문득 이들이 오래 전에 잃었던 형제들이 아닌가 하는 느낌이 들었다. 눈물이 솟구쳐 오를 것 같아 눈을 몇번 깜빡거렸다. 김두칠이 그녀의 어깨를 서너 번 토닥거려주었다. 공수특전단의 만행을 보았을 때 인간에 대한 절망을 맛보았음에도 결코 사라질 수 없는, 인간에 대한 신뢰와 사랑을 지금 그녀는 분명히 확인하는 것이었다.

더 가까운 곳에서 연발총 소리가 연이어 들려왔다. 형자는 소년이 잡고 있던 총을 같이 잡았다. 김두칠은 총대를 잡고 있는 손에 힘을 주었다. 그는 망연한 밤하늘에 대고 혼잣말처럼 뇌었다.

"죽는 건 두렵지 않아요. 어디 산에 파묻히기라도 하면 다행이죠. 살이 썩으면 흙은 영양분을 얻게 되어 이름모를 풀꽃을 피우게 할 수도 있겠죠. 재수가 좋으면 진달래를 피울 수도 있구요. 어릴 때 배고프면 산에서 진달래를 많이 따먹었지요. 내가 죽어서 피운 진달래를 배고픈 어린애들이 따먹으면 내가 다시 살아나는 게 아니겠어요."

"그래요, 죽음은 그런 걸 거예요. 살아 있는 생명들은 하나도 사라지지 않을 거예요."

형자가 말했다.

연발총 소리와 뒤섞여 대지를 짓밟는 굉음이 들려왔다. 탱크의 캐터필러 소리였다. 소리는 밤의 적막을 하나하나 삼킬 듯이 지축을 천천히 뒤흔들어왔다.

도청 전체에 비상이 걸렸다. 김두칠이 M1 소총을 꽉 보듬어 안으며 소리쳤다.

"개새끼들, 본때를 보여줘야지."

시민군들은 급히 제 위치로 치달려갔다.

도청은 탱크를 앞세운 계엄군에 의해 완전히 포위되었다. 김두칠은 은폐물 뒤에 엎드려 마른침을 삼켰다. 검은 장막 속에 숫자를 헤아릴 수 없는 많은 탱크와 장갑차가 희끗희끗 보였다. 갑자기 장갑차 위에서 빛이 번쩍했다. 써치라이트였다. 칼날 같은 빛이 눈 깊숙이 파고들었다. 눈을 감고서도 한동안 망막이 아른거렸다. 김두칠은 깊은 물 속에 잠기는 것처럼 공포가 확 밀려왔다. 앞을 볼 수가 없어 옆으로 눈을 돌렸다. 동지들은 은폐물 뒤에서 숨소리도 없이 웅크리고 있었다. 써치라이트에 도청은 완전히 모습을 드러내었고, 손가락 움직임조차 확연하게 보였다. 은폐물 사이 골이 패인 곳곳에 총구멍이 적들을 향해 겨눠지고 있었다. 옆의 동지가 마른침을 삼켰다. 그들은 공격명령이 떨어질 때를 가슴 죄며 기다렸다. 총알이 부족해서 정확한 사정거리 안에 적이 들어왔을 때 총을 쏘기로 이미 약속이 되어 있었다.

계엄군은 항복 권유의 최후통첩을 방송했다.

"폭도들에게 경고한다. 너희들은 현재 완전히 포위되었다. 열 셀 때까지 무기를 버리고 투항하라."

하나.

김두칠은 총을 써치라이트 쪽으로 조준했다.

두울.

숨막히는 순간, 총을 잡고 있는 손에 힘을 주었다.

세엣.

네엣.

그때 도청 본관 창문에서 한 시민군의 목소리가 잠시의 정적을 찢었다.

"개자식들아."

동시에 총소리가 계엄군의 써치라이트를 박살내었다. 주위는 다시 캄캄해졌다. 동지들과 더불어 김두칠은 방아쇠를 당겼다. 계엄군의 일제사격이 개시되었다. 그들의 자동화기가 콩 볶는 소리를 내며 일시에 퍼부어왔다. 김두칠은 달려오는 수많은 군홧발을 보았다. 계속 방아쇠를 당겼다. 총탄 하나가 날아와 김두칠의 어깨에 파고들었다. 은폐물 뒤로 나동그라졌다. 동지들도 피를 흘리며 쓰러져 있었다. 군홧발은 마치 대지를 뒤흔드는 것같이 은폐물 위를 넘어 그들을 밟고 지나갔다. 김두칠은 기를 쓰고 몸을 일으키려고 애써보았다. 가까스로 손 한쪽을 은폐물 위에 올려놓았다. 온 힘을 다해 상체를 일으켰다. 그는 총을 은폐물 위에 올려놓았다. 아까보다 더 많은 군홧발이 몰려들고 있었다. 여러 발의 총탄이 천지를 흔들었다. 김두칠은 은폐물 위로 몸을 늘어뜨렸다. 총은 가슴께에 품고 있었다. 부릅뜬 두 눈이 먼 곳을 응시하였다. 두 눈은 군홧발을 넘어, 탱크와 장갑차를 넘어, 쭉 뻗은 시가지를 넘어 먼 곳 고향산천을 바라보고 있었다.

어머니!

입 속에서 나오는 마지막 부르짖음이 총성과 군홧발 소리에 묻혀버렸다.

3

어머니는 한물간 딸기를 받아와 리어카에 끌고 나다녔다. 딸기철은 이미 지나 잼감으로나 적당했지만, 싼값에도 잘 팔려나가지 않았다. 어머니가 투덜거렸다.

"난리를 겪고 난 후라 잼도 안 만드는가보다. 빨리 토마토가 익어야 될 텐데……"

어머니는 아무 일도 없었다는 듯 먹고사는 일에 매달렸다. 동생들은 학교에 나가기 시작했고, 사람들은 일상을 살아가기 시작했다. 청소차는 격일제로 딸랑거리며 나타났고, 아낙네들은 마당에 물을 획획 뿌리며 집안을 말끔하게 청소하기도 했다. 어린아이들은 전쟁놀이를 신나게 해댔고, 로봇이니 마징가제트니 하는 장난감들은 뒷전으로 내팽개쳐버렸다.

순분은 이 모든 일이 비현실적으로 보이기도 하였고 또 놀랍기도 하였다. 그녀로서는 어떻게 시작하여야 할지를 몰랐다. 방구석에 멍하니 틀어박혀 죽은 듯이 누워 있었다. 보다못해 어머니가 역정을 냈다.

"이것아, 정신차리고 먹고살 생각을 해야지. 누워만 있으면 밥이 들어오냐, 떡이 들어오냐."

동생들의 2기분 납부금고지서가 날아들어온 지도 꽤 되었다. 순분은 도리없이 공장엘 나가기 시작했다. 어쩌다 도청 앞에 멈춘 적이 있었다. 분수대에선 물줄기가 뿜어올랐고 화려한 꽃장식이 물기를 머금어 반짝거렸다. 도청 안 그녀가 머물렀던 곳에 시선이 멈추자 걷잡을 수 없는 눈물이 솟구쳤다. 도망치듯 그곳을 빠져나왔다. 그후로 도청 앞을 피해서 다녔다. 공장에서 일하는 시간이 오히려 마음이 편하기도 하였다. 예비종이 울리고 작업장에 들어서 조례를 마치면 그때부터 그녀는 한낱 기계에 지나지 않았다. 시끄러운 기계소리와 밝은 형광등 불빛을 동무삼아 야간작업도 부지런히 해냈다. 전번 사태로 1억인가가 손해났다고 사장은 입을 쩝쩝 다셨다. 마치 근로자들에게 죄가 있는 양 몰아붙였다. 졸리면 타이밍과 박카스를 사먹었다.

야학은 폐쇄되었다. 전국적으로 야학이 탄압국면을 맞았다. 야학을 엮어 무슨 사건을 조작하려는 분위기가 팽배했다. 근로자들은 그나마 공부할 기회도 빼앗겨버렸다. 일요예배 때에 이따금 강학들 얼굴이 보였다. 윤강일은 나타나지 않았다. 강학들은 목사가 안 볼 때 찬송가 대신 유행가를 불렀다. 「보고 싶은 얼굴」. 이 유행가가 대학가에서 불리고 있다고 했다. 순분이들은 절대 이 노래를 따라 부르지 않았다. 그녀들은 내밀한 부분을 싸안아 가슴 한 귀퉁이에 꼭꼭 숨겨두고 있었다. 내밀한 부분들을 내비치는 동료가 있으면 화를 버럭 냈다. 가령 형자 얘기가 나온다든가, 마지막 도청을 빠져나오던 장면, 또는 궐기대회에서 외쳤던 여러 구호의 용어들…… 순분이들은 서로에게 분노했고 증오까지 하였다. 상대방에 대해서 조금도 너그럽지 못했다. 생각을 해보면 자기 자신에 대한 분노가 상대방에게 칼을 들이대는 것 같았다.

신문에서는 폭도들의 이름이 게재되었고 마치 커다란 범죄조직을 터뜨리는 것 같았다. 폭도들이 수감되어 있는 상무관은 공기조차 얼어붙어 있는 것 같았다. 마지막 도청 안에도 살아남은 자가 있다는 소식이 들려왔을 때 순분이들은 혹시나 하고 상무관 쪽으로 가보았다. 카키색만 보아도 깜짝깜짝 놀라는 무서움을 간신히 가라앉히고 정문으로 다가갔다. 순분이가 얼어붙은 입을 떼었다.

"저…… 사람을 찾는데요."

"어떤 사람?"

군인이 눈을 치켜들었다.

"언닌데……"

"폭도 동생이 왔구먼."

군인의 눈빛이 날카로워졌다. 그녀들은 더이상 물어보지도 못하고 도망치듯 빠져나왔다.

상무관을 갔다온 후로 그녀들은 더욱더 상대방에 대해 불만을 갖게 되었다. 둘이 모이면 딴 친구 욕을 해댔다. 딴 친구는 이쪽 욕을 했다.

"사람다운 사람은 하나도 안 남았어."

하고 철순이가 내뱉으면,

"넌 사람답니?"

하고 미숙이가 앙칼지게 되물었다. 영순이가 모 인권단체에서 온 목사에게 도청 안에 있었던 사건들을 이야기할 때였다. 철순이가 영순이를 제지하며 말했다.

"넌 제일 먼저 빠져나갔어. 넌 말할 자격이 없어."

영순이가 울음을 터뜨렸다. 목사가 고개를 갸웃거리며 말했다.

"그런 엄청난 일을 겪고도 왜 서로 헐뜯습니까? 지금은 화해를 할 땝니다."

"화해라고요?"

미숙이의 목소리가 뾰족해졌다. 신문에서나 인권단체, 종교단체, 어디에서나 화해라는 말이 많이 떠돌았다. 용서라는 용어도 뒤따랐다. 정부에서는 화해와 용서의 뜻으로 폭도들에게 사형은 처하지 않는다고 발표하였다. 화해와 용서라는 말 속에는 진상을 가리려는 음모의 냄새가 풍겼다. 그녀들은 절대로 화해할 수 없었다. 그 누구와 화해할 수 없다는 말인가. 군사독재정권일 수도 있고, 폭도라고 떠드는 언론, 살아남은 자들 그리고 자기 자신일 수도 있었다. 군사독재정권, 언론, 살아남은 자들은 저 멀리에 있었고 가장 구체적으로 맞닿은 것은 자기 자신과 동료들이었다. 그녀들은 자신을 할퀴고 상대방을 할퀴고, 상처난 부분에 피가 흐르고, 피가 흐른 부분이 채 아물기도 전에 다시 칼을 꽂았다. 그리하여 더이상 혼자서 감추어두었던 내밀한 부분마저 찢겨져나와 아무것도 감출 것이 없었다. 그것은 마치 대검으로 찔리어 내장이 길 위에 삐져나와, 좀전에 먹었던 밥알이 햇빛에 선명히 드러난 것 같았다. 그녀들은 눈을 똑바로 뜨고 진단하지 않을 수 없었다. 살아 있는 것은 부끄러운 일이었다. 그녀들은 비로소 살아 있는 것에 정당성을 부여해왔던 자신들의 내밀한 부분을 여지없이 부수어버릴 수밖에 없었다.

살아 있는 것은 개인의 선택이었고 하늘 우러러 한점 부끄러움이었고, 비겁이었고 또한 죄악이었다. 그것을 인정해야만 했다. 그리고 다시 시작할 것이었다.

이튿날부터 틈이 나는 대로 사망자와 부상자들을 찾아다녔다. 순분이 동네에서만도 5명의 사망자와 7명의 부상자가 있었다. 그녀들이 확인해볼 수 있는 대상은 한정된 것이었다. 인권단체들을 쫓아다녔다. 기독교연합회와 가톨릭쎈터, 5·18광주의거유족회, 5·18부상자동지회 등등이었다. 부상자 신원확인은 722명 정도였고 구속자는 421명이 확인되었다. 사망자는 망월동에 묻힌 2백여구가 못 되는 숫자와 인권단체들이 확인한 4백여구 이외에는 신원이 드러나지 않았다. 2천여 명이 죽었을 거라는 풍문이 나돌았다. 그 숫자보다 더 많으면 많았지 적지는 않을 것이었다. 순분이 동네에서 죽은 5명의 사망자 중에서 2명만이 인권단체에 등록하였다. 딴 가족들은 쉬쉬하며 등록하기를 한사코 거부하였다. 그때 살벌한 분위기로는 그럴 수밖에 없었다. 언론에서는 계속 폭도니 불순분자니 하고 몰아붙이고 있었고 신고한다는 것은 대역죄를 지은 가정이 된다는 것을 의미했다.

그녀들은 부상자와 구속자 명단을 놓고 계급적으로 분류해보았다. 사망자는 제외했다. 잘못 알려지면 그 숫자만 죽었다고 확정될 수 있으니 말이다. 사망자는 좋은 세상이 오면 정확히 확인해야 될 일이었다.

유산자계급——엄밀한 의미에서 이 계급의 사람은 한 사람도 없다. 그러나 안정된 직업을 가진 사람들을 이 계급에 포함시켰다. 회사원, 축산업, 공무원 등등.

지식인계급——재야 인사, 운동권 청년, 교사, 대학생, 학생, 지적인 일에 종사하는 사람들 등등.

농민계급——농업에 종사하는 모든 사람들.

무산자계급——세 곳에 포함되지 않은 모든 사람들을 이 계급에 집어넣었다. 공원, 세차공, 음식점 배달원, 무직, 외판원, 타일공, 양복공, 세탁공, 청소부, 노점상, 점원, 가난한 주부, 운전수, 보일러공, 소상인, 막노동, 고물상, 행상, 용접공, 자개공, 목공, 구두닦이 등등.

유산자계급——34명

지식인계급——240명

농민계급——47명

무산자계급——822명

대략 71퍼센트가 무산자계급이었다. 지식인계급에 속하는 대부분의 숫자는 예비검속으로 붙잡혀간 사람들이었다. 붙잡혀가지 않았다면 모두 투쟁에 가담했었을까. 대답은 미지수이지만 운 좋게 검거를 모면한 사람들의 행동으로 기준해본다면 가정은 나온다. 많은 사람들이 투쟁에서 이탈했을 것이다. 그렇다면 무산자계급의 퍼센트는 더 높아질 것이다. 80퍼센트, 90퍼센트. 결과를 놓고 보니 순분은 형자의 말이 새삼 떠올랐다. 그녀가 동료들에게 말했다.

"언니가 왜 그랬는지 이제야 알겠어."

"뭐라고 그랬는데?"

철순이가 눈을 빛내며 물었다. 영순이, 미숙이도 순분이를 주시했다.

"그때 언니가 말했어."

순분은 말을 끊었다. 되살아난 듯 형자의 모습이 생생했다. 그때 바람에 머리카락이 나부꼈지. 금남로에 불빛이 빛나기 시작했고 새떼들이 분수대 위를 빙빙 돌았지. 그리고 도청의 창문들. 언니는 가슴속에 꼭꼭 담아두려는 듯 하나하나 시선을 주었지. 삶의 소중함을 나타내는 눈빛이 있다면 그때 언니의 눈빛이 그러했어. 그 모두를 아는 자만이 죽음도 확고하게 받아들이는 것일까. 언니가 말했지.

"어떤 사람들이 이 항쟁에 가담했고 투쟁했고 죽었는가를 꼭 기억해야 돼. 그러면 너희들은 알게 될 거야. 어떤 사람들이 역사를 만들어가는가를…… 그것은 곧 너희들의 힘이 될 거야."

그녀들은 말없이 앉아 있었다. 순분은 무산자계급의 퍼센트에 시선을 고정시키고 있었다. 도청에서 보았던 많은 사람들이 주마등처럼 떠올랐다. 말없이 눈만 번쩍이던 사람, 턱에 칼자국이 있던 사람, 거친 욕을 끊임없이 해대던 사람, 몸집은 작은데 손이 유난히 컸던 사람, 밥을 먹으면서도 총만은 거머쥐고 있던 사람, 해맑은 어린 사람, 사람들. 그리고 김두칠과 형자. 각양각색의 사람들. 그러나 하나다. 모두가 없는 사람들이다.

"너희들도 보았지?"

자신의 생각 속에 떠오른 물음을 순분은 물었다. 철순이가 되물었다.

"뭘?"

"그때 있었던 사람들…… 마지막 밤 도청에 있었던 사람들 말야. 그날 저녁 즈음에 계엄군이 쳐들어올 것을 다 알고 있었잖아."

"마지막 궐기대회 때 이미 예상되고 있었지."

영순이가 말했다.

"그런데도 사람들은 돌아갔어. 도청과 몇몇 건물을 지키던 사람들과 외곽지대를 방어하던 시민군들만 빼놓고……"

마음속에 있는 말이 잘 나오지 않는 듯 순분은 침을 꿀꺽 삼켰다. 그녀의 시선이 동료들을 넘어 먼 곳을 바라보았다. 이마에 가느다란 선이 나타났다. 다시 시선이 돌아오면서 입을 떼었다.

"우리가 죽을 줄 알면서도 사람들은 돌아갔어."

"마지막엔 참 외로웠지."

미숙이가 쉰 듯한 목소리로 말했다. 영순이가 말을 이었다.

"모든 사람들이 도청 광장에 집결하고 버텼으면 하는 생각도 들었어. 그렇다면 제아무리 계엄군이라도 쳐들어올 수 있었겠어?"

"그때 궐기대회의 열기로 보아서는 그럴 수도 있을 것 같았는데 말야."

철순이가 말했다. 미숙이의 눈빛이 흐려왔다. 그녀는 가라앉은 목소리로 말하기 시작했다.

"결국 도청이나 외곽방어를 위해서 죽은 사람들만이 남았을 뿐이야. 대부분이 없는 사람들이고."

"투쟁이란 과연 무엇일까?"

순분이가 자문하듯 물었다. 턱에 손을 고이고 있던 영순이가 생각할 겨를도 없이 대답했다.

"형자언니같이 행동하는 거지."

"그래. 끝까지 책임지는 것만이 투쟁이라고 말할 수 있어."

하면서 순분은 손가락으로 이마를 짚었다. 생각을 모으는 듯했다.

영순이가 작은 목소리로 말했다.

"미국이라는 정체를 이번에 분명히 알았어."

"정체고 나발이고 미국은 적이야. 형자언니가 죽었잖아. 도청 함락은 미국의 동의하에 이루어진 것이니까."

철순이가 흥분된 어조로 말하자 영순이, 미숙이도 흥분해서 말을 거들었다.

계속 조용히 있는 순분이를 보며 한참 만에야 세 사람은 서로 눈짓을 했다. 영순이가 순분이 들으라는 듯 한마디 했다.

"아유, 배고파. 열시가 넘었잖아."

그제서야 순분은 동료들을 바라보며 말했다.

"시간이 벌써 그렇게 됐니? 이제 일어나야겠구나."

미숙이는 그대로 앉아 있었다. 영순이가 그녀의 팔을 잡아 일으키며 말했다.

"넌 안 갈래?"

"응…… 저 말야."

말끝을 흐렸다. 순분이가 물었다.

"뭐 할말이 남았니?"

"응…… 그냥, 아니 사실은……"

하고 또 말끝을 흐렸다. 철순이와 미숙이의 눈길이 부딪쳤다. 그녀들은 당황스런 기색을 감추려는 듯 부산스럽게 일어났다.

순분은 버스표를 꺼냈다. 버스가 오고 있었다. 막 정차를 하는데 미숙이가 순분의 팔을 잡아끌었다. 버스는 가버렸다. 미숙이가 목소리를 낮추어 말했다.

"모두 우리 자취방에 가자."

"왜?"

"윤선생님이 오기로 했어."

"잠수함 탔잖아."

"그러니까 오는 거지."

미숙이와 철순이는 발산다리 너머 달동네에 월세방을 얻어 자취하고 있었다.

발바리가 꼬리를 치다가 순분이 영순이를 보고 캥캥 짖었다. 그 소리에 옆방 아이가 깨어났는지 칭얼거렸다. 방 한칸에 부엌이 달린 방들이 네 개나 있었다. 처마 밑을 잇대어 썬라이트로 얼기설기 엮어놓은 부엌으로 그녀들은 몰려들어갔다. 그릇을 얹어놓은 선반 하나가 달려 있었다. 선반 가운데에 작은 종지가 엎어져 있었다. 미숙은 종지를 살짝 들었다. 열쇠가 있었다. 방문을 열었다. 이불을 얹어놓은 나무궤짝, 벽에 걸려 있는 옷 나부랭이들, 한 귀퉁이에 조그만 책꽂이, 책꽂이 위쪽 벽에는 누르스름한 한지에 칼로 오려내듯이 단호하게 검정으로 각인된 판화가 액자도 없이 붙어 있었다. 노동자가 한손엔 밥그릇을, 또 한손엔 『근로기준법』이라고 쓴 책을 들고 있었다. 불타는 눈물이 아니라 불타는 몸을 나타내듯 불꽃이 화면 가득히 타오르는 그림이었다. 그 노동자는 전태일이었다.

그녀들은 오면서 사온 라면을 끓여 먹었다. 김치도 없었다.

"얘, 김치 좀 담가 먹어라. 기집애가 게을러서……"

영순이가 퉁방울을 주자 순분이도 거들었다.

"시집가면 소박맞을 일이야."

그녀들은 제각기 편한 자세로 누웠다. 넷이 누우니 발 디딜 틈도 없

66

었다. 그중 몸이 통통한 영순이가 세 사람의 눈총을 받았다.

"필요없이 살찌는 것도 죄가 된다는 거, 너희들 지금 보았지?"

하면서 미숙이가 킥킥 웃었다. 골목으로 면해 있는 창밖으로 술 취한 남자의 흥얼거리는 노랫소리가 들려왔다. 노랫소리가 멀어지면서 두 남녀의 목소리가 들려왔다.

"수입이 괜찮았어?"

"괜찮긴, 순경한테 쫓겨다니느라고 혼쭐만 났어."

"곧 겨울이 닥쳐올 텐데……"

목소리가 멀어지면서 한동안 잠잠했다.

창문에서 톡톡, 소리가 났다. 미숙이가 일어나 창문 밖을 내다보았다. 흐릿한 불빛 속에 윤강일이 서 있었다. 창문을 조금 열고 미숙이가 속삭이듯 말했다.

"거기 가만히 계세요."

미숙은 방문을 열고 마당으로 나갔다. 이방 저방으로 귀를 기울였다. 조용했다. 발바리가 귀를 쫑긋거렸다. 발바리를 안고 대문을 열었다. 그림자처럼 윤강일이 들어섰다. 그는 발걸음을 죽이며 부엌으로 들어갔다. 미숙은 대문 밖을 휘둘러보았다. 아무도 없다. 문을 잠그고 발바리를 놓아주었다. 부엌에서 미숙이가 물었다.

"선생님, 저녁 하셨어요?"

"대충 했어. 신경쓰지 말고 어서 들어와."

미숙은 대접할 것이 없나 하고 이리저리 둘러보았다. 어머니가 보내준 콩 볶은 것이 생각나 쟁반에 받쳐들고 방으로 들어갔다. 윤강일의 얼굴이 초췌해 보였다. 감옥 얘기 할 때의 그 불타던 눈빛도 많이 흐려 있었다. 그가 한사람 한사람 둘러보고 나서 말했다.

"너희들은 여전하구나."

윤강일은 비닐봉다리를 내놓았다. 소주와 쥐포였다. 종이컵에 한 잔씩 돌아가며 마셨다. 그는 계속 마셨다. 그가 말했다.

"야학은 문 닫았지?"

"네."

영순이가 대답했다.

"당분간 강경으로 나갈 것 같아."

하면서 윤강일은 깊은 한숨을 내쉬었다.

미숙이가 물었다.

"그동안 어디 계셨어요?"

"여기저기. 주로 서울이지만. 그곳은 확실히 언더의 문화가 형성된 것 같아. 나름대로 숨 틀일 곳도 있고. 여긴 완전히 깜깜절벽이구나. 사람도 없고. 사람이 없으니까 도시가 텅 빈 것 같다."

"사람이 없다니요?"

철순이가 물었다.

"글쎄, 쓸 만한 사람들은 감방에 들어갔거나 잠수함 탔거나 죽었거나 했잖아."

"죽은 사람은 어떤 사람을 말하는 거예요?"

영순이가 물었다.

"상원이가 죽었잖아."

"그 외에 어떤 사람들이 죽었는지 아세요?"

순분이의 물음에 윤강일은 고개를 저었다. 순분이가 계속해서 말했다.

"죽음조차도 윤선생님 쪽의 사람만 부상하는군요."

"무슨 뜻이지?"

아무도 대답하지 않았다. 바람에 유리창이 흔들거렸다. 윤강일은 취기가 오르는지 벽에 몸을 비스듬히 기댔다. 그가 말했다.

"야학 문 닫았다고 공부하고 담쌓으면 안된다. 혼자서라도 해."

"네."

미숙이가 대답했다.

"난 아무래도 이 도시를 다시 떠나야 할 것 같다."

"………"

"발붙일 데도 없고 허물어진 기분이야."

"………"

"너희들은 그렇지 않니?"

그녀들은 서로 쳐다보았다. 영순이가 말했다.

"선생님, 우린 그렇지 않아요. 할일이 너무 많은 것 같아서……"

"어쨌든 생각을 깊게 해봐야 되겠어. 다시 시작하기 위해서 말야."

"뭘 다시 시작해요?"

철순이가 물었다. 윤강일은 대답을 안하고 담배를 꺼내어 불을 붙였다. 내뿜는 연기가 길다. 그의 시선이 그림에 가닿는다. 그가 말했다.

"색다른 그림인데?"

"전태일 열사예요."

미숙이가 대답했다.

"새로운 형식이야. 예술도 달라지는 것일까."

"예술이 어떤지는 잘 모르겠고요. 이 판화를 그린 화가도 5월항쟁에 참가했대요. 얘기하려는 것이 분명하고 값도 싸요."

미숙이가 말을 마치자 영순이가 자랑스러운 듯 말을 이었다.

"나도 있어요."

윤강일은 방안을 둘러보다가 다시 그림에 시선을 주었다. 그가 말했다.

"이런 방에 그림이 걸려 있으니까 묘한 감동이 오는구나. 그림이 화랑이나 거실에서 뛰쳐나와 외쳐대는 것 같은 느낌이야."

모두들 그림에 시선을 주고 있었다. 불타오르는 육신이 그림에서 뛰쳐나올 것 같았다. 미숙이가 드디어 입을 열었다.

"형자언니 소식 들으셨어요?"

"형잔 잘 있겠지?"

하면서 윤강일은 그림으로부터 시선을 떼었다. 아무도 대답하지 않았다. 그가 담배를 다 태울 때까지 말들이 없다. 술잔을 입으로 가져가는 그를 보면서 순분은 나지막이 말했다.

"언닌 죽었어요."

술잔이 잠시 허공에 머문다. 술잔이 흔들린다. 술이 조금 쏟아진다. 술잔을 내려놓는다.

"죽었다구? 언제? 어디서?"

"마지막 날 도청에서요."

윤강일은 벽에 기댄 몸을 똑바로 일으켰다. 그리고 혼잣말처럼 뇌었다.

"그애가…… 그애가……"

그의 손끝에서 하얗게 줄을 이루며 피어오르던 담배연기가 흔들렸다. 그가 쉰 듯한 목소리로 물었다.

"시체는 찾았니?"

"못 찾았어요."

하고 순분은 미숙이를 바라보았다. 다시 그녀가 말했다.

"미숙이 오빠도 행불예요."

미숙이의 눈빛이 금시 젖어왔다. 윤강일은 입을 조금 벌리다가 이내 다물고 고개를 내려뜨렸다. 어두운 얼굴의 관자놀이에 가느다란 혈관이 파르르 떨렸다. 주먹을 쥐고 있는 손에 힘을 주었다. 이어 손을 풀면서 술잔으로 가져갔다. 연거푸 서너 잔을 마셨다. 담배를 피워 물었다. 몸도 담배연기처럼 사그라져가는 듯 힘없이 벽에 기댔다.

"피곤하실 텐데 길게 누우세요."

하면서 윤강일의 옆쪽에 앉아 있던 영순이가 자리를 만들어주었다.

"괜찮아."

윤강일은 다시 몸을 곧추세웠다. 그는 생각에 잠기는 듯 표정이 골똘해졌다. 철순이가 빈 병과 담배꽁초를 비닐봉다리에 넣었다. 영순이는 창문을 열었다. 담배연기가 빨려나간다. 창문을 닫으며 영순이가 말했다.

"연탄불 좀 피워야겠구나."

"백 장 이상만 배달해주니…… 이달 봉급 때까지 그럭저럭 지내지 뭐."

"겨울 되면 살기가 더 빡빡해."

하는 말들이 오갔다. 윤강일이 말했다.

"그래도 잠수함 타는 사람들은 여름이 제일 죽겠더라. 창문을 열 수도 없고. 그래도 올 여름은 비가 많이 와서 그런대로 견딜 만했지."

"정말 비가 많이 왔어요."

미숙이의 말을 영순이가 받았다.

"이상한 소문도 많이 떠돌았고, 한동안 물 때문에 혼났어요. 물 색깔도 이상하고 콜레라가 휩쓸었잖아요. 알고 보니 수원지에 버린 시체가 썩었대요."

윤강일은 길게 누웠다. 졸음이 오는 눈을 비볐다. 잠기는 듯한 목소리로 말했다.

"커다란 획이 확 그려지고 지나갔어."

"지나간 것이 아니라, 계속 이어지고 있지요."

순분이가 말했다. 그녀는 가방 속에 있는 공책을 꺼내어 윤강일에게 보여줄까 하다가 그만두었다. 그는 눈을 감고 있었다. 미숙이가 하나뿐인 이불을 덮어주었다. 베개를 받쳐주려고 조심스럽게 머리를 들었다. 그가 눈을 떴다.

"나 자는 게 아니야."

하면서 졸린 눈을 억지로 크게 떠 보였다. 창문 밖으로 발걸음 소리가 들리다가 이내 멀어져갔다.

"난 노동자라는 게 자랑스러워."

철순이가 말했다. 윤강일은 잠들어 있었다. 코를 가늘게 골았다. 자는 얼굴이 평온하다. 그로부터 시선을 돌리며 순분은 동료들을 바라보았다. 지금까지와 다른 그 무엇이 얼굴들 위에 나타나 있었다.

"시작이야."

순분이가 말했다.

"없는 사람들이 끝까지 책임지고 투쟁을 했어. 그렇다면 5월은 진짜 투쟁의 시작이야."

잠시 침묵이 흘렀다. 침묵 속에 그녀들은 서로 눈길을 주고받았다. 통과의 눈길이었다. 그 눈길 위에 한 목소리가 말하였다.

"그 연장 위에서 우리의 투쟁목표는 분명해졌어."

윤강일이 한발로 이불을 차냈다. 발에서 냄새가 났다. 미숙은 양말을 벗겨냈다. 점퍼도 벗겼다. 깃 부분이 새카맣다. 나가서 빨았다. 그녀들은 내일을 위해서 오지 않는 잠을 억지로 청했다.

새벽에 일어난 미숙이와 철순이는 구멍가게에 가서 배추 한 포기와 두부 세 모를 샀다. 배추 겉절이를 하고 두부찌개도 끓였다. 그녀들은 윤강일이 깰까봐서 소리를 죽여가며 밥을 먹었다. 나갈 채비를 끝냈을 때 순분이가 말했다.

"선생님 돈도 없을 거야. 잠수함 타는 것이 얼마나 힘들겠니? 너희들 돈들 다 털어봐."

백원짜리도 나왔고 오백원짜리도 나왔다. 합해서 이천원도 못 되었다. 순분은 주머니에서 돈을 꺼내 삼천원을 만들었다. 미숙이가 공책을 찢어 글을 썼다.

선생님, 피곤하신 것 같아 깨우지 못했습니다. 일어나시는 대로 진지 잡수세요. 찌개는 꼭 데워 잡수세요. 점퍼와 양말은 부엌에 널어놓았어요. 남들이 볼까봐서요. 덜 마르면 다리미로 다려 입으세요. 다리미는 나무궤짝 안에 있어요. 선생님, 오시고 싶을 때 언제라도 오세요. 부엌 선반 가운데에 엎어놓은 작은 종지가 있어요. 그곳에 열쇠가 있어요. 그럼 선생님, 편히 계세요.

돈을 넣은 봉투 속에 같이 넣었다. 그녀들은 밖으로 나왔다. 귀끝이 싸아하다. 골목을 걸어나가다가 순분이가 다시 뒤돌아서며 말했다.

"너희들 천천히 가고 있어. 잠깐 잊어먹은 게 있어서……"

대문을 밀었다. 부엌으로 갔다. 방문을 열었다. 발은 부엌에 둔 채로 팔을 뻗쳤다. 아까 그 봉투를 끄집어냈다. 안주머니에서 꼬깃꼬깃한 돈 삼천원을 꺼냈다. 다 넣을까 하다가 천원을 다시 호주머니에 넣고 이천원만 봉투에 넣었다. 다시 밀어넣었다. 윤강일이 몸을 뒤척였다. 깨어나는가 하고 잠시 머뭇거렸다. 어두컴컴한 방 그늘 속에 그는 계속 잠을 잤다. 순분은 소리 안 나게 방문을 조용히 닫았다.

안개가 자욱이 끼어 있었다. 거리의 상가는 문 열 기미도 없다. 그녀들은 천변을 따라 걸어갔다. 출근하는 근로자들이 곳곳에 보였다. 천변을 지나자 큰 도로가 나왔다. 더 많은 근로자들이 보였다. 도로를 걷다보면 왼쪽으로 꺾어지는 길이 나 있다. 길 끝 쪽에 공장의 철문이 활짝 열려 있다. 많은 근로자들이 행렬을 이루고 있다. 자전거를 타고 출근하는 근로자도 있다. 그녀들 곁을 지나가는 남자 근로자들이 휘파람을 불었다. 그녀들은 미소지었다. 뒤에서 찌르릉 소리가 한꺼번에 울렸다. 근로자 서너 명이 자전거를 타고 달려오고 있었다. 길을 비켰다. 자전거들이 다가왔다. 그녀들 곁을 지나치면서 한 근로자가 말했다.

"뒤에 타세요."

그녀들은 웃으면서 고개를 저었다. 뒤쪽에 도시락 가방이 꽁꽁 묶여 있었다. 그가 힘껏 페달을 밟았다. 새벽 공기를 가르며 달려갔다. 증기기관차의 김처럼 입김을 씩씩 뿜어내며 힘차게 달려갔다.

머리카락이 휘날렸다. 작업복 자락이 펄럭였다. 점점 멀어지면서 새벽 여명 속에 옷자락의 펄럭임만이 보였다. 수없는 펄럭임이었다. 그것은 깃발이었다.

—『창작과비평』 1988년 봄호

그대에게 보내는 편지

삶이 높아 오고가는 구름이 다 걸려 있었다. 아파트 지붕 너머로 무등산을 바라보던 영빈은 다시 하던 일을 계속했다. 남편의 와이셔츠를 탈탈 털어 빨랫줄에 널었다.

베란다에는 두 개의 빨랫줄이 있었다. 영빈은 햇볕이 잘 드는 앞줄에 남편과 아이들의 옷가지를 종종히 널었다. 뒷줄에는 그녀의 옷가지를 널었다. 베란다 창문에 감춰 빨랫줄에 널려 있는 옷가지들은 어딘지 모르게 후줄근해 보였다.

아파트 생활은 여러모로 편리하긴 하지만 빨래를 널 때마다 영빈은 긴 장대에 빨랫줄을 늘어뜨릴 수 있는 마당 넓은 집을 그리워하곤 했다. 색색의 옷가지들과 풀 먹인 하얀 홑청이 햇빛에 눈부시게 빛나고 바람에 나부끼는 정경이 일상에서 사라진 것은 소중한 생명의 한 부분이 새어나간 것과 같았다. 햇빛과 바람에 옷가지와 이불 홑청은 상쾌한 울림을 가져다주는 일상의 작은 기쁨이었다.

8월의 고요한 아침이었다. 빨래를 끝낸 영빈은 화분에 물을 주었다. 베란다의 반을 차지하고 있는 나무들은 온 여름내 꽃을 피웠다.

그대에게 보내는 편지

1

산이 높아 오고가는 구름이 다 걸려 있었다. 아파트 지붕 너머로 무등산을 바라보던 영빈은 다시 하던 일을 계속했다. 남편의 와이셔츠를 탈탈 털어 빨랫줄에 널었다. 베란다에는 두 개의 빨랫줄이 있었다. 영빈은 햇볕이 잘 드는 앞줄에 남편과 아이들의 옷가지를 촘촘히 널었다. 뒷줄에는 그녀의 옷가지를 널었다. 베란다 창문에 갇혀 빨랫줄에 널려 있는 옷가지들은 어딘지 모르게 후줄근해 보였다. 아파트 생활은 여러모로 편리하긴 하지만 빨래를 널 때마다 영빈은 긴 장대에 빨랫줄을 늘어뜨릴 수 있는 마당 넓은 집을 그리워하곤 했다. 색색의 옷가지들과 풀 먹인 하얀 홑청이 햇빛에 눈부시게 빛나고 바람에 나부끼는 정경이 일상에서 사라진 것은 소중한 생활의 한부분이 새어나간 것과 같았다. 햇빛과 바람에 노니는 옷가지와 이불 홑청은 상쾌한 울림을 가져다주는 일상의 작은 깃발이었다.

8월의 고요한 아침이었다. 빨래를 끝낸 영빈은 화분에 물을 주었다. 베란다의 반을 차지하고 있는 나무들은 온 여름내 꽃을 피웠다. 햇볕이 그중 잘 드는 곳에 놓아둔 산(山)동백은 오랜 풍상을 겪어낸 작은 고목 모습을 갖추고 있었다. 작고 동그마한 잎사귀에 묻은 물기가 한참 눈부시게 빛을 뿜다가 서서히 말라버렸다.

집안 청소까지 마치자 어느새 정오가 가까워져 있었다. 영빈이 가스불에 찻주전자를 막 올려놓았을 때 전화벨이 울렸다. 영빈은 수화기를 들었다.

"누님, 형석입니다. 그동안 별고 없으셨지요?"

"오랜만이네."

영빈은 흔연스럽게 대꾸했지만 머릿속엔 알 수 없는 불안이 서려들었다. 형석이 담배를 깊숙이 들이빨아대는 소리가 전선줄을 타고 들려왔다. 형석이 말했다.

"매형은 회사에 잘 다니시고요?"

"그럼."

"큰애가 초등학교……"

"3학년이야. 수경이는 유치원에 다니구."

"다 컸구만요."

일상적인 심상한 어조로 말을 마치자 형석은 잠시 사이를 두었다가 말을 이었다.

"요즈음 신문 보셨죠?"

"신문이야 보지."

"피해자 신고 하라는 기사 말이에요."

"보긴 했어."

"아무래도 누님과 얘기 좀 해야 될 것 같아서요."

영빈은 대꾸를 못하고 머뭇거렸다. 형석이 잇대어 말했다.

"형철형님 문제를 터놓고 얘기할 수 있는 사람도 없구요. 누님이랑 얘기라도 나누면 좋겠어요."

형석이 본 지도 오래되었다. 재작년 그의 결혼식 때 먼발치에서 잠깐 보았을 뿐이다. 영빈이 말했다.

"그렇지 않아도 숙모님을 찾아뵈야 할 텐데……"

형석의 어머니와 영빈의 어머니는 외사촌 뻘이 된다. 외가 쪽 사촌 이상은 호칭이 없어 그의 어머니를 그냥 숙모로 불러왔다.

"언제쯤 오시겠어요?"

"글쎄……"

"내일은 어떠세요?"

"그러지 뭐."

"누님 편한 시간에 오세요. 저희 회사가 집에서 가깝거든요. 전화만 하면 금방 나올 수 있어요."

영빈은 그가 살고 있는 아파트 주소를 받아 적었다. 영빈은 수화기를 내려놓고 김을 내뿜으며 끓고 있는 찻주전자를 멍하니 바라보다가 그냥 가스불을 꺼버렸다. 차 마실 기분은 간데없이 사라졌다.

문민 대통령이 망월묘역의 흙을 밟지도 못하고 대학생들에게 쫓겨 갔을 때 언론들은 하나같이 그들을 매도했다. 이에 힘입어서인지 문민정부는 5·18광주민중항쟁의 진상규명과 책임자 처벌에 관해서는 일언반구도 비추지 않고 해결방안을 제시하였다. 망월묘역의 성역화

와 시민들에게 도청 무상증여, 피해자의 신고에 따른 배상금 등이었다. 뒤이어 피해자 신고에 대한 공고가 각 언론에 게재되었다. 광주에 불어닥친 피해자 신고는 연일 대만원을 이루었다.

영빈은 온종일 일이 손에 잡히지 않았다. 아이들에게 줄 간식도 준비해놓지 못했고, 여름해가 설핏해져서야 저녁준비를 하기 시작했다.

저녁식사를 끝내자 남편이 넌지시 물어보았다.

"당신 오늘 무슨 일 있었어?"

"일은 무슨."

"얼굴에 다 씌어 있는데, 뭐야? 말해봐."

그가 죄어 물었다. 영빈이 마지못해 대답했다.

"아무래도 내일 형석이 집에 다녀와야 되겠어요."

"거긴 갑자기 왜?"

"형철오빠 문제로 좀 보자고 전화가 왔어요."

"당신이 관여할 일이 아니잖아."

"그렇긴 하지만 숙모님을 찾아뵌 지도 오래되었고……"

영빈이 말끝을 흐렸다. 남편은 보일 듯 말 듯한 웃음을 지으며 말했다.

"형철씨 그 양반 신고하면 배상금이 꽤 나오겠지? 몇년째 정신병원에 있는 거지? 벌써 십년이 넘어섰군. 배상금이 꽤 나오겠는걸."

영빈의 이맛살이 찌푸려지고 얼굴이 흐려졌다. 그러나 남편은 모르쇠하고 계속해서 말했다.

"그때 당신은 뭐 했어? 잠깐 잡혀들어가거나 조금 부상을 당했더라면 이번 기회에 배상금을 톡톡히 탈 텐데 말야. 심사는 혼자 다 끓고 살면서 실속은 하나도 못 차리고."

영빈은 깊게 한숨을 짓는 것으로 남편의 말막음을 하였다.

"남들이 이런저런 말들을 많이 하니까 그냥 해본 말인데."

신문을 들고 안방으로 사라지면서 남편은 혼잣말처럼 중얼거렸다.

영빈은 베란다에 나가 옷가지들을 차곡차곡 걷어 팔소매에 보듬고 거실 문턱을 넘어서다가 문득 뒤를 돌아다보았다. 어둠속에 잠긴 동백을 보았을 때 영빈의 마음이 떨리고, 그리고 아픔이 찌르고 지나갔다.

생때같은 형철이 정신병자가 된 것을 그 당시 영빈은 감당할 수가 없었다. 그렇다고 그의 존재를 지워낼 수도 없었다. 어떤 상징으로라도 그를 기억해야 될 것 같았다. 이 동백은 형철이 정신병자로서 평생을 살아가리라는 진단결과가 나왔을 때 들여놓은 것이었다.

이튿날 영빈은 집을 나섰다. 일층까지 내려와서야 집안 단속을 안한 것에 생각이 미쳤다. 영빈은 뒤돌아섰다. 현관문을 연다. 가스 밸브를 점검한다. 수도꼭지를 다시 잠근다. 창문들이 꼭꼭 닫혔는지 확인한다. 안심을 하고 밖으로 나온다. 그렇게 단속을 하고 외출을 해도 영빈은 마음을 놓지 못한다. 남편은 편집증세라고 염려를 하기도 했다. 여행은 꿈도 꾸지 못한다. 가까운 산사조차도 가지 않는다. 저녁 이후엔 외출도 하지 않는다. 낮에 외출해도 두세 시간이 지나면 불안해져 급히 택시를 타고 집으로 달려온다. 집을 비운 사이 무슨 일이 벌어졌을까 전전긍긍하기 때문이다. 불이 났는지 도둑이 들었는지 또는 갑자기 이상한 세계로 변해 안주할 곳을 잃어버리는 것은 아닌지 온갖 망상으로 시달린다. 차라리 집안에 파묻혀 있는 것이 가장 안심이 된다. 왜 그런 증상을 갖게 되었는지 영빈 자신도 알고 있었다. 그러나 고쳐지지 않았다. 어느날 느닷없이 들이닥친 계엄군의 총칼 아래 도시는 순식간에 변해버렸다. 아름다움과 선의 세계는 악과 살육과 증오의 세계로 변했다. 아니 오히려 도시는 총구멍 수백개의 흔적뿐 아무 변화도 없었는지 모른다. 영빈의 마음 안의 도시, 영빈이가 살았고 앞으로도 살아가야 할 마음 안의 도시 풍경이 카키색 얼룩무늬 정글복과 군홧발에 짓뭉개져버렸다. 아무런 일도 없는 듯이 바로 그 다음날로 일상을 되찾은 도시가 영빈을 더욱 숨막히게 죄어왔는지도 모른다. 이런 숨막힘은 안온하고 평화로운 울타리가 언제 또 파괴될지 알 수 없다는 불안감으로 이어졌다. 아무리 파괴되어도 어느 누구도 알지 못하는 것, 그것이 마음 안의 파괴를 가속화했는지도 모른다.

형철의 주변과 동떨어져서 살아온 것도 그런 증세와 무관하지 않았다. 감당할 수 없는 그 무엇이 그곳에 있었다. 일상적인 생활만이 영빈을 지탱해주었다. 그녀는 집안을 살뜰한 보금자리로 꾸며놓았다. 커튼은 천사의 날개 같은 하늘하늘한 천으로 물결처럼 쳐놓고 식탁보며 의자 덮개는 하얀 레이스로 직접 만들어서 씌워놓았고 온갖 꽃나무로 베란다를 꾸며놓았다. 피 살육 총칼 계엄군 따위는 이 집안에서 그림자조차 찾을 수 없다. 그런 것들은 최소한 이 생활에서만큼은 모조리 사라져야 한다. 그런데 어느날 밤이었다. 잠결에 아스라이 꽹과리 소리가 들려오는 것 같았다. 크지도 작지도 않게 똑같은 리듬으로 이어지고 있었다. 그 소리는 밤의 장막을 조금조금씩 갈라내는 것 같았다.

잰재 잰재 잰재재잰 잰재 잰재 잰재재잰……

영빈은 어느 집에서 굿을 하나, 하고 소리나는 쪽을 가늠해보려고 귀를 기울였다. 방향이 도통 잡히지 않았다. 영빈은 거실로 나왔다. 커튼 사이로 달빛이 비치고 있었다. 창문을 열었다. 소리는 그쳐 있었다. 아낙네들이 쑤군거리던 이야기가 떠오르면서 영빈은 오싹한 한기를 느꼈다. 이 아파트가 들어선 것은 80년 5월 직후였다. 이 아파트 공사장에서 일하던 인부의 얘기가 입에서 입으로 전해졌다. 포크레인으로 정지작업을 할 때 서너 구의 시체를 봤다는 둥, 무더기로 묻혀 있던 가방이며 옷가지가 나왔다는 둥 갖가지 풍문이 나돌았다. 창문을 닫아도 한기는 사라지지 않았다. 무서움하고는 다른 느낌, 마치 죽음의 그림자가 와닿는 써늘하고 초현실적인 느낌. 영계(靈界)의 느낌이 있다면 바로 이럴 것이다. 원한을 풀지 못한 영령이 살며시 달빛을 타고 내려온 것일까. 그후 영빈은 극락정토나 천국을 믿지 않지만 원혼이 떠도는 것은 믿게 되었다. 무풍지대라고 믿었던 보금자리에도 그런 식으로 5월의 잔영이 스며 있었다.

형석의 아파트는 하남공단 근처에 있었다. 영빈은 인근 슈퍼에서 쇠고기 두 근을 샀다. 숙모는 아기를 업은 채 영빈을 맞았다. 아기가 낯선 얼굴을 보자 울음을 터뜨렸다. 숙모는 산전수전 다 겪은 사람들이 그렇듯이 표정을 드러내지 않았다. 오랜만에 찾아온 영빈에게 섭섭한 내색도 보이지 않았다. 다만 영빈 어머니의 안부를 물었을 따름이다. 숙모는 형석에게 전화로 영빈이가 왔음을 알려주었다. 아기가 숙모의 등에서 잠이 들었다. 숙모는 아기를 누이러 방으로 들어갔다. 형철이 정신병원에 실려간 후로 숙모는 섬마을에 있는 논밭을 정리하고 형석과 살림을 합쳤다. 방에서 나온 숙모는 수박을 내왔다. 수박 한조각을 집어들며 영빈이 물었다.

"애엄마는 안 보이네요."

"일 나갔구만. 애비 혼자 벌어서 살림을 꾸릴 수가 있어야지."

"숙모님은 지금까지도 고생이시군요."

숙모는 가시주름이 얽히는 웃음을 지었다. 웃음 끝에 문득 표정이 굳어지며 말을 하였다.

"영빈이한테 줄 것이 있구만."

숙모는 작은방으로 들어가 잠시 후에 라면상자 하나를 내왔다. 숙모는 한 손을 라면상자 위에 얹은 채 한숨을 섞어가며 말했다.

"큰애가 보낸 것들이네."

"형철오빠가요?"

영빈은 눈가에 불덩이가 확 쏟아지는 것 같았다. 영빈은 라면상자 앞에 바투 앉았다. 그러나 라면상자를 열 엄두를 못 내고 숙모를 바라보았다. 숙모의 축 처진 눈의 웃시울에 경련이 일고 있었다. 숙모는 라면상자를 열며 잦아들어가는 듯한 목소리로 말했다.

"뭔 할말이 그리도 많은지……"

라면상자 안에는 헤아릴 수 없이 많은 편지봉투가 쌓여 있었다. 오랜만에 대하는 형철의 글씨였지만 영빈은 단박에 알아보았다. 모가 나지 않게 부드럽고 한자 한자 정성스럽게 써간 그의 글씨체는 그의 풍모를 연상시켰다. 글씨 한자 한자가 생가슴을 날 선 손톱으로 할퀴듯 영빈의 가슴을 할퀴었다. 겉봉이 뜯긴 것도 있었지만 봉한 채로 있는 것이 태반이었다. 겉봉에는 온갖 사람들 이름이 써 있었다.

박관현, 윤상원, 신영일, 박용준, 홍비오, 전인하, 김영빈, 카터, 김대중, 노신, 윤기현, 김양래, 윤장현, 고리끼, 황석영, 똘스또이, 최권행, 윤한봉, 김영심, 김상윤, 정현애, 박형선, 윤경자, 최연석, 박경희, 박효선, 김현장, 김영애, 오창규, 임영희, 정향자, 김은경, 이강, 홍성담……

인하에게 보낸 편지가 제일 많았다. 오랫동안 기억의 한켠으로 밀려나 있던 인하의 존재가 또렷한 형상으로 나타났다. 그것은 무거운 한숨이었다. 깊은 슬픔이었다. 영빈은 자신의 편지를 추리다가 인하의 편지도 추려내기 시작했다. 영빈의 눈이 축축히 젖어들었다. 숙모는 또 한 상자를 내왔다. 상자는 무려 다섯 개나 되었다. 인하에게 보낸 것만 해도 한 상자는 되었다. 숙모는 두 손으로 상자 한쪽을 잡고 있었다. 심줄이 불거지고 마디가 굵은 그 손은 마치 사무친 마음처럼 보였다.

　영빈은 산처럼 쌓인 편지들 속에 얼굴을 파묻고 울었다. 오랫동안 울었다. 형철의 말이 산처럼 쌓여와 온몸을 뒤덮는 것처럼 느껴졌다. 형철에겐 꼭 하고 싶은 말이 있었을 것이고, 할 수밖에 없는 말이 있었을 것이고, 의식과는 상관없이 그대로 내뱉는 말이 있었을 것이다. 그 말들은 그동안 죽은 듯이 상자 안에 갇혀 있었다. 이제 그 말들이 튀어나와 영빈에게 비명소리를 질러대는 것 같았다. 형석이 왔을 때 영빈은 베란다에 나가 담배를 피우고 있었다. 숙모 앞에서 차마 담배를 피울 수가 없었다. 형철이 정신병원에 갇힌 뒤부터 인하와 영빈은 담배를 배웠다. 가슴에 주먹만한 담이 생긴 것 같았는데 담배를 피우면 조금 가라앉는 기분이 들었다. 형석은 추려낸 편지들을 묶으며 낮고 쉰 듯한 목소리로 말했다.

　"진즉 전해드리려고 했는데…… 형 면회 갈 때마다 간호사한테 받아온 편지들이에요. 형은 매일 편지를 써요. 갈 곳이 없는 이런 편지를……"

　형석은 영빈의 기색을 살피며 조심스럽게 말을 이었다.

　"굳이 필요하지 않으면 여기 두어도 돼요."

　"아니, 그냥 가져가겠어."

　영빈은 형석을 도와 편지묶음을 보자기에 쌌다. 형석은 매듭이 진

부분에 손가락을 집어넣고 잠시 멈칫거렸다. 그것은 슬프게 느껴지는 작은 동작이었다.

그들은 밖으로 나왔다. 숙모는 눈물보다 더 슬퍼 보이는 눈빛으로 영빈을 배웅했다. 그들은 아파트단지 안의 찻집으로 갔다. 잡지를 뒤적거리고 있던 아가씨가 느린 동작으로 그들에게 다가왔다. 주문을 받은 아가씨는 실내에 흐르고 있는 가요를 따라 부르며 주방 쪽으로 걸어갔다. 나팔꽃보다 짧은 사랑아 속절없는 사랑아……

차 한모금을 마시고 형석은 쓸쓸하게 웃으며 말했다.

"누님도 벌써 중년 티가 나네요."

형석에겐 어딘가 사람의 마음을 진정시키는 힘이 있었다. 성실하게 다져진 생활력 때문일 것이다. 형석은 형철의 재난으로 대학도 못 가고 취업전선에 뛰어들었다. 중장비 기술자로 동생 하나를 전문대학에 보냈고 집안의 기둥노릇을 했다. 형석이 말했다.

"오월단체에서 연락이 몇번 왔어요."

"뭐라구?"

"이번 피해자 신고에 한 사람도 빠지면 안된대요. 마지막 기회라나요."

"………"

"어차피 5월항쟁은 역사화되는 것이고 그러려면 우리 스스로가 피해상황을 정확히 내보여야 한대요."

훗날의 어느 역사가가 항쟁 사료를 뒤적이다가 정신이상자의 파일에서 형철의 피해자 신고서를 보게 된다.

(김형철은—당시 27세—5·18 때 도청을 끝까지 사수한 자로서 심문과정에서 심한 고문으로 뇌수에 이상이 생겼음. 정신병자로 일생

을 마침.)

간결한 몇줄 속에 형철의 인생이 담긴다. 형철이 헤매고 있는 저 무망한 어둠을 누가 알 것이며 천지간에 울려퍼졌던 그의 울부짖음을 누가 들을 수 있을 것인가. 영빈은 역사라는 단어에 순간적으로 적의를 느꼈다. 영빈의 표정을 살피며 형석이 물었다.

"무슨 생각을 하세요?"

"아니 그냥."

영빈은 꼿꼿해진 눈살을 피며 말했다.

"배상금을 받게 되면 형의 희생이 헛돼지는 것 같아 결정을 못하겠어요."

형석의 음성은 조용했으나 굵은 목에서 울대뼈가 들먹거렸다.

"왜 배상금에만 초점을 맞추니?"

"그게 그거잖아요. 모두들 거절했으면 좋겠어요. 돈이란 일종의 당근이잖아요."

"신고한다는 데 의미를 두어봐."

두 사람은 거의 동시에 깊은 한숨을 내쉬었다. 한숨은 낮추 떠돌면서 두 사람의 가슴을 답답하게 죄었다. 답답함을 몰아내기라도 하듯 형석이 불쑥 물었다.

"인하누나는 잘살아요?"

공격을 받은 것처럼 영빈은 어깨를 움츠렸다. 형석은 잠시 주저하다가 흔연스럽게 슬쩍 잇대었다.

"누님을 만나지 못하니까 인하누나 소식도 통 들을 수가 없군요."

"나도 잘 몰라."

"몰라요?"

형석은 의외라는 듯 눈을 크게 뜨며 계속해서 말했다.

"형을 떠난 후로 연애한다는 소문이 무성했는데…… 누구였더라."

형석은 기억을 더듬는 듯 눈을 가늘게 떴다. 마침내 떠오른 생각을 끄집어냈다.

"노동 쪽에서 일하는 사람이라고 들었던 것 같은데요. 이름이……"

"익서, 유익서."

하고 말해놓고 영빈은 새삼스럽게 되살아난 과거의 기억이 의외로 강한 것에 자신도 놀랐다. 형석은 편지 보퉁이를 내려다보며 나지막이 물었다.

"그분과 잘사시겠지요?"

영빈은 아무 대답도 하지 않았다. 다시 고개를 든 형석은 알 수 없다는 표정을 지었다. 영빈은 고개를 천천히 가로저었다. 형석이 다그치듯 물었다.

"그 사람하고도 헤어졌다는 거예요?"

"그렇게 됐어."

"그리고요?"

"그리고."

그리고 어디론가 사라졌다. 서울에서 봤다는 얘기도 들리고 외국에 갔다는 얘기도 들리고, 그러다가 몇년 전부터 아예 풍문조차 나돌지 않았다.

"그 누나 참 고왔는데."

그가 진정에 넘쳐 말하기 시작했다.

"왜 그때, 그러니까 항쟁 일어나기 전 그해 2월쯤이었을 거예요. 형철형님이랑 누님이랑 인하누나랑 섬마을에 오셨잖아요. 어머니한테 신붓감을 보이러 온 것이었지요. 세상에 그렇게 이쁜 여자가 형의 애인이라니 공연히 샘도 났어요. 뽀얀 살결이며 웃을 땐 목단꽃 같았지요. 그때의 인하누나같이 고운 여자는 다시는 보지 못했어요."

형석의 음성이 조용히 젖어들었다. 영빈의 두 눈에는 감춰진 고통의 빛이 떠올랐다. 그들은 고향 얘기며 고향에 남아 있는 친척들 얘기를 주고받다 헤어졌다. 헤어지면서 형석은 조심스럽게 권유했다.

"누님도 형 얼굴이나 한번 볼 수 있으면 좋을 텐데……"

집으로 돌아온 영빈은 형철의 편지뭉치를 장롱 깊숙이 넣어두었다. 식구들이 모두 출타하고 혼자 남게 되었을 때 영빈은 편지뭉치를 꺼내 한장 한장 읽어내려갔다. 5·18 당시 사건이 지금 전개되는 것처럼 씌어 있는가 하면 절친했던 사람들의 안부를 묻는 대목도 여러번 나왔다. 그중 서너 명은 망월묘역에 묻혀 있었다. 80년 5월 이전 기억은 놀랍게도 모두 정확했다. 어릴 적 추억이 담긴 편지들은 영빈에게 아름답고 강렬한 그리움을 불러일으켰다. 그 편지들은 바다 같았고 황혼의 빛 같았고 다시는 돌아갈 수 없는 유년의 뜨락 같았다.

2

집성촌을 이루던 섬마을 바로 앞뒷집에서 형철과 영빈은 친오누이같이 자랐다. 생활은 곤궁했지만 가는 곳마다 바람과 나무와 바다가 있었다. 형철은 어릴 때부터 마을 사람들의 기대를 한껏 모았다. 머리도 명민했을뿐더러 많이 아는 것을 깊고 사색적인 눈 속에 간직할 줄 아는 겸허함도 아울러 지니고 있었다. 철이 없던 시절 영빈은 "나 오빠한테 시집갈래. 어른이 되면 오빠하고 함께 살 거야" 하고 졸라대곤 했다. 형철은 고등학교를 광주로 나와 다녔고 그즈음 영빈네도 논밭을 정리하고 광주로 솔가했다.

소슬한 바람이 부는 어느 가을 오후였던가. 군에 입대하기 전날 형철이 영빈의 집을 찾아왔다. 집안 어른들에게 인사를 올리고 둘이는 산책을 나갔다. 영빈에게 형철의 군입대는 최초의 이별 같은 느낌이 들었다. 남자들에게 군입대는 애벌레에서 나비가 되기 위해 단단한 번데기로 굳어 있는 기간이기도 했다. 군에서 제대하고 나비로 변하면 형철은 어느 곳으로든지 훌훌 떠나버릴 것 같았다..

"오빠."

하고 불러놓고 영빈은 가볍게 몸을 떨었다. 영빈을 바라보는 형철의 눈 속에 조용한 우수가 깃들었다. 그는 가슴 깊은 곳에서 나오는 듯한 나직한 목소리로 말했다.

"전생의 부부가 이승에서는 오누이로 태어난다는 거, 너 알고 있니? 우린 헤어질 수도 떨어질 수도 없는 오누이 사이야. 얼마나 깊은 사이니?"

"하지만 오빠."

"알아."

그리고 그들은 아무 말도 하지 않았다. 혼자 집으로 돌아오면서 영빈은 영원히 그녀의 것이 될 수 없는 남자를 생각하며 울었다. 눈물도 많고 온갖 호기심과 두근거림과 꿈과 환상의 세계가 저만치 물러나고 있었다. 영빈은 소녀시절을 마감한 것을 어렴풋이 느꼈다. 영빈의 한숨과 눈물을 어느정도 알고 있던 사람은 고등학교 입학 때부터 단짝인 인하였다. 그 당시 인하는 음악선생을 사모하고 있었다. 선병질적인 얼굴에 항시 검은 양복을 걸친 음악선생은 소녀들의 마음을 설레게 했다. 그는 바이올린이 전공이었는데 이따금 음악실에 홀로 앉아 베토벤의 로망스를 연주하곤 했다. 가슴 저미게 하는 선율을 듣기 위하여, 아니 그의 길고 흰 손가락을 보기 위하여 인하는 남몰래 음악실 창문 앞을 서성대곤 했다.

영빈과 인하는 학교에서 매일 만나면서도 편지를 주고받았다. 편지에는 온갖 말린 꽃잎들, 사무치는 그리움, 이룰 수 없는 사랑의 슬픔, 빛나는 시어들이 들어 있었다. 두 소녀는 같은 대학에 나란히 입학했다. 2학년이 되었을 때 형철은 제대를 하고 복학생으로 두 여자애 앞에 나타났다. 항쟁이 일어나기 2년 전 봄학기였다.

수강신청을 끝내고 인하와 영빈은 호숫가 근처 벤치에 앉아 있었다. 따뜻하고 부드러운 봄볕이 물결 위에 쏟아지고 있었다. 누군가의 시선을 의식하고 두 여자는 거의 동시에 시선을 돌렸다. 넓은 어깨를 비스듬히 세운 채 서 있는 남자, 형철이었다. 형철은 오래 전부터 그 자리에서 두 여자를 바라보고 있었던 것 같았다. 그는 쑥스러운 듯 돌멩이를 집어 호수에 던졌다. 그리고 두 손을 혁대 안에 찔러넣고 하늘을 바라보았다. 내면으로 향한 대부분의 사람들이 그렇듯이 형철의 어깨는 약간 꾸부정했다. 그는 두 여자에게로 천천히 다가왔다. 그의 시선이 영빈에게 머물다가 인하에게로 옮겨졌다. 그때 영빈은 보았다. 그의 눈빛에 미묘한 파문이 이는 것을. 그리고 인하의 입술이 꽃잎처럼 벌어지는 것을. 인하의 내면의 감정은 눈보다는 입술에 먼저 나타난다. 조그만 날개처럼 매우 섬세한 입술은 마음속의 동요를 나타내고 있었다. 사랑의 모든 형태가 운명적인 것은 아니지만 그러나 때로는 운명적인 순간을 향유하는 사람들이 있다. 그 순간이 그러했다. 아주 짧은 순간이었지만 영빈은 두 사람의 맞부딪치는 시선 속에 반짝이는 빛을 본 것 같았다. 호수에 반사된 빛이야, 하고 영빈은 자신에게 타일렀다. 그러나 가슴이 저려오는 것 같아 앉아 있을 수가 없었다.

며칠 후 형철이 영빈네 집으로 찾아왔다. 영빈은 자신의 심정을 숨기려고 호들갑을 떨었다. 그는 물끄러미 쳐다보기만 하더니 쉰 듯한 목소리로 말했다.

"그앤 너랑 참 비슷하더라."

형철은 소녀에서 처녀로 성숙한 영빈을 바라보면서 어쩐지 낯선 느낌을 받았다. 오히려 인하가 예전의 영빈이가 지녔던 분위기를 갖고 있었다. 인하는 아직도 음악선생에 대해 그리움 비슷한 것을 지니고 있었는데 형철 앞에서 숨기지 않고 드러냈다. 그 모습이 아련하기도 하고 손에 쉽사리 잡힐 듯하기도 했다.

3년 만에 돌아온 교정은 많은 것이 변모하고 있었다. 긴급조치 9호의 위세가 교정을 짓누르고 있었고 주변 학우들은 하나둘씩 사라져갔다. 형철이 야학의 강학이 된 것은 모순에 대한 나름대로의 돌파구였다. 야학이 있는 곳은 빈민가였는데 그는 아예 그곳에 방을 얻어 자취를 했다. 형철의 자취방은 강학들로 붐볐다. 대학을 중퇴하고 노동현장으로 들어가는 학우들도 생겨나기 시작했다. 형철이 학교를 그만둔 것은 강학들 중에 유일한 여대생이던 박기순의 죽음 때문이었다. 광주에서는 최초의 노동열사로 불리는 박기순은 스물세살의 푸르른 나이에 과로사로 이승을 떠났다. 박기순의 장례식에 인하 영빈도 참석했다. 꽃상여가 가수 김민기의 애절한 노랫가락에 실려 망월묘역에 다다랐을 때 인하는 영빈의 손을 꼬옥 잡으며 말했다.

"나도 강학이 되겠어."

꼭 다문 인하의 입술은 어떤 결의를 나타내고 있었다. 구덩이에 안치된 관 위에 국화를 던지며 인하도 울었고 영빈도 울었다. 두 여자의 눈물의 의미는 달랐다. 영빈은 박기순의 푸르른 젊음을 슬퍼했지만 인하는 자신의 삶을 되돌아보며 울었다. 인하는 자신의 일에만 몰두했던 행태들이 몹시 부끄럽고 죄인같이 느껴지기조차 했다. 인하는 자신을 질책하며 울었다. 물론 형철을 사랑하고 그가 벌이는 일을 외경심으로 바라보기는 했다. 그러나 자신의 삶과 연관시키지는 못했다. 이제 꽃처럼 스러져간 박기순의 죽음 앞에서 인하가 지니고 있는 여러 품성들, 이를테면 연민, 신음에의 공감, 자의식, 무엇보다도 지고한 것에 대한 갈구 등등이 아우성을 치며 그녀의 감수성의 틀을 뒤흔들었다. 인하는 인생의 온갖 인상을 속속들이 포착한다. 포착하여 자신의 내면으로 흡수한다. 이런 것들이 영빈이가 보기엔 어쩐지 위험스러워 보였다. 많은 것을 느끼면 느낄수록 상처를 그만큼 많이 받고 다칠 것 같기 때문이었다.

영빈은 교직과목을 이수해야 했으므로 시간을 낼 수도 없었을뿐더러 어쩐지 자기가 강학에 끼여서는 안된다는 생각이 들었다. 기쁨과 아름다움을 준 존재로서 형철은 영빈의 가슴속 한켠에 자리잡고 있었고 인하도 가장 친한 친구임에 변함이 없었지만 그 두 사람이 함께 있는 것을 보면 공연히 시샘이 나고 쓸쓸해지는 것은 어쩔 수 없었다. 그러나 어쩌다 야학에 가서 어린 노동자들이 졸린 눈을 비비며 한 자라도 더 배우려고 열심인 것을 볼 때가 있었다. 그런 모습을 보면 영빈은 자신의 사랑의 슬픔이나 괴로움 따위가 얼마나 하잘것없는 것인가를 느끼기도 했다. 어느결에 영빈이도 야학생들이 쓸 교재라든가 도서목록, 또는 책을 모아온다든가 하는 일들을 열심히 하게 되었다.

형철은 새벽마다 골목골목을 쓸고 공중변소를 도맡아 청소하기도 했다. 새로운 세상을 만드는 것은 주위를 깨끗이하고 정돈하는 것에서부터 시작하는 것이라고 형철은 누누이 말하곤 했다. 어쩌다 시간이 나면 인하가 손수 만든 꽃무늬의 포플린 커튼 아래에서 차를 마셨다. 그들의 청춘은 새로운 세상을 이루려는 열정으로 가득 찼다. 새로운 세상은 저 멀리에 환상적으로 펼쳐지는 것이 아니었다. 새로운 세상은 바로 가까운 곳에서 시작되고 있었다. 야학생들이 점점 불어나는 곳에서도 엿보였고 골목과 공중변소를 돌아가면서 치우겠다고 모인 주민회의에서도 엿보였고 동네 아이들로 북적대는 주민문고실에서도 엿보였다.

훗날에 영빈은 우연히 그 동네에 가본 적이 있었다. 형철이가 매일같이 쓸던 골목길과 공중변소가 그대로 있었다. 공중변소를 둘러보니 온전히 깨끗했다. 영빈은 인근 슈퍼에 들러 물건을 사면서 은근히 물어보았다.

"여기 공중변소는 다른 데와 달리 참 깨끗하네요."

주인아줌마는 별걸 다 묻는다는 듯이 심상하게 대꾸했다.

"우리가 쓰는 곳을 우리가 깨끗하게 하는 게 뭐가 이상해요? 오래전부터 그렇게 해왔어요. 광주에서 여기만치 의좋게 지내는 동네는 없을 거예요."

이렇게 형철의 잔영은 곳곳에 스며 있었다. 슈퍼를 나오면서 영빈은 목이 메어왔다. 오빠. 형철오빠.

항쟁이 일어난 해 초봄이었다. 세 사람은 모처럼 시간을 맞추어 형철의 고향에 찾아갔다. 형철은 어머니를 비롯하여 문중 어른들에게 신붓감을 보이려는 의도를 품고 있었다. 인하도 알고 있었다. 그 어색한 과정이 영빈이가 합류함으로써 자연스럽게 넘어갔다. 형철의 어머니는 인하의 가녀린 몸매를 못마땅하게 여겼지만 하늘같은 아들의 선택에 두말없이 따랐다. 문중 어른들에게 인사치레를 하는 것만으로도 꼬박 이틀이 걸렸다. 사흘째 되던 날 그들은 간단한 제수 음식을 장만해 형철의 아버지 무덤이 있는 마을 뒷산에 올랐다. 정상에 오르자 가없는 바다가 펼쳐졌다. 봄햇살을 받은 바다는 연푸른색으로 빛나고 있었다. 바닷가 특유의 낮은 소나무들이 햇빛에 반짝이며 하늘로 일제히 일어서 있었다. 바다 내음을 온몸에 받으며 능선을 타고 걷던 인하는 연신 탄성을 질렀다.

"이곳에서 함께 놀며 자랐겠지?"

인하는 시샘을 했다. 능선 왼편 아래쪽에는 조가비 같은 초가집들이 몇채 나란히 붙어 있고 그 밑으로 논과 갯벌 그리고 바다가 이어졌다. 능선의 세번째 굽이를 지나 왼편으로 한 굽이 낮은 산언덕과 바다로 입수하는 중턱에 형철 아버지의 묘가 누워 있었다. 무덤 아래쪽에 잔물결이 섬을 만지는 소리가 들리고 인근 바다에 떠 있는 두어 개의 작은 섬이 이 섬을 향해 동무하고 있는 것 같아 묘는 외롭지 않아 보였다. 바다에 인접한 톱에 아름드리 동백이 늘어서 있었다. 묘 주변에도 형철이가 어릴 적에 심어놓은 동백들이 꽃망울을 터뜨리고 있었다. 동백꽃은 화사함도 있고 고요함도 있다. 관능도 있고 가녀린 섬세함도 있다. 동백꽃은 시드는 것이 아니라 떨어진다. 아름다운 자태를 지닌 채 뚝 떨어진다. 영빈은 어릴 적 떨어진 동백꽃을 집어들었다가

꽃이 생생히 살아 있는 것 같아 소스라치게 놀라 얼른 내던져버린 적이 있다. 어느때는 땅을 파서 한잎 한잎 묻어주기도 했다.

세 사람은 간단한 제상을 차려놓고 성묘 의식을 치른 다음 무덤 옆 잔디에 앉았다. 형철은 퇴주잔을 비우고 말없이 먼 수평선을 바라보았다. 하늘 멀리 물새가 날아오르고 있었다. 그는 또다시 잔을 비웠다. 인하는 살며시 일어나 동백 주위를 돌아보았다. 형철은 인하를 눈으로 좇았다. 사랑하는 사람을 보면서 무한을 느끼는 순간은 예기치도 않게 문득 다가온다. 그는 인하를 보았고 그리고 느꼈다. 모든 만물이 정지한 듯한 순간이 지나자 형철은 또다시 잔을 들었다. 인하가 자리에 앉으며 말했다.

"동백꽃 한그루 가져갈 수 있을까?"

"어렵지 않지. 모양 좋은 걸 찾아보지."

형철은 선선히 대꾸하고 계속해서 말했다.

"이 마을에 전해내려오는 동백꽃 전설을 얘기해줄게. 영빈이도 기억하고 있을 거야. 옛날에……"

옛날에 이 마을에 오래된 절이 있었다. 당시 해안에 왜구가 출몰하고 가뭄이 5년 동안 겹친데다가 벼슬아치들의 각종 조세 폐해가 심해서 도처에 백성들이 곤궁을 면할 수 없었다. 한곳에 붙박여서는 입에 풀칠하기도 어려워 이리저리 떠돌아다니며 동냥질하여 목숨을 연명해나갔다. 어른들은 우는 아이들을 몰래 버리고 도망가기 일쑤였다. 울며불며 떠돌아다니다가 산짐승의 밥이 되기도 하고 굶어죽기도 하는 아이들의 숫자가 부지기수였다. 이 마을 절에 마음 착한 스님이 있었다. 어느날 산속에 버려진 계집아이를 거두어 스님들의 밥시중을 들게 하였다. 또 저자에서 동냥질을 하는 사내아이를 데려와 스님 곁에 두고 불화를 가르쳤다. 아이들은 소꿉장난도 즐기고 싸움질도 하며 오누이처럼 자랐다. 몇살 위인 계집아이가 매사에 양보하고 아껴주었다. 스님은 명연, 연홍이라 법명을 내려주었다. 나이가 들자 서로 부끄러워하며 사랑하는 마음이 싹트게 되었다. 어느날 스님이 한양에 큰 불사가 있어서 출타할 때 명연을 데리고 가게 되었다. 불사는 수년이 걸릴 것이므로 명연과 연홍은 서로 헤어지는 것이 생살이 찢어지는 것처럼 괴로웠다. 떠나기 전날 밤 뒷산에 오른 명연과 연홍은 꼭 살아서 다시 만나 행복하게 살 것을 굳게 다짐했다. 그들은 새끼손가락을 깨물어 피를 내어 바로 옆의 나무뿌리에 뿌리면서 다음과 같이 사랑의 징표로 삼았다.

"우리 둘의 피를 머금은 이 나무는 절대로 죽지 않으리라."

다음날 스님과 명연이 한양으로 떠나고 연홍이 홀로 남아 날마다 뒷산에 올라 약속의 나무를 돌보았다. 나무는 언제나 푸르렀다. 5년이 지나고 6년이 지나도 명연은 돌아오지 않았다. 어느날 연홍이 뒷산에 올라가보니 약속의 나무가 거의 죽어가고 있었다. 연홍이 손에서 피를 내어 나무에 뿌렸으나 도무지 살아날 기미가 보이지 않았다. 이튿날도 마찬가지였다. 연홍은 나무 곁에서 떠나지 않고 피를 내고 또 내었다. 마지막 한방울까지 다 쏟아냈을 때야 나무는 비로소 살아나기 시작했다. 그 이듬해 나무에서 빨간 꽃이 피어났다. 이윽고 명연이 돌아와 이 사실을 알게 되었다. 연홍이 죽은 때를 따져보니 자기가 몹쓸 병에 걸려 쓰러진 때와 같았다. 약발도 듣지 않아 스님도 그의 목숨을 포기했다. 그런데 하늘이 도왔는지 문득 원기가 돌아왔다. 명연이 다시 계속해서 그린 불화는 거의 신기에 가까웠다. 그 불화 앞에서 치성을 드리면 모든 근심걱정이 사라진다는 소문이 나돌았다.

절통한 심정으로 뒷산에 오른 명연은 푸르른 나무에 삼줄을 걸었다. 삼줄에 목을 매고 디딤목을 발로 차버렸다. 순간 그의 몸은 작은 새로 변했다. 새는 꽃 주위를 날아다니며 떠나질 않았다. 마을 사람들은 그 새를 동박새라 불렀다. 피를 머금어 붉게 피어난 꽃. 어느때부터인가 마을 사람들은 그 꽃을 동백꽃이라 부르게 되었다.

"……저 아래 어디쯤엔가 절이 있었다더군."

이야기를 끝낸 형철은 완만한 계곡 쪽을 가리켰다. 그곳엔 동백숲이 있었다. 바닷바람이 동백숲머리에 걸려 서걱거렸다.

동백꽃 한송이가 떨어졌다. 인하는 부리나케 일어나 동백꽃을 집어들었다. 동백꽃 전설 때문이었는지 영빈은 인하의 손이 피로 물들어보였다. 영빈은 순간적으로 현기증을 느꼈다. 영빈이 문득 고개를 들어 멀리 바라보니 바다는 푸른빛 넓은 벽처럼 버티고 서 있었다. 물새 한마리가 바다 위에 수직으로 꽂히고 있었다.

그리고 5월이 그들의 봄을 습격했다. 도청이 함락된 이른 아침에 인하와 영빈은 형철의 생사를 알려고 도청 쪽으로 가보았다. 도청 앞 광장에는 탱크가 위압적으로 늘어서 있고 간밤의 잔혹한 학살을 말해주듯 검붉은 핏자국이 아스팔트 위에 뒤엉켜 있었다. 소방차들이 물을 뿌려댔다. 아무리 뿌려도 닦이지 않는 부분은 도청 직원인 듯한 사람들이 빗자루로 비벼서 닦아냈다. 물에 씻긴 핏물이 하수구로 빠져나갔다. 도청 정문 안쪽으로는 방역차들이 연막소독을 끝없이 뿜어대고 철모에 흰 띠를 두른 군인들이 바쁘게 움직이고 있었다. 도청 건물 창문들은 하나같이 박살나 있었다. 전쟁이 휩쓸고 지나간 도청은 파괴의 흔적이 역력했지만 파괴되지 않은 비물질적인 강한 무엇인가가 남아 있었다. 자유와 해방의 상징을 얻기 위해 도청은 모진 파괴를 겪은 것이다.

인하와 영빈은 예술회관 근처에서 서성대고 있었다. 그때 군용 트럭이 도청 정문을 통과하여 예술회관 앞 대로를 지나갔다. 트럭 위에는 수십 구의 시체가 아무렇게나 포개져 있었다. 십여대의 트럭이 줄을 이어 어디론가 사라졌다. 그들은 사색이 되어 트럭이 사라진 방향으로 달려가다가 경찰에게 검문을 당했다. 그들은 인근 경찰서에 끌려가 신원조회를 받았다. 행색이 깨끗하고 신원도 확실한 것이 판명되자 경찰은 마지못해 방면했다. 인하는 날마다 형철의 자취방에 들렀다. 도청이 함락되고 나흘째 되던 날 인하는 형철의 자취방을 수색하러 온 군인들에 의해 체포되었다. 계엄사가 저항세력을 파악할 수 있는 기간은 오래가지 않았다. 강학들은 대부분 도청에서 죽었거나 체포되고 수배 대상이 되었다. 그 무렵 각종 유언비어가 난무했다. 돈 액수에 따라 기소 사유의 경중이 매겨진다는 소문도 그중의 일부였다. 인하네는 친척 중에 고위급 장성이 있었는데 그를 통해 뇌물을 썼다. 인하는 상무대에서 광산경찰서로 옮겨졌다——교도소엔 수감자들이 넘쳐 모두 수용할 수가 없었다——석달 후에 석방되었다.

형철은 교도소에서도 정신이상 증세를 보였지만 방치된 채로 일년여를 보내고 출소했다. 형철의 어두운 넋은 꺼멓게 탄 살 속에서 겨우겨우 부지하다가 급기야는 뇌수함몰증이라는 진단을 받고 정신병원으로 실려갔다. 인하는 넋을 놓고 망연히 앉아 있는 날들이 많아졌고 영빈은 시골 중학교에 발령이 났으나 부임하지 않았다. 영빈은 설렘도 없이 집에서 중매해준 남자와 결혼했다. 이제 그들은 음악을 듣지 않게 되었고 미래에 대해서 꿈꾸지 않았다. 미래에 대해서 가능성을 갖는다는 것은 형철에 대한 모욕이라고 생각했다. 인하는 먹을 것을 싸들고 형철에게 다녀오곤 했다. 인하는 그의 병 때문에 고통스러웠지만 남은 자신 때문에 더 고통스러워지기도 했다. 때로 그를 용서할 수 없었다. 인하는 망월묘역에 가면 그래도 마음이 가라앉곤 했다. 죽은 자들도 있는데, 총맞아 죽고 매맞아 죽고 육신이 갈가리 찢겨서 죽은 자들도 있는데 이 정도 고난쯤이야 별거 아니라고 자위도 해보았다. 그러나 망월묘역을 떠나와보면 세상은 나름대로 흘러가고 있었다. 차라리 세상이 모두 망월묘역과 정신병동이라면 좋겠다는 생각이 들기도 했다. 그러나 계절은 바뀌고 태양은 빛나고 꽃은 피어나고 주위의 친구들은 결혼하고 아이도 낳고 하는데 어떻게 망월묘역과 정신병동만 생각하며 살아갈 수 있겠는가.

항쟁지도부의 마지막 사수의 밤을 경험한 도청과 총구멍이 뚫린 건물들. 사람다운 사람은 죽거나 감옥에 가거나 수배되어 사라진 도시에서 남은 사람들은 조금씩 숨을 내쉬며 살아나갔다. 이 도시에선 어떠한 투쟁도 만족의 끝이 없었고 망월묘역과 연관되지 않은 어떠한 삶의 양식도 모두 빛바랜 활동사진과 같았다. 수만 개의 총구가 내뿜는 듯한 격렬한 몸짓들이 있는가 하면 그 몸짓 뒤에 가려진 허물어지는 영혼들도 있었다.

3

잿빛 구름이 모여들었다. 어느새 비를 머금은 구름이 하늘을 메워버렸다.

영빈은 오전 내내 뜨개질을 했다. 이렇다 할 마음의 질정이 없을 때 영빈은 뜨개질을 하곤 했다. 형철의 편지를 읽고 난 후 요 며칠 동안 영빈은 꽤 많은 양의 뜨개질을 했다. 가지가지 아픈 상념들을 뜨개질 하며 흘려보냈다. 오후 나절에는 비가 내렸다. 영빈은 유치원에 간 아이가 돌아올 시간이 가까워오자 우산을 들고 집을 나섰다. 아파트 앞 작은 꽃밭을 지날 때 영빈은 저절로 미소를 머금었다. 상가 내에서 쌀 집을 경영하는 아저씨가 가꾸는 꽃밭이었다. 도시에선 여간해서 볼 수 없는 일년초들이 비를 맞으며 함초롬히 피어 있었다. 올 여름엔 딸 아이와 함께 봉숭아 꽃잎을 따다가 손톱에 물까지 들였다. 아이는 손톱을 들여다보며 환하게 웃었다. 버스에서 내린 아이는 영빈을 발견하고 함박웃음을 피웠다. 돌아오는 길에 아이는 꽃밭을 보고 또 웃었다. 세상의 아름다움은 쌀집아저씨 손길에서 피어나고 있었다. 아이는 옷을 갈아입고 피아노 연습을 했다. 빗방울은 더욱 거세어졌다. 영빈은 저도 모르게 뜨개질감을 끌어당겼다. 줄을 바꾸어 다시 대바늘을 끼워넣을 때 전화벨이 울렸다. 형석이었다.

"내일 병원에 가려고 하는데 시간이 괜찮다면 누님도 함께 갔으면 해서요."

영빈은 갑자기 숨이 차오르는 것 같았다. 형석은 머뭇거리다가 말을 이었다.

"힘드시면 다음 기회에 가셔도 되고요."

"그렇진 않은데."

"신고하는 데 서류 첨부하는 것이 복잡하네요. 진료 카드도 필요하고 인우보증인도 세 명이나 내세워야 한대요. 누님이 도와주실 일이 생긴 것 같아요."

그들은 이튿날 만나기로 했다. 수화기를 내려놓고 영빈은 두 손을 가슴에 가져다댄 채 단속적으로 숨을 내쉬었다. 영빈은 뜨개질감을 끌어당겨 손을 놀리기 시작했다.

터미널 근처 찻집에서 만난 그들은 두 명의 인우보증인을 선정하는 데에는 의논이 쉽게 맞았다. 형철과 함께 도청을 사수한 윤강옥과 형철의 진료를 위해 애를 썼던 인권목사 등이었다. 형석은 서류봉투 안에서 인우보증인 카드를 꺼내며 말했다.

"나머지 한 사람은 형의 전후 사정을 잘 아는 사람으로 하고 싶은데요."

형석은 영빈의 기색을 살피며 이어서 말했다.

"누님이야말로 형을 제일 잘 알잖아요."

영빈은 인우보증인 카드를 들여다보았다. 영빈은 형석이가 쥐여준 볼펜으로 써내려갔으나 생각은 자꾸 헷갈리고 동강났다.

"안되겠다. 집에 가서 차분히 써올게."

하고 영빈은 카드를 가방 속에 넣었다. 형석이 말했다.

"누님도 항쟁 사료에 등록되는 셈이지요."

"오빠 때문에 나도 역사에 남겠네."

그들은 조그맣게 소리내어 웃었다. 웃음 끝에 서로의 가슴에 쌓인 슬픔과 분노를 묵새기는 듯 말이 없었다. 형석의 눈가에 붉은 기운이 감돌았다. 그는 눈을 씀벅거리며 나직이 말했다.

"이상하게 요즈음 눈물이 자꾸 나요. 사실 그동안 눈물 같은 거 없었는데."

영빈은 사회에서 격리되었던 지난 세월을 헤아려보았다. 형철은 정신병원에서, 인하는 절망으로, 형석은 생활의 무게로, 영빈은 공포와 신경증으로. 각각의 고독은 서로를 연결시키지 못했다.

그들은 찻집을 나와 나주행 버스를 탔다. 나주시 못미쳐 남평에서 버스를 내리면 택시들이 손님을 기다리고 있다. 택시를 타고 정신병원으로 달리는 길은 고적했다. 칠성사를 지나자 이윽고 ㄱ자로 꺾인 백회색 건물이 나타났다. 소나무와 잡관목으로 뒤덮인 야산이 백회색 건물을 품고 있었다. 야산 뒤로는 가없는 하늘이 펼쳐져 있었다. 풍진 세상을 내려다보는 것 같은 초연한 하늘빛이었다. 잔디밭에 옹기종기 앉아 있던 환자들이 택시에서 내린 두 사람을 일제히 쳐다보았다. 환자들의 얼굴 형상이 어슷비슷했다. 형석이 말했다.

"저 환자들은 그래도 나은 사람들이에요. 제 앞가림은 할 수 있거든요. 형은 바깥출입도 금지돼 있어요."

두 사람은 넓은 공터를 가로질러 건물 안으로 들어갔다. 겉보기에는 그렇게 밝아 보이던 건물이 내부에는 적막감이 감돌았다. 문들은 꼭꼭 잠겨 있었고 멀리 복도 끝을 간호원 한 명이 걸어가고 있었다. 그들은 2층으로 올라가 간호실에 들러 면회신고를 한 뒤 203호실 앞으로 다가갔다. 형석이 노크했다. 잠시 후 안에서 열쇠고리 풀어지는 소리가 났다. 문이 열리자 남자 간호사가 무표정하게 그들을 맞았다. 그곳은 넓은 홀이었다. 30여명쯤 되어 보이는 환자들의 시선이 일제히 그들에게 쏠렸다. 다섯 개의 탁구대가 한켠에 자리잡고 있고 쇠침대가 환자 수만큼 놓여 있었다.

"저쪽에서 기다리쇼."

간호사가 면회실을 가리키며 말했다. 형석은 못 들은 척하고 환자들 속으로 걸어갔다. 영빈은 면회실 앞에서 형석을 눈으로 좇았다. 형석은 중간쯤에 놓인 침대 발치에서 걸음을 멈추었다. 누워 있던 환자가 몸을 일으켰다. 두 사람은 얼싸안으며 면회실 쪽으로 걸어왔다. 그는 영빈의 손을 잡고 흔들며 웃었다. 영빈은 그의 앞니가 하나도 없는 것을 보았다. 머리는 희끗희끗하고 왼쪽 어깨는 축 처져 있었다. 형철은 오른쪽 뇌수에 이상이 있기 때문에 왼쪽 신체를 쓰지 못한다. 뇌수는 매일매일 마모되어간다. 그 과정에서 생기는 분비물을 밖으로 배출하기 위해 뇌와 방광까지 연결하는 인공 호스를 몸속에 장치해놓고 있었다.

그들은 면회실로 들어갔다. 나무 탁자와 의자가 놓여 있었다. 창문 너머로 태양이 빛나고 있었다. 차도를 지나 논배미가 펼쳐지고 나지막한 구릉들이 다복솔숲에 싸여 있었다. 영빈은 어떻게 저리도 평화로운 자연이 있으며 햇빛은 눈부시게 빛나는지 이상하였다.

"영빈아, 인자 오냐. 그만 앉아라."

형철의 음성이 너무 흔연스러워서 영빈은 오히려 당혹했다. 형석은 먹을 것을 꺼내어 탁자 위에 펼쳐놓았다. 불고기며 음료수, 포도 등이었다. 형철은 형석이가 쥐여준 젓가락을 다시 탁자 위에 내려놓으며 말했다.

"살기도 힘들 텐데 이런 건 만날 왜 가져오냐?"

"형 맛있게 드시라고."

"내가 뭐 어린애니?"

형철은 미소지으며 말했다. 그 미소는 영빈을 보면서 사라졌다. 그리고 심중한 기색을 띠며 물었다.

"용준이네 쪽에도 김치랑 반찬을 갖다주었냐?"

영빈은 그의 말을 요량할 수가 없어 형석을 쳐다보았다. 형석은 영빈이만 알아보게 눈을 찡긋거렸다. 그리고 영빈의 귀에 대고 낮은 목소리로 말했다.

"형 기억은 80년 5월에 끝나 있어요."

용준인 80년 5월 27일 YWCA에서 계엄군의 총에 맞아 죽었다. 고아였는데 야학 출신이었다. 형철을 친형같이 따랐다. 용준이는 항쟁 기간 동안 「투사회보」를 찍어내기 위해 밤낮으로 등사기를 밀었다. 형철은 지금 80년 5월 도청에 가 있다. 그는 용준이가 혹시 반찬 없는 밥을 먹는 것이 아닌가 염려를 하고 있었다. 형석이 힘지게 말했다.

"형, 시민들이 김치랑 먹을 것을 겁나게 갖다주니까 염려 말고 들어."

"그래 알았다."

형철은 포도 한알을 입에 넣고 영빈 쪽으로 눈길을 돌려 찬찬히 바라보며 말했다.

"너 얼굴이 못쓰게 됐구나. 니 신랑감은 내가 골라주기로 했는데 좀 기다려봐라. 그런데 인하는 왜 함께 안 왔니?"

"바쁘다고 했잖아 형. 다음에 꼭 데려올게."

형석이 재빨리 대꾸했다. 형철은 고개를 숙이고 한동안 말이 없었다. 다시 얼굴을 들었을 때 그의 눈빛은 슬퍼 보였다. 형철은 갑자기 미간을 찌푸리며 말하기 시작했다.

"어젯밤에 한잠도 못 잤다. 아무래도 계엄군의 동태가 심상치 않아. 상원이 관현이 용준이 영일이 모두들 빨리 오라고 해."

"형, 그 사람들은 다 죽었어. 망월동에 묻혀 있다고 전번에도 말했잖아. 왜 자꾸 잊어먹어."

하고 형석은 눈물이 스민 눈으로 형철을 쳐다보았다. 형철은 형석과 영빈을 번갈아 보며 그가 가 있는 세계의 현재성을 내보이려고 애를 썼다. 간절한 심정이 그의 온몸에 굽이쳤다. 그의 음성이 조금 격해졌다.

"너 그런 말 함부로 하면 못쓴다. 망월동에 가서 무덤을 파봐라. 빈 관만 있을 테니까. 얼마 전에도 만났는데 뭘. 얘기도 많이 나눴어."

형철의 눈은 점점 활기를 되찾는 듯싶다가 이내 절망스러운 표정이 엇갈렸다. 그의 굵은 손은 테이블 가장자리를 연신 문지르고 있었다. 그는 쉬지 않고 말을 이어나갔다.

"……세상엔 필요없는 것이 너무 많아 검찰청도 없어져야 해 검찰청이 있으니까 죄수가 생겨나지 보사부도 의사도 간호사도 없어져야 해 그래야 환자가 안 생기지 미국의 항공모함이 부산에 입항했다고 모두들 좋아했지 난 믿지 않았어 역사를 면밀히 분석해보면 답은 뻔한데 그래도 시민들 안심하라고 미국의 정체를 내보이진 못했지 카터 대통령에게 편지를 보냈어 존경받는 위인으로 남으려면 어떻게 정책을 펴야 하는가를 소상히 써 보냈지 아직 답장은 없어 상원인 내 앞에서 죽었어 총이 수십 발 날아왔지 피를 흘리며 쓰러졌지 좋은 세상 이루려 했는데 그가 말했어 사과탄이 날아와 터졌어 불길이 커튼에 붙었어 불붙은 커튼이 쓰러진 상원이 위에 떨어졌지 그때 상원이가 그슬렸지 나중에 적들이 분신자살했다고 모함했지 비 오듯이 쏟아지는 총탄 속에서 어떻게 살아났는지 모르겠어 난 죽지 않고 살았어 어떤 땐 부끄러워 내가 죽으면 인하는 어쩌겠니 그앤 이뻐 너무 이뻐서 슬퍼질 때도 있어 그애랑 결혼하면 정말 아껴줄 거야 가장 중요한 것은 서로 사랑하는 거야 예수가 이 말을 했지 그래서 성경을 자세히 읽어보았어 물론 사랑 얘기는 많이 나와 이상한 것은 노동에 대해서는 아무것도 씌어 있지 않다는 거야 일하지 않는 자는 먹지도 마라 이 정도뿐이야 그런 말로 세상을 설명할 수는 없지 내가 나가면 할일이 많은

데 영빈아 이 병원 언제 허물 거냐고 원장선생님께 물어봐라 답답해서 사람들에게 편지를 보냈는데 아 머리가 아파 신이 또 장난치는군 신은 장난꾸러기야 난 필요하면 총을 또 들 거야 이 세상의 모든 악을 제거하는 마지막 전쟁이 일어나면 말야 우리들의 아름다운 처녀들이 계엄군의 군홧발에 짓밟혀서는 안되지 왜 자꾸 먹으라고 하니 다 먹으면 가려고 하지 천천히 가라 할 얘기가 많아 다음에 올 땐 이런 거 가져오지 마라 먹고 나면 가니까 먹기 싫어 여기엔 책도 없구 음악도 들을 수 없어 노래는 혼자 부르기도 해 노래 한구절이 생각나는군 석영이형님이 광주에 오셔서 퍼뜨린 노래야 불러볼게 가난한 마을에 자라난 남녀가 있었네 악독한 원수와 싸움에 남남이 되었구나 악독한 원수와 싸움에 남남이 되었구나 슬픈 노래지 음악이 듣고 싶어 어떤 땐 미칠 것 같아……"

형철은 먹는 시간조차 아까워하며 한없이 말을 이어나갔다. 그는 어느 세계를 헤매고 있는 것일까. 모든 것이 사라지는 세월 속에서 그가 붙들어놓은 시간과 사람들이 그와 함께 불멸 속에 존재하고 있었다. 이상과 아름다움을 꿈꾸던 사람들과 그는 살고 있었다. 말하는 도중에 적에 대한 분노 때문에 얼굴이 일그러지고 숨이 콱 막힌 듯 거친 숨을 내쉬기도 하고 두 눈엔 적의감이 이글이글 타 번지기도 했다. 그러나 그것도 잠시였다. 그의 존재가, 그의 생명의 숨결이 그것을 넘어섰다. 적들이 그의 뇌수를 강타했지만 그의 이상과 꿈 그리고 사랑까지는 강타하지 못했다. 그때 영빈은 인하를 찾아나서야겠다는 생각이 섬광처럼 스쳐지나갔다.

형석은 탁자 위에 놓인 것들을 챙기기 시작했다. 형철은 체념한 듯 시름없이 웃었다. 문을 나서기 전 형철은 영빈을 가까이 끌어당기더니 눈을 조용히 응시하면서 서글프게 물었다.

"인하가 동백을 잘 가꾸지? 예전에 고향에서 캐와서 인하네 뜰에 심어준 동백 말야. 처음엔 한 그루만 가져왔지. 잘 자라지 못해서 인하가 발을 동동 굴렀지. 또 한 그루 가져와 나란히 심었더니 보란듯이 잘 자랐지. 동백은 쌍으로 키워야 한다는 걸 나도 그때 알았어."

형석이 뒤쪽에서 영빈의 팔을 슬쩍 당기었다. 영빈은 마지못해 형석을 따라 문 쪽으로 향했다. 간호사가 열쇠로 문을 열었다. 문을 나서기 전 영빈은 뒤를 돌아다보았다. 거기엔 주의깊고 따뜻하며 뭔가를 요구하는 듯한 눈이 있었다. 영빈은 알았다는 듯이 고개를 두어 번 끄덕였다. 미친 사람들이 미치지 않은 사람에게 요구하는 진실된 삶에 대한 응낙의 고갯짓이었다. 간호사는 그동안 쌓인 형철의 편지뭉치를 형석에게 건네주었다. 영빈은 5만원을 예치했다. 형석은 담당의사로부터 진료 카드 복사본을 받았다. 그들은 말없이 층계를 내려왔다. 차도엔 군내버스가 달려가고 있었고 다복솔숲의 잔바람은 형철이 수없이 토해내는 나지막한 말소리의 여운과 뒤섞여 여전히 서걱대고 있었다.

4

그해도 5월 영령들의 제의를 치르지 못했다. 전경들이 망월묘역으로 들어가는 도로마다 겹겹이 진을 치고 있었고, 어쩌다 샛길로 묘역 근처에까지 다다라도 체포되기 일쑤였다. 그해는 체육관 대통령이 광주에 내려왔다. 금남로를 지날 때 유가족들은 검은 세단 앞으로 돌진

하며 살인마라고 외쳐댔다. 또 일부 부상자나 5월 관련자들은 전경 사슬을 간신히 뚫고 검은 세단 앞에 드러누웠다. 기름기 번들거리는 평수 넓은 얼굴이 백지장처럼 하얘졌다. 감히 광주바닥에 발을 들여놓다니. 사람들은 울분을 토하며 황망히 떼몰려 다녔고 5월 관련자들과 일부 시민들은 분에 겨워 기를 쓰고 망월묘역으로 찾아들었다. 망월묘역은 죽은 자의 안식처이기도 하지만 산 자들의 눈물의 거처이기도 했다. 제대로 떼를 입히지 못해 흙더미나 다름없는 봉분을 끌어안고 서럽게 마디를 꺾어넘기며 통곡을 하면 맺힌 한이 조금은 풀어지기도 했다. 망월묘역이 없었다면 산 자들은 살아갈 수 없었을 것이다.

"놈들이 몰려오고 있어요."

누군가가 외쳐대자 샛길로 들어서던 사람들이 주춤거리다가 워낙 많은 전경들이 떼몰려오는 것이 보이자 사방으로 흩어져 튀기 시작했다.

인하도 사람들 속에 끼여 달아나고 있었다. 야산을 에돌아 한참을 내달리다가 인하는 돌부리에 걸려 넘어지고 말았다. 곁을 지나치던 남자가 인하를 부축해 일으켜세웠다. 남자는 인하의 팔소매를 부여잡고 들고뛰었다. 그렇게 얼마를 뛰었는지 모른다. 인하는 숨을 헉헉 몰아쉬다가 더이상 걸을 수가 없어 자리에 주저앉았다. 새하얘진 여자의 얼굴을 보고 남자도 걸음을 멈추었다. 전경은 보이지 않았다. 햇빛은 찬연했고 새들은 떼지어 날아다니다가 망월묘역 너머로 가뭇없이 사라져갔다. 진달래 몇송이가 소나무 그늘에 가려 부끄러운 듯 피어 있었다. 인하는 흐르는 땀을 씻을 염도 없이 그저 망연히 앞을 바라보고 있었다. 초점이 흐려져 있는 여자의 눈은 마치 사람이나 사물을 의식하지 않는 것 같았다. 여자의 눈빛이 남자의 가슴을 건드렸다.

"가족 중에 5·18 때 희생당하신 분이 있나보죠?"

남자가 낮은 목소리로 물었을 때 인하는 비로소 그를 바라보았다. 희고 반듯한 이마와 빛나는 눈을 지닌 남자였다. 남자는 담배를 꺼냈다. 그러자 인하도 담배를 피우려고 손을 내밀었다. 그는 여자가 담배 피우는 행위에 익숙지 못한지 잠시 주저했다. 인하는 담뱃갑에서 한 대를 꺼내 불을 붙였다. 내어뿜는 연기 속에 인하의 한숨도 배어나왔다. 여자가 흩날리는 담배연기 때문이었을까. 눈빛 때문이었을까. 야산 너머 망월묘역의 스산함 때문이었을까. 남자는 여자 주위를 감싸고 도는 비탄과 공허와 고독을 피부로 느꼈다. 그것이 망월묘역과 관련되었음을 그는 직감적으로 알았고 그래서 연민의 정이 솟아올랐다. 남자가 말했다.

"올해도 제대로 제의를 치르지 못하고 말았군요. 영령들 보기가 부끄러워요."

여자가 아무 말이 없자 그는 계속해서 말했다.

"두고 보세요. 망월동은 적들의 아킬레스건이에요. 피 묻은 정권은 절대로 정통성이 부여될 수 없어요."

그는 여자의 눈빛이 조금 달라진 것을 보았다. 나이를 가늠할 수 없을 만큼 무표정하고 공허한 얼굴에 작은 파문이 일었을 때 그는 여자의 얼굴이 상냥하고 아름답다는 것을 알았다. 남자는 무심코 풀꽃 하나를 꺾어 입에 물었다. 그는 웃음을 머금은 눈길로 찬찬히 여자를 쳐다보면서 말했다.

"이런 곳에서 만난 것도 인연이군요. 익서라고 합니다, 유익서."

인하는 그의 미소를 눈결에 보고 자신의 이름을 말해주었다. 익서는 시내에서 벌어진 사건을 마치 눈에 훤히 보이듯 자세히 말하기 시작했다. 피 묻은 정권에 대한 분노까지 간간이 섞어가며 매우 열정적인 어조로 말했다. 인하는 그의 이야기를 들으면서 형철이 이루고자 한 이상과 가치있는 소중한 그 무엇의 실체가 살짝 엿보이는 느낌을 받았다. 망월묘역에 대한 공감대가 그런 느낌을 받기에 수월하게 했는지도 모른다. 어느 사람도 어느 물체도 어느 사건도 반사하지 않는 형철의 모습이 떠올라 인하는 몸서리를 쳤다. 그와 더불어 자신의 존재도 그렇게 공허처럼 사라질 것 같은 공포를 느꼈다. 그림자처럼 사라지려는 형상을 붙잡으려는 듯 인하는 형철의 존재를 낯선 남자에게 말하기 시작했다. 익서는 주의깊고 때로는 깊이 꺼져가는 한숨을 내쉬며 인하의 이야기를 들었다. 익서의 눈에 눈물이 스며들었다. 그의 눈물은 인하의 맺힌 가슴을 조금 풀어주는 듯했다. 그의 눈물은 형철의 가족과 영빈이 흘린 눈물의 의미와도 달랐다. 그들의 눈물은 인하에게 돌이킬 수 없는 불행을 확인시켜줄 뿐이었다. 낯선 사람의 불행 때문에 눈물을 흘리는 익서를 바라보면서 인하는 감동과 안도감을 느꼈다.

그들은 자리에서 일어나 야산을 내려가기 시작했다. 햇빛을 가르는 인하의 치마폭 소리가 비상하는 새의 날갯짓 소리 같았다.

익서를 만나는 횟수가 늘어나면서 인하는 형철의 면회도 자주 다녔다. 익서에게 기울어지는 마음을 다스리기 위한 안간힘이었다. 형철과 걷던 캠퍼스 숲을 거닐기도 하고, 함께 드나들던 찻집에도 가보고, 이미 폐쇄된 야학 앞을 서성대기도 했다. 사람의 숨결이 느껴지지 않는 장소란 얼마나 공허한 것인가.

"그해 봄, 난 대학 2학년이었지."

동료들이 모두 돌아간 빈 사무실에 앉아 익서는 인하에게 지나온 세월을 말하기 시작했다. 자기 내부를 응시하고 있는 것 같은 그의 깊은 눈 속에 회한의 빛이 떠올랐다. 인하는 기대와 빛이 담긴 눈길로 그를 바라보면서 다음 말을 기다렸다.

"난 아버지가 원하는 대로 법대에 들어가 착실히 공부하는 모범생이었지. 그리고 5·18이 일어났지……"

변호사인 아버지는 인공시절을 들먹이며 공포에 떨었다. 아버지는 외곽으로 빠져나가려고 은밀히 알아보러 다녔다. 이미 계엄군에 의해 도시는 고립되었다. 죽음을 각오하지 않고는 빠져나갈 수가 없었다. 계엄군이 도시에서 퇴각한 그날 오후에 익서의 식구들은 자가용 기사 집으로 옮겼다. 해방기간 동안 익서는 장롱 안에 몸을 숨기고 지냈다. 아버지의 강요도 있었지만 익서도 공포 때문에 그럴 수밖에 없었다. 총까지 손에 넣은 폭도들이 언제 들이닥칠지 전전긍긍했다. 기사는 아침 일찍 나가 저녁 늦게야 돌아왔다. 말로는 폭도들의 동태를 알아보기 위해서라고 했지만 그의 얼굴에는 알 수 없는 열기로 가득 차 있었다. 도청이 진압되고 알게 모르게 해방기간의 상황이 알려지면서 익서는 자신의 행태가 몹시 부끄럽다는 것을 느꼈다. 부자 동네는 말할 것도 없고 시중 은행이나 상가 작은 구멍가게조차 무사했다. 해방의 기쁨이고 나눔의 공동체라는 말들이 은밀히 나돌았다. 무엇으로부터의 해방인가. 아버지는 무엇을 무서워했을까. 죽은 자들의 대부분이 빈민층이었는데 그들이 지키고자 한 것은 무엇이었을까. 의문들이 계속 떠오르면서 익서를 괴롭혔다. 사람들이 뒤에서 손가락질을 하는 것 같았다. 장롱 안에 숨으면 그나마 안도의 숨을 쉴 수 있었다. 장롱 안에 처박혀 있는 시간들이 점점 늘어났다. 이대로 가다간 정신질환이 올 것 같았다. 익서는 살기 위해서, 자신의 위치를 규정짓기 위해서 두려워하는 정체를 찾아 이리저리 헤매었다. 과 선배의 도움을 받게 되었다. 예비검속 때 구속되었다가 출소한 선배였다. 선배의 이야기를 듣고 그가 권하는 책을 읽었다. 가슴 한 귀가 열리는 듯했다. 장롱 안에 숨는 증상도 차츰 나아졌다. 선배는 비밀 써클에 그를 추천했다. 그곳에서 집중적인 학습을 받았다. 자신을 둘러싸고 있는 세계에서 그는 자신의 위치를 확정지었다. 그는 현장으로 뛰어들었다. 그의 현장 경험은 위장취업이 들통나 1년 2개월로 끝났지만 논리정연하고 또 그것을 정확히 전하는 재능이 있었기 때문에 두각을 나타냈다. 그룹에서 그는 중간 리더로서 현장활동가를 관리했다.

"……앞으로 모든 운동의 핵심은 노동운동이야. 노동자의 조직화가 우리 운동의 성패를 판가름할 거야."

익서는 단호하게 말을 끝맺었다. 인하는 그의 눈빛이 너무 강렬해서 이리저리 시선을 옮겼다. 회의용 긴 탁자, 서적과 서류뭉치가 쌓여있는 책장, 각종 시간약속이 씌어 있는 칠판, 벽면에 유일하게 걸려있는 그림, 그것은 노동자 대열이 빨간 띠를 머리에 두르고 한 손을 높이 쳐들고 행진하는 모습을 그린 그림이었다. 깃발처럼 힘차게 치켜든 손 하나가 만국의 노동자여, 단결하라!는 구호를 가리키고 있었다. 인하는 공연히 숨이 가빠오는 것 같아 다시 시선을 옮겼다. 편안히 머물 곳을 찾지 못한 눈길이 이윽고 햇빛에 가닿았다. 창문으로 비쳐들어온 햇빛이 인하 앞에 놓인 작은 탁자를 칼로 베어내듯 반으로 비스듬히 잘라내었다. 인하의 시선을 잡으려는 듯 익서는 자리에서 일어나 탁자에 걸터앉으며 담배를 꺼내어 물었다. 그는 허공의 한 지점에 담배연기를 곧게 내뿜고 물었다.

"윤상원 열사를 알지?"

"알아."

"열사께서 은행원을 그만두고 왜 노동운동에 뛰어들었는지 곰곰이 생각해봐야 한다구. 열사께서 항쟁지도부로서 도청을 사수한 것은 앞으로 우리 운동이 어떻게 가야 할 것인가를 명백히 보여주신 것이었어."

인하는 강학으로 있을 때 노동자들에게 느낀 감정이 새삼 솟구쳐 올라왔다.

"나도 가난하고 힘없는 사람들이 행복해지기를 바래."

익서는 빙긋 웃으며 말을 덧붙이려다가 그만두었다. 인하에게 노동운동은 막연한 것이었지만 어쩐지 그 일이 매우 중대하고 가치있는 것임은 짐작되었다. 그러나 지난날의 상처는 외부로부터의 자극을 두려워하고 있었다.

인하는 창가로 가 기대섰다. 거리에는 오고가는 차량과 사람들이 흘러가고 있었다. 곳곳에 고층빌딩이 들어서고 보도블록을 새로 놓으려고 여기저기 파헤쳐놓았다. 그녀는 살육과 죽음의 공포를 딛고 다시 일어서는 도시를 눈물겹게 바라보았다. 그녀도 지금 이 도시와 같았다.

익서가 다가와 한 팔로 그녀의 어깨를 감싸안았다. 그녀는 본능적으로 두 팔을 겹쳐 가슴을 가렸다. 그녀는 가볍게 떨었다. 그 떨림 속에서 그녀는 지난날의 상처가 엷은 껍질로 덮이기 시작하는 것을 느꼈다. 인하의 마음속에 파괴되었던 세계가 또다시 새로운 아름다움에 싸여서 어렴풋이 다가오고 있었다.

그들이 만나는 장소는 주로 사무실이었다. 익서는 늘 바빴다. 잠시도 사무실을 비울 수가 없었고 틈이 나면 번역일을 해서 생활비를 벌어야 했다. 그래서 어느날 익서가 외출하자고 말했을 때 인하는 공연히 마음이 부풀어올랐다. 인하는 나뭇잎 사이에서 한가롭게 바람을 맞고 싶었다. 창가에 기대앉아 음악도 듣고 싶었다. 이런저런 바람과 어렴풋한 욕망을 느끼게 된 것이 참으로 얼마 만인가. 인하는 사랑이 다시 내부에 살아났음을 은연중에 깨달았다. 사랑은 다시 눈을 떴다. 익서와 나란히 거리에 발을 내디뎠을 때 인하는 의미없는 웃음을 지었다. 익서가 의아한 표정을 지으며 물었다.

"뭐가 그렇게 좋아?"

"그냥. 함께 걸으니까 참 좋아."

"그런 모습을 볼 때면 난 가끔 불안해져."

"왜?"

익서는 대답을 회피했다.

그들은 익서와 같은 조직원의 애인 집으로 갔다. 짧은 커트 머리에 화장기 없는 얼굴을 한 말숙이가 그들을 맞았다.

"듣던 대로 미인이시군요."

말숙은 미간을 약간 찌푸리며 말했다. 말숙은 대학을 중퇴하고 현장에 간 지 5개월쯤 되었는데 집을 나와 자취를 하고 있었다.

"내가 찾아온 이유는……"

하고 익서는 안주머니에서 두툼한 편지봉투를 꺼내 말숙에게 건네주었다. 익서와 말숙은 인하가 들어도 잘 알지 못하는 대화를 주고받았다. 문건 비밀 현장 조직 등등의 낱말이 반복되어 나왔다.

아무 장식도 없는 방에는 맑스와 로자 룩셈부르크의 사진이 걸려 있었고 여자에게 기본적으로 필요한 화장대는 물론이고 화장품 하나 변변한 것이 없었다. 앉은뱅이 책상 위에 책과 노트가 뒤섞여 있었다. 말숙은 대화 도중에 간간이 인하의 손가락——인하 오빠가 외국 여행에서 사다준 예쁜 장식 반지가 끼여 있었다——과 고급 가방을 냉소적으로 바라보았다. 인하는 가벼운 충격을 입었다.

그날 밤 인하는 자신의 방안을 찬찬히 둘러보았다. 고급 침대, 피아노, 책장, 화장대, 신비하고 예쁜 각 나라 관광 골동품들, 보석함. 그 안엔 인하의 어릴 적 꿈이 뒤엉켜 있었다. 그동안 한번도 느끼지 못했는데 새삼 쓸데없는 물건이 너무 많아 보였다. 인하는 장신구들을 올케언니에게 나누어주고 골동품이며 피아노도 거실로 옮겨놓았다. 마음이 한결 홀가분해졌다.

임투를 앞두고 현장 간부들이 모여들었다. 익서는 복사해놓은 서류를 간부들에게 나누어주고 논의를 이끌어나갔다. 논의가 끝나자 차를 마시며 한담을 나누었다. 그때 인하가 나타났다. 긴 머리를 손수건으로 살짝 묶었다. 그녀는 가져온 보자기를 풀었다. 찬합에 김밥이 가득 들어 있었다. 그들은 마치 오래 기다렸다는 듯이 맛있게 먹었다. 인하는 집에서 먹고 왔다면서 남들 밥 먹는데 담배 피우기도 뭐 해서 라이터만 만지작거렸다. 라이터는 작은 가죽주머니에 싸여 있었다. 이 라이터집은 영빈이가 공예를 전공하는 친구의 작업실에서 소가죽 자투리를 얻어다 만들어준 것이었다. 가죽은 오랜 손때가 묻어 윤이 났다.

동료들이 모두 돌아가고 난 후 인하는 흐뭇한 기분으로 그릇을 챙겼다. 고생하는 사람들에게 작은 헌신이라도 보여줄 수 있다는 것이 무척 기뻤다. 유난히 볼이 팬 익서의 얼굴을 보면서 다음엔 좀더 영양가 있는 음식을 만들어와야지, 하고 속다짐하면서 인하는 마침 담배를 입에 무는 익서에게 불을 붙여주려고 라이터를 찾았다. 눈에 띄지 않아 두리번거리면서 물었다.

"내 라이터 못 봤어?"

"방금까지 인하가 만지작거리고 있었잖아."

"잠깐 놓았는데 어디로 갔지?"

인하는 보자기를 다시 풀어보고 가방도 뒤적거려보았다. 익서도 책상서랍을 열어보고 쓰레기통도 뒤져보았다. 라이터는 끝내 보이지 않았다. 인하는 힘이 매시시 빠졌다. 익서가 성냥불에 담배를 붙여 한 모금 빨고 말했다.

"에이, 그까짓 라이터 하나 더 사면 되지. 다음에 시내 나가면 멋진 걸로 사줄게."

"아니, 라이터가 중요한 게 아니라 가죽주머니가 중요한데. 그건 돈으로도 살 수 없는 거야. 어디로 갔을까."

"그럼 또 만들면 되잖아. 별것도 아닌데."

"왜 별거 아냐. 내 손에서……"

하고 인하는 라이터집을 갖게 된 햇수를 헤아려보고 잇대어 말했다.

"거의 3년 동안 내 곁을 잠시도 떠나지 않은 물건인데."

인하는 볼멘소리로 말하였다. 익서는 알 수 없다는 표정을 지었다. 그런 표정이 인하의 비위를 건드렸다. 그러나 겉으로는 드러내지 않고 생각을 이끝저끝 더듬다가 마침내 짐작하는 바를 끄집어내었다.

"아까 그 사람들 중에 누군가 가져갔을까?"

"그 친구들이 그걸 왜 가져가니?"

"무심코 주머니에 집어넣었는지도 모르지. 전화해봐."

"그걸 갖고 전화까지 해가며 수선을 피워야 해?"

익서는 난색을 보이며 말했다. 인하는 머리카락 끝을 만지작거렸다. 생각이 진정되지 않을 때 나타나는 버릇이었다. 익서는 내키지 않았지만 동료들에게 전화를 걸어보았다. 그중 한 명이 겸연쩍은 목소리로 말했다.

"담배 피우고 무심코 주머니에 넣었던 모양이야. 그걸 갖고 전화하고 난리냐? 다음 모임 때 갖다줄게."

"그래라."

전화를 끊고 익서는 인하에게 통화 내용을 말해주었다. 인하는 성이 차지 않는 심정으로 말했다.

"안돼. 지금 갖고 오라고 해. 그 사이에 잃어버리면 어떻게 해?"

"어떻게 여기까지 또 오라고 하니? 바쁜 사람을."

"거기가 어디야? 내가 갔다올게."

인하가 일어설 기미를 보이자 익서는 할 수 없이 다시 전화를 걸었다.

"지금 그리로 갈게. 라이터 꽉 보듬고 있어라. 호랑이가 물어가지 않게."

익서가 나가자 인하는 자책감이 들기도 했다. 익서의 말대로 또 만들면 될 것을 이런 수선까지 피우는 자신의 소견머리가 몹시 좁아 보였다. 그러나 오랫동안 길들여온 라이터집은 마치 신체의 일부분처럼 느껴져서 도저히 포기할 기분이 아니었다. 까맣게 손때 묻은 라이터집은 인하의 젊은 날의 한부분을 오롯이 들여다볼 수 있는 것이었다. 인하는 요모조모 라이터집을 매만지며 마음속에 떠오르는 사소한 생각들을 흩날리고 수년간을 살아왔다. 부드러운 가죽의 감촉을 느끼며

라이터를 켤 때 조그마한 불꽃이 오르면 인하의 내밀한 곳에 숨어 있는 그 어떤 열정이 가스 대신 타는 것 같다는 생각이 스치기도 했다. 가스가 다 되어 불꽃이 새끼손톱만큼 작아질 때는 인하의 내밀한 열정도 서서히 스러지는 것 같아 사라지는 모든 것에 슬픔을 맛보기도 했다. 스쳐지나가고 사라지는 온갖 사소한 것들을 인하는 잊어버렸을지 모르지만 세월의 더께를 말해주는 것은 라이터집이었다. 물건에 넋이 깃들인다는 것은 이런 경우를 두고 말하는 것이리라. 다시 돌아온 익서의 낯색이 화가 난 듯이 표표해 있었다. 그는 던지듯 라이터를 책상 위에 놓았다. 인하는 머뭇거리다가 담배를 꺼내어 물고 자연스럽게 라이터를 집어들었다.

"인하는 소유에 대한 집착이 너무 강해."

가라앉은 목소리로 익서가 말했다. 나긋하게 손에 안겨든 라이터를 만지고 있던 인하는 쑥스러움과 안도감이 묘하게 섞인 표정으로 그를 바라보았다.

익서는 라이터를 찾으러 갔을 때 동료가 한 말을 생각하고 있었다.

"개조하지 않으면 참 애매해질 수 있는 여자야. 차라리 부르주아 쪽으로 가버리면 잘살 여잔데. 사랑도 많이 받고. 널 사랑해서 그 여자도 힘들어지는 것 아냐?"

"그렇지 않아. 그 여자가 지향하는 것도 우리와 별반 다르지 않아. 표현 방법이 좀 다를 뿐이지."

익서는 대수롭지 않게 말했으나 동료 앞에서 자신의 성분이 시험대에 오른다는 느낌을 떨쳐버릴 수 없었다. 대학을 중퇴하고 현장으로 간 동료는 여성노동자를 애인으로 삼은 것으로 자신의 신념을 표출했다.

"사랑도 계급의 문제야. 우리 같은 학출들은 매사에 철저해져야
해."

하고 그 동료는 야릇한 미소를 띠었다. 동료와 헤어지고 돌아오면서
익서는 여러가지 착잡한 상념에 빠져들었다. 일상이란 너무도 무서운
것이어서 자신도 모르게 타성에 젖게 마련이다. 보일러 집에서 살면
연탄 때는 집을 상상할 수 없다. 고기를 늘상 먹으면 명절 때나 고기
를 먹게 되는 가난을 이해할 수 없다. 부자연스러울 정도로 자신의 생
활을 단련하는 것도 존재가 의식을 반영한다는 명제에 충실하기 위해
서였다. 집을 나와 자취를 하는 것도 그중의 일부였다. 이러한 철저성
에 인하가 틈을 내고 있다. 자신처럼 인하도 단련시킬 필요가 있다.
두 사람의 사랑을 완성하기 위해서는 인하도 단련해야 될 방편을 가
져야 한다. 그는 인하를 현장에 보내는 것에 생각이 미쳤다. 그러나
애처로워 보이고 마음속의 동요를 곧잘 드러내는 인하의 모습이 떠올
라 이 문제는 그리 자신할 수가 없었다.

인하는 계속 라이터를 만지고 있었지만 얼굴에는 불안한 기색이 서
려 있었다.

"인하는 개성이 너무 강해."

그의 어투가 건조하고 차가워서 인하는 단박에 그의 의도를 알아챘
다. 익서는 말을 계속하려고 했으나 수치감이 떠오른 인하의 얼굴을
보고 입을 다물었다. 인하에게 자연스러운 행위들이 익서에겐 경멸스
러운 것으로 보인다는 것만으로도 그녀의 영혼은 충격을 받았다. 인
하는 슬그머니 라이터를 가방 속에 넣어버렸다. 인하는 속빈 웃음을
지으며 사무실을 나왔다.

이러한 갈등은 사소한 사건으로 번번이 일어나곤 했다. 그럴 때마

다 인하는 자신이 초라하고 천박스럽기조차 했다. 인하는 사무실을 드나드는 여성노동자들을 눈여겨보게 되었다. 인하가 보기에 그애들도 특별하게 다를 바가 없었는데, 다른 것은 그애들을 대하는 익서나 동료들의 태도였다. 그들에게 노동자들은 정의롭고 숭고하며 진리의 화신이었다. 인하는 노동자들을 알지 않고서는 익서와의 사랑이 불완전하다는 것을 깨닫게 되었다.

집에서는 대학원을 가든가 선을 보든가 양자택일하라고 성화였지만 인하는 조건이 좋은—변호사의 아들—애인이 있다는 것으로 말막음을 했다. 어머니와 올케언니는 인하의 눈치를 보며 은밀히 혼숫감을 장만하기 시작했다. 인하에게는 평범한 그들의 말이나 바람들이 최근 그녀가 빠져드는 세계를 모욕하는 것같이 생각되었다. 인하는 익서의 눈을 통해 세계를 보려고 노력했다.

세계를 변혁하려는 열정적이고 순결한 이상을 꿈꾸는 사람들. 프롤레타리아라는 말 자체가 호소력을 지니고 있으며 평등하고 아름다운 세계가 손짓하고 있었다.

인하는 말숙이가 다니는 회사가 파업할 때 그곳에 가보게 되었다. 정문은 굳게 잠겨 있었다. 인하는 수위아저씨와 실랑이를 벌이다가 샛문 안쪽으로 몇걸음 내디뎠다. 30여명의 여성노동자들이 땡볕에 앉아 구호를 외치고 있었다. 앞에 나서서 구호를 선창하던 말숙이가 인하를 보고 달려나왔다. 말숙이는 수위아저씨와 대거리하며 싸웠다. 이튿날 인하는 김치를 들통에 담아가지고 다시 찾아갔다. 수위실에서 말숙이를 만났다. 말숙이는 인하의 손을 꼭 잡으며 말했다.

"김치 먹고 힘내서 잘 싸울게요."

노동계급에 대한 헌신, 자기희생, 선에 대한 노력, 이와같은 것이 말숙의 눈과 얼굴의 윤곽 하나하나에서 빛나고 있었다. 말숙은 때에 전 남방셔츠를 걸치고 머리는 짧게 잘라 너풀거렸지만 당당하고 넘치는 생기로 빛나 보였다. 그것은 인하에게 새로운 아름다움을 일깨워주었다. 인하는 외출할 때면 그날 분위기에 맞추어 무슨 옷을 입고 갈까, 어떤 가방이 어울릴까, 거울 앞에서 재는 시간이 많았는데 이제는 편한 것이 아름다워 보였고 그 아름다움에 자신을 갖게 되었다. 협상이 타결되어 파업이 끝났을 때 말숙은 인하에게 엄숙한 표정을 지으며 말했다.

"언니도 이제 노동자들에게 의무가 생겼어요."

인하는 그 말을 이해했고 그리고 받아들였다. 인하는 현장으로 갈 수밖에 없다고 스스로 단안을 내렸다.

익서는 인하의 변화를 더욱 깊은 사랑으로 화답해주었다.

익서는 조직에서 모아놓은 주민등록증 중의 하나를 자취방으로 갖고 왔다. 물그릇에 주민등록증 모서리를 담근다. 시간이 지나자 접착이 느슨해졌다. 예리한 면도날로 느슨해진 접착 부분을 조심스럽게 가른다. 사진을 떼어내고 인하의 사진을 붙인다. 그는 인하를 들여다본다. 곱고 애련한 얼굴이다. 눈가엔 아픔의 흔적이 맺혀 있다. 꽃잎같이 작은 입술이 마음속의 동요를 곧잘 드러낸 것이 떠올라 지금 그의 기분을 약간 손상시킨다. 인하의 애처로움을 이해하기에는 그는 너무 강하고 너무나 결연하다.

인하는 익서가 자취방에 들어올 시각에 맞추어 김치랑 밑반찬을 한 아름 안고 왔다.

"드디어 만드는군."

인하는 주민등록증을 들여다보며 말했다. 익서는 가른 부분을 접착제로 다시 붙였다. 익서가 입가에 야릇한 미소를 띠며 말했다.

"봐 감쪽같지."

"많이 해본 솜씨네."

"이렇게 해서 위장취업한 사람이 몇십명은 된다구. 자세히 봐. 인하가 어떤 사람인가."

이순영. 나이는 인하보다 세살 아래였다. 인하가 말했다.

"내가 얘야?"

"인하가 얘지. 이 이름에 익숙해져야 돼. 이제부터 순영이라고 부를 거야, 순영이."

익서는 장난기 섞인 웃음을 지었다. 익서는 주민등록증을 책갈피 속에 끼워넣고 체중을 실어 손바닥으로 몇번 눌렀다. 익서가 다시 인하를 바라보았을 때 그의 눈은 빛과 열정으로 가득 차 있었다. 인하는 가볍게 몸을 떨었다. 그는 그녀의 머리카락과 뺨을 어루만졌다. 무수한 빛의 바퀴가 그녀의 몸을 휘감아 돌았다. 그들은 깊고 황홀한 입맞춤을 했다. 그녀는 그의 심장이 힘차게 박동치는 것을 느꼈을 때 저절로 눈물이 솟구쳤다. 마침내 그녀는 그의 고결한 사상과 사랑이 일치했음을 알았다. 소리없이 깊어가는 어둠속에서 육체의 아름다움이 피어나고 있었다. 정열이 대기 속으로 녹아들면서 밤은 더없이 아늑하고 아득했다.

바람은 가로수에 걸려 쇠락하는 나뭇잎들을 흔들어대고 있었다. 나뭇잎들이 돌개바람을 타고 날아다니다가 보도 위에 떨어졌다. 어느덧 가을이 깊어가고 있었다.

인하, 아니 순영은 통근버스를 기다리고 있었다. 나이가 들어 보인다고 해서 머리를 단발로 자르고 애교머리도 늘어뜨렸다. 순영은 석 달 전에 배터리 만드는 중소기업에 입사했다. 납중독이 염려된다고는 하지만 단순노동이기 때문에 그런대로 견딜 만했다. 가족들에게는 출판사에 취직을 했다고 말해두었다.

통근버스는 제시간에 도착했다. 순영은 버스에 오른다. 중간쯤 좌석에 같은 라인에서 일하는 영미가 꾸벅꾸벅 졸고 있다. 순영은 영미 앞으로 다가가 그녀의 무릎 위에 가방을 얹는다. 영미는 눈을 뜬다. 졸음이 달린 눈으로 순영을 쳐다본다. 영미는 미소를 지으며 다시 눈을 감는다. 순영은 영미와 비교적 친하게 지냈다. 순영은 2주일 단위로 익서에게 보고서를 올렸는데 영미와의 관계도 소상히 적혀 있었다. 함께 나눈 얘기, 집안 사정—영미는 위암으로 누워 있는 아버지와 시장에서 채소장사를 하는 어머니, 가출한 여동생, 고등학교에 다니는 남동생이 있었다—성격, 독서 수준 등을 읽어본 익서는 영미를 중심으로 계를 만들어보라고 했다. 입사하고 두달쯤 되었을 때, 순영은 영미의 마음을 떠보았다. 영미는 푼돈 모아서 하는 건 괜찮겠다고 선선히 응락했다. 일년 이상 근무한 영미는 동료들의 성격이며 집안 사정을 잘 알고 있었다. 겨우 설득해서 끌어모은 계원이 여섯 명이었다. 지난달 마지막 휴일이 첫번째 곗날이었다. 시내에서 만나면 돈이 드니까 무등산에 올라가서 각자 싸온 도시락을 먹으며 즐겁게 놀았다.

2차선인 하남도로를 겨우 빠져나온 버스는 공단 끝 쪽에 위치한 진입로를 급하게 달렸다. 규모가 작은 청회색 건물 두 동이 나타났다.

버스가 속도를 늦추자 순영은 영미를 깨웠다. 버스가 멈춰 섰다. 영미와 순영은 출근 카드에 도장을 찍고 탈의실로 들어갔다. 각자 사물함을 열고 납가루에 찌든 작업복으로 갈아입는다. 벨이 울린다. 8시 30분. 작업 시작이다. 순영은 손수건 두 장이 겹쳐진 작업용 마스크를 쓰고 비닐 앞치마를 두른다. 손에 면장갑을 끼고 고무장갑을 덧씌워 낀다. 벌써 라인 벨트는 돌아가고 있다. 자재부에서 부품을 산더미처럼 쌓아놓았다. 순영은 '쌓기' 좌석에 앉는다. 옆에 놓인 함을 끌어다 납판, 종이, 알루미늄 순서대로 차곡차곡 쌓는다. 함 속이 가득 차면 라인 위에 놓는다. 다시 함을 끌어다 같은 동작을 되풀이한다. 순영이가 온종일 하는 동작이다. 옆 동료는 두 개의 빗살 기구를 가지고 함 속의 물품을 고정시킨다. 계원 중의 한 명인 순복이는 조그만 나사를 함 위에 올려놓는다. 납판과 나사를 연결하는 용접이 끝나면 빗살 기구를 빼낸다. 함 속의 물건을 꺼내 플라스틱 용기에 담는다. 빈 함은 '쌓기' 쪽으로 보내지고 플라스틱 용기를 받은 사람은 뚜껑을 고정시키는 '윤착' 작업을 한다. 그 다음이 영미가 작업하는 '기밀'이다. 영미는 배터리 플라스틱 통을 물 속에 넣는다. 공기가 새는지 면밀히 검사한다. '기밀'을 통해 불량품을 가려낸다. 완성된 물품은 큰 상자에 담긴다. 순영은 정신없이 '쌓기'에 열중한다. 스피커에서 귀에 익은 대중가요가 흘러나온다. 라인 돌아가는 소리, 작업 소리, 스피커가 토해내는 목쉰 듯한 가수의 노랫소리. 순영의 손이 '쌓기'를 하는 것인지, 노랫소리가 '쌓기'를 하는 것인지, 라인 벨트가 '쌓기'를 하는 것인지……

12시 30분. 점심식사 시간이다. 순영은 속이 메슥거려서 한바탕 세수를 하고 구내식당으로 향한다. 식사시간에도 눈앞에 라인 벨트가

124

돌아가는 듯한 환영이 보인다. 밥, 국, 김치, 납판, 종이, 알루미늄, 밥, 국, 김치, 납판, 종이, 알루미늄…… 식사를 끝낸 순영은 탈의실로 간다. 영미는 벌써 와서 한켠에 누워 있다. 순영은 영미 곁에 눕는다. 익서는 이 시간을 잘 활용하라고 했는데. 가령 책을 읽거나—호기심이 나서 빌려달랄 수도 있으니까—또는 잡담이라도 나누며 친화력을 발휘해보라고 했다. 익서와 이야기할 때는 모든 것이 잘될 것 같은데 막상 일터에서는 생각대로 되지 않는다. 순영 자신부터 온몸이 화장지처럼 구겨져서 피로가 엄습한다. 이런 지경에 책을 읽으면 청승이라고 눈총받기 십상이고 어쩌다 슬쩍 말을 걸라치면 누구 하나 반가워하질 않는다. 순영은 깜빡 쪽잠에 떨어진다. 끝모를 허공을 허우적거린다. 영미가 순영을 흔들어 깨운다. 순영이 눈을 뜨자 영미가 걱정스러운 목소리로 물었다.

"나쁜 꿈 꿨니? 신음소리를 다 내고."

영미는 커피 두 잔을 뽑아왔다. 영미가 물었다.

"너 일이 힘든 거 아니니? 몸도 그렇게 건강해 보이지 않는데."

"아직 익숙해지지 않아서 그렇겠지."

"이 일에 익숙해지는 건 없어. 시일이 지나면 몸이 작살나는 것밖에는."

"넌 괜찮니?"

"두달 전에 회사가 지정한 병원에서 진단을 해봤는데 위험수위는 아니라는 거야. 그런데 웃기는 건 100이 위험수위라면 90이 나와도 괜찮다고 한단 말야."

"위험수위가 나오면?"

"위로금조로 얼마를 쥐여주고 쫓아내버려."

"어쩜 그럴 수가."

순영은 벌린 입을 다물지 못하다가 열에 받쳐서 언성을 높여 말했다.

"노조가 없으니까 그런 거 아냐?"

영미는 주위를 두리번거리며 겁먹은 목소리로 말했다.

"너 그런 말 함부로 하면 안돼. 이 회사에선 노조의 노자도 쓰지 못해."

벨이 울리자 그녀들은 무거운 몸을 이끌고 작업장으로 향한다. 오후 작업은 졸음과 싸워가면서 하기 때문에 더욱 고되다. 6시에 저녁식사를 부리나케 하고 곧바로 작업에 들어간다. 8시 20분. 드디어 라인 벨트가 작동을 멈춘다. 순영은 라인 밑에 떨어진 납가루를 쓸어낸다. 철판 안에 쌓인 납가루도 깨끗이 씻어낸다. 이 많은 양의 납가루 속에서 하루를 보냈다니 믿어지지 않는다. 샤워실로 몰려가 샤워를 한다. 외출복으로 갈아입고 밖으로 나온다. 통근버스는 이미 시동을 걸어놓고 있었다. 버스 안은 아침의 분위기와 사뭇 다르다. 소곤소곤 조장을 흉보기도 하고 휴일날 놀러 갈 계획을 세우기도 하고 TV 프로, 스포츠, 나이트클럽 온갖 이야기로 소란하다. 버스에서 내린 순영은 고개를 꺾고 걷는다. 가을 잎새 하나가 순영의 발밑에 떨어진다.

계 하는 것이 누군가에 의해 관리과장에게 알려졌다. 먼저 영미가 불려가고 계원들이 차례차례 불려갔다. 순영이도 마지막으로 불려갔다. 관리과장은 계를 깨라고 일방적으로 통고한 후 순영에게 말할 기회조차 주지 않았다. 탈의실에 모인 동료들은 관리과장 욕을 해대면서 분노를 터뜨렸지만 눈총까지 받아가며 계를 할 필요가 있겠느냐는 의견도 있었다.

"항의 한번 못해보고 이렇게 물러날 수는 없잖아."

옥죄이는 가슴을 겨우 피고 순영이 말했다. 영미는 순영을 찬찬히 바라보며 말했다.

"너 생각보다 당찬 데가 있구나. 하지만 우리가 항의라도 하면 그날로 다 잘려."

"너무 속상해서 그래."

"너 계 할 곳이 그렇게도 없니?"

"우리끼리 친목도 할 겸 하는 계잖아."

"친목이 뭐 따로 있니?"

순복이 의미있는 미소를 흘리며 잇대어 말했다.

"우리 나이트클럽에 한번 가볼래? 스트레스도 풀 겸 신나게 놀아보자."

"너 전번에 자재부 박이랑 몰래 간 거 다 알아."

미순이가 삐죽이며 말했다. 얼굴이 해사하고 옷차림에 멋을 내는 자재부의 박은 여자들에게 인기가 있었다. 영미는 순영이가 아무 대꾸를 안하자 긍정의 의미로 받아들이며 말했다.

"이번 주말에 가서 하룻저녁 신나게 놀아보자."

그날 퇴근 후에 순영은 익서의 사무실로 찾아가 이 문제에 대해서 이야기를 나누어보았다.

"그들과 친해지려면 어디든 못 가? 몇사람이라도 단단히 결속하는 것이 중요해."

익서는 당연하다는 듯이 말했다.

"그런 곳엔 가기 싫어."

"왜 못 가?"

"한번도 안 가봤고 그런 분위기는 좀 역겨울 것 같아."

"일을 위해선 그런 것쯤은 참아내야지. 그들이 일터에서 생겨나는 온갖 억압을 그런 식으로 손쉽게 풀 수는 있어. 물론 자본가들이 허용한 범위에서지. 자본주의 문화가 어떻게 노동자들에게까지 먹혀들어가 있는지 잘 살펴봐."

그에겐 모든 것이 단순명쾌했다. 그와 있으면 순영은 자신의 갈등이 하찮게 보였다. 그래서 순영은 나이트클럽에 가보게 되었다. 흐느적거리는 선율, 땀, 자욱한 담배연기, 음습한 조명들이 어울려 욕정을 발산하고 있었다. 순영은 동료들과 어울려 춤을 추었고 술도 마셨다. 집으로 돌아오면서 순영은 눈물을 흘렸다. 술 때문이야, 하고 순영은 자신을 변명했다. 그러던 어느날 영미가 쓰러졌다. 병원으로 실려간 영미는 이미 납중독의 위험수위를 넘어 어쩌면 아이를 가질 수 없을지도 모르는 지경이 되어 있었다. 회사는 퇴직금에 약간의 위로금을 보태주고 해고했다. 순영은 노동상담소에 가자고 권유했지만 영미는 이렇게 쫓겨난 게 나 혼자뿐이 아닌데 뭐, 하고 서글프게 웃었다.

"……니 말대로 한다면 유리하게 될 수 있겠지. 그러나 퇴직금은 오랜 시일이 지난 후에야 나올 거 아냐. 차라리 지금 받는 목돈으로 아버지를 치료해드릴 수 있어서 기쁘기도 해."

영미는 밝게 웃었다.

영미의 아버지는 위암으로 앓고 있지만 치료 한번 제대로 받지 못하고 있었다. 영미의 병상을 드나들면서 순영은 울기도 많이 울었고 노동해방의 대의가 깊어지기도 했지만 완강한 노동현실 앞에 어떤 두려움마저 느꼈다. 몇달 안 가서 순영은 잔기침을 해댔고 숨도 가빠왔다. 이때쯤 해서 순영의 집에서 눈치를 챘다. 오빠 철하가 순영의 뒤를 밟았다. 철하가 관리과장을 만났다. 순영은 그날로 퇴사당했다. 인하는 철하에게 항의했지만 내심으로는 잘됐다는 생각도 들었다. 이러한 내심을 익서는 잘 읽어내고 있었다. 인하는 끝내 노동자가 되지 못하고 말았다. 세상의 모든 일처럼 노동자가 되는 길도 어렵고 험난했다. 그 와중에 인하는 임신한 것을 알게 되었다.

인하는 사무실 문 앞에 서서 잠시 머뭇거렸다. 그렇게 낯익어 보이던 문이 어느때부터인지 서먹해 보였다.

인하는 심호흡으로 마음을 가다듬고 노크를 했다. 상큼하고 도전적으로 보이는 낯선 여자가 문을 열고 인하의 위아래를 훑어보더니 대뜸 물었다.

"무슨 일로 오셨어요?"

인하는 대꾸를 하지 않고 안으로 들어섰다.

익서와 동료 한 명이 인하 쪽으로 얼굴을 돌리고 있었다.

"늦게 웬일이야?"

익서가 의외라는 듯 물으며 자리에서 일어섰다. 낯선 여자가 큰 가방 속에 서류뭉치를 챙겨넣으며 말했다.

"형, 다음 주말에 올게요."

"그래. 다음에 올 때 아까 말한 것 잘 정리해서 가져와."

"당연하지요."

그들이 가고 나자 익서는 책상 위에 흩어져 있는 서류를 정리하다가 문득 동작을 멈추고 담배를 피워물었다. 그의 동작에는 어딘지 모르게 허둥대는 모습이 엿보였다. 그를 쳐다보는 인하의 눈동자엔 그리움 이상의 무언가가 깃들여 있었다. 익서도 예사롭지 않은 그녀의 눈빛을 느끼고 있었다. 그러나 그는 요즈음 몹시 불안하고 어수선한 심정으로 보내고 있었으므로 인하의 심중을 헤아릴 여유가 없었다. 운영위원 중 한 명이 3자개입으로 구속되었고 노조위원장 서너 명이 수배중이었다. 인하는 갑자기 어색해진 분위기를 피하려고 눈을 내리깔고 탁자의 윤기나는 모서리를 손으로 만지작거리고 있었다. 얼마나 많은 사람들의 옷깃이 이곳 모서리를 스쳐갔을까. 그리고 그 사람들은 이 탁자에서 마주보며 열심히 의논했던 모든 것들을 지금 이 시각에도 기억하고 있을까. 인하는 움츠러드는 감정을 내보이지 않으려고 애써 심상한 어조로 말했다.

"너무 과로하는 것 아냐? 얼굴이 안됐어."

"나야 늘 그렇지 뭐."

그는 시름없이 흩어지는 담배연기를 바라보며 침울하게 말했다. 인하는 임신 얘기를 할 기회를 찾으려고 익서를 주의깊게 찬찬히 살펴보았다. 그의 표정엔 거의 적의에 가까운 무언가가 나타나 있었다. 그는 지금 적들에 대해 분노하고 있는 것일까. 꼭 적들을 향한 분노만은 아닌 듯했다. 그에게 적은 어느 범위까지일까. 또 동지는 어느 선까지일까.

인하는 그의 표정을 바꾸어보려고 미소를 지으며 그의 앞으로 다가갔다. 그의 손을 자신의 입으로 가져가 이로 지그시 깨물었다. 그는 작은 웃음소리를 냈지만 웃음 끝에 건조하게 말했다.

"여긴 사무실이야."

그는 손가락을 인하의 입에서 빼냈다. 인하는 당황한 얼굴을 보이지 않으려고 급히 창가로 걸어갔다. 어둠이 내린 창밖으로 네온싸인 불빛이 반짝거리고 있었다. 인하는 어렴풋이 무수한 사물을 느꼈다.

가로등 불빛에 비친 겨울나무의 앙상한 가지, 고층건물 사이로 떠 있는 낮 같은 달, 책장의 책들, 탁자, 의자, 서류뭉치들, 익서와 인하의 자태. 이 모든 것이 무수히 중첩되면서 유리창에 어른거렸다. 익서 자태에 걸려 있는 나뭇가지가 인하에게 연결되어 있다. 모든 사물들이 투명하게 보이면서 경계가 사라진다. 그녀는 문득 모든 것이 통과할 것 같은 느낌이 들었다. 그녀는 뒤돌아섰다. 익서는 검게 빛나는 무표정한 눈길로 그녀를 바라보았다. 투명하던 외계의 사물들과 익서가 각기 형체와 무게를 내보이며 문을 닫았다. 인하의 한순간 환상도 간데없이 사라졌다. 뭐라고 말할 수 없는 비애감으로 그녀는 고개를 숙였다. 마침내 용기를 내어 임신 얘기를 꺼내려고 막 얼굴을 들었을 때, 익서가 혼잣말처럼 자신과 그녀의 공간 한쪽에 슬쩍 한마디를 던졌다.

"참 요즘 애들은 확실히 달라."

익서는 한참을 담배연기가 사라지는 허공에 시선을 뿌리다가 다시 말을 이었다.

"좀 전에 나간 여자애 말야. 현장에 있는데 참 대단한 애야. 고3 2학기 때 자퇴를 했대. 대학생이 될 기득권을 스스로 파기하기 위해 그랬대. 그애 오빠가 읽는 사회과학 서적을 어깨 너머로 읽었던 모양이야. 그앤 위장취업이 아니라 당당하게 노동자가 된 것을 자랑스러워해."

익서는 인하를 힐끗 쳐다보고는 한숨을 섞어가며 말했다.

"그애를 보면 내가 너무 때가 묻었다는 느낌이 들어."

그가 말을 마치자 갑자기 무거운 정적이 벽처럼 그들 사이에 놓였다. 인하는 가느다란 숨소리도 민감하게 떨려나오는 것 같아 지그시 입술을 깨물었다. 숨가쁜 정적이 서려돌았다.

"그건 나에게 하는 말 같은데."

인하는 겨우 입을 열었다.

"왜 그렇게 넘겨짚어?"

"사실이 그래."

"인하가 요즘 너무 예민해진 것 같군. 나도 그렇고……"

그는 공연히 서류를 뒤적거리기도 하고 의자를 고쳐 앉기도 했다. 그가 다시 인하를 보았을 때 그녀의 눈동자엔 서글프게 뭔가를 묻고 있는 듯한 표정이 깃들어 있었다. 그녀는 잠긴 듯한 목소리로 물었다.

"요즈음 왜 날 피하지?"

"내가 왜 피해?"

"혹시 딴 여자 생겼어?"

"무슨 얘길 함부로 하는 거야?"

불거진 푸른 핏줄이 그의 관자놀이에 뚜렷이 나타났다. 그는 좀 격해진 음성으로 말을 이었다.

"함께 편안하게 있을 곳이 있어야지. 집에는 동지가 와 있고, 그렇다고 여관에 갈 수도 없고 말야. 동지들이 감옥이다 수배다 하고 고생하는데 나만 혼자서 쾌락에 빠지는 것도 부끄럽고."

"쾌락이라니? 사랑하는 사람과 함께하는 시간을 단순히 쾌락이라고만 생각하는 거야?"

"오십보 백보지 뭐."

하고 그는 자리에서 일어나 난로 쪽으로 다가갔다. 그는 인하에게 등을 보인 위치에 섰다. 그러나 추워서 난로 가까이에 간 것처럼 그는 두 손을 난로 위쪽에 얹었다. 그는 쉰 듯한 목소리로 말했다.

"난 무엇보다도 동지들에게 축복받는 사랑을 하고 싶어."

"그 사람들은 날 못마땅하게 생각하는군."

"꼭 그렇다고는 할 수 없지만 요즈음 말들이 좀 있어."

"그랬었군. 인하라는 여잔 어쩔 수 없는 부르주아 근성이 몸에 밴 사람이라고……"

인하는 냉소했다.

익서의 등은 완강한 벽처럼 좀체 움직일 줄 몰랐다. 인하는 소리없이 걸어나와 문을 열고 나섰다. 복도를 정신없이 뛰었다. 계단으로 내려가는 모퉁이에서 뒤를 돌아다보았다. 어둠속에 잠긴 복도엔 무거운 정적만이 드리워 있었다. 거리로 나왔을 때 한겨울의 스산함이 그녀의 가슴을 훑고 지나갔다.

당국의 수배망이 좁혀오기 시작하자 익서는 사무실에도 나오지 않았다. 그의 자취방도 굳게 잠겨 있었다. 연락은 오직 그로부터 걸려오는 전화뿐이었다. 어느날 그의 통화는 몹시 다급하고 절박한 상태를 나타내고 있었다.

"오랜 기간 지하로 잠적해야 될 것 같아. 이런 통화도 이젠 위험해."

"그럼 어떻게 해?"

"전화로 긴 이야기를 할 수는 없고, 인하 내 말을 잘 새겨들어야 해."

그는 잠시 침묵을 지키다가 무겁게 가라앉은 목소리로 말을 계속했다.

"대학원을 가든가…… 어떻게든 잘살아야 해. 정말 미안해."

통화 끝남을 알리는 기계음이 인하 가슴의 고동소리와 같은 간격으로 울려왔다. 익서와 이어지는 끈이 달린 듯 인하는 한동안 수화기를 들고 있었다.

그는 자기 신념에 따라 멀리 가버렸다.

아이 문제는 인하 혼자의 문제로 떨어졌다. 아이를 지웠다. 인하는 방의 커튼을 밤이나 낮이나 꼭꼭 여며 치고 지냈다. 온몸에 신열이 오르면서 입안이 자꾸 말랐다. 가슴에는 단단한 덩어리가 뭉쳐진 것 같았다. 가족들은 입원을 시키려고 무진 애를 썼으나 그녀는 한사코 거부했다. 그녀는 자신을 방치했다. 어느날 밤 가슴이 몹시 쓰리고 바늘 뭉치로 찌르는 것처럼 따가웠다. 가슴을 들춰보았다. 불에 덴 것같이 붉은 반점이 수없이 돋아나 있었다. 며칠을 두고 부풀어오르더니 진물이 나기 시작했다. 진물이 마르자 서서히 굳어지면서 딱지가 졌다. 딱지마저 떨어져나갔을 때 그녀의 가슴에는 불에 데어 오그라진 것 같은 상흔이 선연했다. 가족들은 서울의 언니집으로 인하를 보내기로 합의를 보았다. 인하는 말없이 따랐다.

광주를 떠나기 전 인하는 망월묘역을 찾아갔다. 상원이 용준이 무덤 쪽으로는 가지도 못하고 먼발치에서 바라보기만 했다. 눈물도 없었다. 망월묘역에 와 눈물을 흘릴 수 있는 것도 일종의 자부심이 아니겠는가. 인하는 그 자부심마저도 잃어버렸다.

"그때 차라리 죽기라도 했더라면……"

망월묘역을 되돌아 나오면서 인하는 익서를 묻었다. 형철을 묻고 그리고 청춘을 묻었다.

5

피해자 신고 마감일이 일주일 앞으로 다가오고 있었다.

영빈은 신고 마감일을 게재한 신문을 들여다보다가 이따금 전화기를 바라보았다. 옆에는 인하의 전화번호가 적힌 메모지가 놓여 있었다. 인하의 전화번호를 알게 된 것이 닷새 전인데 아직도 통화를 못했다. 닷새 동안 영빈은 어느 하나의 생각도 갈피를 잡을 수 없었다.

영빈은 형철에게 다녀온 후로 인하를 찾아나섰다. 인하의 집은 진즉 헐려 그 자리에 아파트단지가 들어섰고, 인하의 아버지 전교수는 이미 정년퇴임을 한 뒤였다. 오빠 철하가 의과대학을 나온 것을 기억해낸 영빈은 전화번호 책자를 뒤져보았다. 외과병원 기록부에서 그의 이름을 찾아냈다. 학창시절에는 모두 몰려다니면서 다정하게 지내던 사이였다.

전선을 타고 들려온 철하의 목소리는 위험으로부터 자신을 보호하려는 본능적인 냉담함이 흐르고 있었다.

"이런저런 일 다시 기억하고 싶지 않구만."

하고 전화는 끊겼다.

영빈은 병원으로 찾아갔다. 그는 주위를 경계하듯 두 눈에 날카로운 빛을 띠며 말했다.

"그애 때문에 식구들이 받은 고통, 말로 다 할 수 없어. 어머니는 화병으로 돌아가셨고 아버님은 한동안 말을 잊고 지내셨지."

"하지만 오빠."

"신고해서 우리 집안에 이런 사람이 있다고 내보이란 말인가?"

"인하의 뜻이 어떤지 물어보기라도 해야 될 것 아녜요?"

"지금 와서 그애가 무슨 뜻이 있겠어."

영빈은 한수 낮추어 말을 꺼냈다.

"그냥 인하를 만나보는 것은 허락하시겠어요? 신고 따위 얘기는 꺼내지도 않겠어요."

철하는 난처한 표정으로 담배를 몇모금 들이빨았다. 철하의 눈에 양보와도 같은 빛이 떠올랐다. 누그러진 목소리로 그가 말했다.

"신고니 뭐니 권할 생각은 마라."

"안할게요."

"그앤 강릉에 있어."

"강릉? 아니 그 먼데까지 가 있어요? 거기서 뭐 하고 살아요?"

영빈이 다그치듯 묻자 철하는 시선을 외면하고 말했다.

"그냥 살아. 분식점을 하면서……"

"인하가 어떻게……"

영빈은 말끝을 흐렸다. 철하는 메모지에 전화번호를 적어 영빈에게 건네주며 말했다.

"그애가 결혼한 것도 모르고 있었나?"

영빈은 얼굴의 근육이 무엇에 당기는 것처럼 어색하고 부끄러웠다. 웃옷의 가슴이 별안간 꽉 끼는 것 같았다. 그는 내처 말했다.

"아이 딸린 상처한 남자와 결혼했어."

인하를 남김없이 내보임으로써 그는 영빈을 또는 누군가를 질책하고 있었다. 영빈이가 일어서자 그는 다심스럽게 당부했다.

"아무에게도 말하지 마라."

영빈은 마음을 가다듬고 해야 할 말을 곰곰이 되씹어보다가 커피를 진하게 타서 마시고, 그리고 전화기와 대결이나 하듯 다이얼을 꼭꼭 눌러나갔다. 인하의 목소리를 확인했을 때 생각해둔 말은 한마디도 나오지 않았다. 대화는 건조했다.

"5·18 피해자 신고 때문에……"

"나도 신문에서 읽었어."

"이번이 마지막 기회야. 배상금이 나오면 생활에 도움도 될 테고."

"글쎄…… 배상금…… 남들이 받으면 나도 받아야겠지. 그렇지만 잘 모르겠어."

"그 문제도 있지만 니가 보고 싶어."

"………"

"수일 내에 시간을 내어 한번 갈게."

인하의 낮은 숨소리만 들려왔다. 침묵이 서려돌았다. 침묵은 건조한 대화에 가려진 그 모든 아픈 기억들을 불러일으키는 듯했다. 인하가 울음 섞인 목소리로 말했다.

"영빈아, 그래 네가 보고 싶어, 언제나."

인하의 목소리가 잦아들었다. 잠시 후 딸각 소리를 내며 통화가 끊겼다.

"인하야, 인하야."

영빈은 다급하게 불렀다. 기계음은 무심하게 계속 울려대고 있었다.

피해자 신고 마감일을 이틀 앞두고 영빈은 강릉을 향해 집을 나섰다. 광주에서 서울로 가는 동안은 간밤에 잠을 이루지 못한 탓인지 반수면상태에 있었다. 비몽사몽 중에도 영빈의 손은 옆자리에 놓인 큰 가방 위에 놓여 있었다. 가방 안에는 형철이 인하에게 보낸 편지와 피해자 신고서가 들어 있었다. 강남터미널에 내린 영빈은 간단한 요기를 했다. 강릉행 매표소는 같은 터미널에 있었다. 20분 정도 여유가 있어서 영빈은 자판기에서 커피를 뽑아 천천히 마셨다. 시계는 11시 5분 전을 가리키고 있었다. 여느때면 집안일을 끝내고 잠시 휴식을 취하는 시각이다. 남편은 제시간에 일어나 아이들이랑 아침밥을 챙겨 먹었을까. 출근하면서 가스 밸브를 점검했을까. 어젯밤에 서너 번 당부한 것도 모자라 영빈은 식탁 위에 메모까지 남겨놓았다. 아이는 유치원 버스가 오기 전에 아파트 정문 앞에 대기하고 있었는지…… 영빈은 머리에 맴도는 일상사를 떨쳐내기라도 하듯 남은 커피를 마셨다.

강릉행 고속버스는 제시간에 출발했다. '경기도'라고 씌어진 표지판이 보일 때 영빈은 뒤돌아다보았다. 매연 속에 잠긴 도시는 차츰 멀어져갔다. 버스는 속력을 내어 달리고 있었다.

영빈의 나래 치는 생각 속에 인하의 마지막 모습이 떠오른다.

"그냥 떠나보는 거야."

초췌하고 황량한 모습으로 인하는 광주에서 그렇게 사라져갔다. 처음에는 단기간의 부재일 뿐 별다른 의미로 다가오지 않았는데 시간이 흐를수록 하나의 공동(空洞)으로 자리잡았다. 영빈은 5·18 이후 죽거나 사라진 사람들이 내뿜은 괴이한 힘을 느끼고 있었다. 그것은 인하의 부재로 인해 확고하고 단순한 형태를 지니게 되었다. 없음을 느낄 때 그것은 있었다. 형체도 무게도 없지만 분명히 존재했다. 현재의 날카로운 울림들, 이를테면 일상의 잡다한 소리들과 또다른 보이지 않는 조용한 소리들을 들으며 영빈은 살아왔다.

익서와의 우연한 만남도 이 조용한 소리들 편에 속했다.

충장로 어느 길모퉁이에서였다. 2년 전 어느 초가을날이었다. 스치고 지나가는 얼굴 중에 문득 짚여오는 얼굴이 있었다. 영빈은 뒤돌아보았다. 그는 등을 보이고 몇걸음 걷다가 뒤돌아섰다. 익서의 얼굴에 당황한 기색이 나타나는가 싶더니 이내 부끄러운 듯한 어색한 표정이 되었다. 영빈은 그를 똑바로 쳐다보는 것만으로도 위해를 가하는 묘한 기분이 들었다. 영빈은 가던 길을 가려고 발걸음을 내디뎠다. 익서가 다가와 차 한잔 하자고 말했다. 근처 지하 찻집에 들어가 마주앉자 익서는 인하에 대해 이모저모를 물어보았다. 영빈이 할 수 있는 말은 잘 모른다는 것밖에 없었다. 예전에 인하에게 들었거나 또 몇번 만나보아서 느낀 익서의 인상이 어딘지 모르게 달라 있었다. 익서의 완강함과 순결함 속에 보일 듯 말 듯 가려져 있는 어떤 종류의 혼돈이 엿보였다. 삶의 어려움을 겪고 나서 얻게 되는 혼돈일 수도 있었다.

그는 말했다.

"우리가 무너진 것은 외부의 조건 때문만은 아니었지요. 동구권이나 소련의 실패 때문만은 아니란 거지요. 우리 안에 무너질 요소를 이미 갖고 있었다고 봐요."

마음을 한군데 집중시켜 고민하고 있는 듯한 표정이 나타나면서 그는 계속해서 말했다.

"그때 인하랑 함께 갔어야 했어요. 사랑과 함께 갔어야 했지요. 한참 후에 나도 길을 잃고 헤매었지요."

그는 나직하게 말을 이었다.

"너무 많은 슬픔이 닥쳐왔지만 극복해내면 길이 보이겠지요."

댁은 길을 찾을 수 있을지 몰라도 인하의 망가진 인생은 어떻게 하나요? 하고 영빈은 묻고 싶었다. 사랑하는 사람을 잃고도 어떤 진리를 찾으려 하나요? 어떤 진리가, 어떤 아름다움이 사랑하는 사람을 잃은 슬픔을 치유해줄 수 있나요? 물음이 계속해서 떠올라왔으나, 그러나 영빈은 묻지 않았다. 그의 자책과 동요를 본 것만으로도 넉넉해지는 심정이 되어 있었다.

"바쁘실 텐데."

영빈은 가방을 들며 말했다. 익서는 할말이 남아 있는 듯이 머무적거렸다. 그는 마지못해 일어섰다. 영빈은 찻값을 치렀다. 영빈의 뒤를 급히 따라 계단에 첫발을 내디디면서 익서는 혼잣말처럼 중얼거렸다.

"해야 할 일은 많은 것 같은데, 막상 아무것도 할 게 없고……"

꺾어진 계단을 돌자 위쪽에서 햇빛이 비스듬히 내비치고 있었다. 익서는 더듬거리면서 그러나 결연한 어조로 말했다.

"세상이 달라졌다고는 하지만 모순은 그대로 남아 있는 게 아니에요? 모순이 있는 한 우리의 투쟁도 일도 여전히 유효한 것이지요."

안간힘을 써서 강조하는 마지막 말투는 익서 자신의 내면과 밀착되어 있지 못하다는 것을 은연중에 나타내고 있었다. 이제 그의 결연함도 동요의 일종으로 영빈에게 느껴졌다.

영빈은 어느결에 계단 끄트머리에 와 있었다. 거리엔 부산하게 움직이는 사람들과 랩 음악이 흐르고 있었다. 그들은 가벼운 목례를 하고 헤어졌다. 영빈은 몇걸음 걷다가 뒤돌아보았다. 고개를 꺾어 등이 굽어 보이는 그가 사람들과 뒤섞여 걸어가고 있었다. 찻집에서는 미처 알아보지 못했는데 그는 색바랜 여름 남방셔츠를 걸치고 있었다. 영빈의 가슴이 아릿해왔다.

영빈은 몸을 돌쳐서다가 무심코 어느 옷가게 쇼윈도우에 눈길이 머물렀다. 가을 새옷을 걸치고 뽐내고 있는 마네킹이 영빈을 쏘아보고 있었다. 그때 가을바람이 영빈의 목덜미를 싸하니 스치고 지나갔다. 벌써 가을인데. 영빈은 익서가 걸어간 쪽으로 다시 고개를 돌렸다. 가을옷으로 단장한 사람들이 걸어가고 있는 거리에 이미 익서의 모습은 보이지 않았다.

굽이굽이 긴 구릉을 지나자 빛살이 여러 색깔로 무늬져 결을 이루고 있었다. 햇빛이 바다에 반사된 빛이었다. 밀집한 인가며 사방으로 갈라져나간 차도며 수런대는 승객들이며…… 영빈에게 이윽고 강릉에 도착했음을 알리고 있었다. 버스에서 내린 영빈은 광장에 서서 사위를 둘러보았다. 여느 소도시와 비슷했다. 영빈은 공중전화 부스에 들어가 전화번호를 눌렀다.

"동해분식점입니다."

소년의 음성이 들려왔다. 영빈은 저도 모르게 긴장하여 얼른 말이 나오지 않았다. 소년이 여보세요 여보세요 연거푸 불렀을 때야 겨우 인하의 이름을 댔다.

"아주머닌 잠깐 나가셨는데 곧 들어오실 거예요. 누구시라고 할까요?"

"친구예요. 광주에서 지금 막 도착했는데 그리로 갈게요."

소년이 위치를 설명해주었다. 영빈은 택시를 타고 은행 앞에서 내린 다음 길을 건넜다. 옷가게, 빵집, 다방, 약국 그리고 동해분식점이 나타났다. 어느 거리에서나 쉽게 접할 수 있는 분식점이었다. 인하와 분식점을 연결시켜보려고 외장을 살펴보았으나 어느 구석에도 특별한 것이 없었다. 영빈은 멈칫거리다가 그대로 지나쳤다. 길을 스쳐지나가는 사소한 우연들을 받아들이면서 마음의 긴장을 덜어내려고 애썼다. 어떤 노점 상인에겐 바다로 가는 길을 묻기도 했다. 상인은 버스로 20분 정도 가면 된다고 대꾸했다. 상점들을 기웃거리기도 하다가 드디어 오던 길로 되돌아가기 시작했다. 분식점 앞에 다다랐다. 막 문을 밀치고 들어가는 남자를 뒤따라 영빈이도 안으로 들어갔다. 학생 서너 명이 밝게 웃으며 떠들고 있었고 구석에 앉은 젊은 남녀는 음식을 들고 있었다. 방금 들어선 남자는 가운데 좌석에 앉았다. 영빈은 카운터 옆에 그대로 서 있었다. 소년이 물컵을 들고 다가오면서 영빈을 유심히 살펴보았다. 주방장인 듯이 보이는 남자가 주방 안에서 역시 영빈을 주시하고 있었다. 영빈은 주방 건너편 쪽으로 자리를 잡고 앉았다. 묵직한 가방을 한켠에 놓았다. 가방 속에는 형철의 편지와 피해자 신고서가 주인을 기다리고 있었다. 소년이 물잔을 영빈 앞에 놓았다.

"좀 전에 전화를 건……"

영빈의 말이 채 끝나기도 전에 소년이 얼른 말을 받았다.

"아주머닌 급한 일이 생겨 어디 좀 가셨어요. 이삼일 후에나 오실 거예요."

소년은 어색하게 웃었다. 그리고 주방 쪽으로 시선을 돌렸다. 소년과 남자는 서로만 알 듯한 애매한 눈길을 주고받았다. 그때 학생들 중의 한 명이 물을 달라고 큰 소리로 말했다. 소년은 재빨리 몸을 움직였다.

영빈은 아무 생각도 떠오르지 않았다. 소년이 다시 다가왔을 때 영빈은 비로소 인하가 자리를 피한 것에 생각이 미쳤다. 영빈이 말했다.

"좀 앉아봐요."

소년이 앉자 영빈은 성화를 부리듯 말하였다.

"아주머닐 만나볼 수 없나요? 먼길을 왔는데……"

"어디 가셨다고 했잖아요."

"어딜 갔어요?"

"그냥 뭐 급히 볼일이 있다고 하시던데, 저도 잘 몰라요."

"그러니까……"

영빈은 말끝을 사려버렸다. 잠시 침묵이 흐른 뒤 영빈이 물었다.

"장사는 잘돼요?"

"그래도 주인들이 직접 하시니까 수입은 괜찮아요."

"주인들이라니?"

"주방 아저씨가 아주머니 남편이에요."

소년은 목소리를 낮추어 말했다. 그때 남자가 소년을 불렀다. 주방 쪽으로 갔다가 되돌아온 소년은 머쓱한지 손바닥을 비비며 말했다.

"식사 안하셨으면 김밥이라도 드시고 그냥 돌아가시는 게 좋겠어요."

문을 밀치며 새로운 손님들이 들어왔다. 남자가 주방 창구로 김밥을 내보냈다. 영빈은 자리에서 일어섰다. 소년이 김밥을 들고 오면서 말했다.

"드시고 가세요."

영빈은 별 생각이 없다고 말하고 밖으로 나왔다. 영빈은 비틀거리며 걸음을 떼었다. 거리의 모든 것이 부유하고 있는 것 같았다. 그녀는 몸의 중심을 잃지 않으려고 가로수에 몸을 기댔다. 지나가는 사람들이 이상한 눈초리로 쳐다보았다. 영빈은 천천히 걷기 시작했다. 버스정류장이 나타났다. 영빈은 걸음을 멈추고 마치 버스를 기다리는 사람처럼 서 있었다. 영빈의 눈이 본능적으로 자연을 찾아 헤매었다. 가없는 하늘은 맑고 푸르렀다. 가로수의 잎들이 바람에 날리었다. 까페 창가에 내놓은 작은 화분에 피어 있는 꽃들이 햇빛에 반짝거렸다. 영빈은 차츰 마음이 진정되었다. 아직도 부유하는 듯한 몸은 무거운 가방이 영빈의 한쪽 어깨를 지그시 눌러 중심을 잡아주고 있었다. 영빈은 가방을 쓰다듬었다. 가방 안에 가득 차 있는 형철의 편지는 잊을 수 없는 우리들의 상흔이었다.

눈물겹게 생활에 뿌리를 내리는 인하에게 이 편지를 보여서는 안된다고 영빈은 지금 확연히 깨달았다. 아마 인하도 마음속으로 편지를 수없이 썼을지 모른다. 이제 형철의 편지와 인하 마음속의 편지를 누군가가 받아보아야 한다. 편지를 받아볼 사람은 영빈일 수 있고, 익서일 수 있고, 어쩌면 형철과 인하를 잊고 사는 모든 사람일 수 있다.

빈 택시가 달려왔다. 영빈은 손을 들었다. 택시에 몸을 실었다. 문을 닫고 무심코 백미러를 쳐다보았다. 낯선 풍광이 비쳐오면서 거리를 걸어가는 사람들도 거울 안에 들어왔다. 거울 속 깊은 곳에 보일 듯 말 듯 가려져 있는 한 낯익은 모습이 잡혀왔다. 가로수 뒤에 몸을 숨기고 얼굴만 비스듬히 내밀고 서 있는 여자. 인하였다. 서너살쯤 되어 보이는 여자아이가 인하의 치마폭을 꽉 쥐고 있었다. 아득한 옛날의 다정함과 그리움 이상의 무언가가 영빈 쪽을 지켜보고 있었다. 잠시 확인할 겨를도 없이 그리운 모습이 순식간에 거울 밖으로 밀려났다. 새로운 거리가 거울 속에 나타났다. 택시는 우회전을 하고 있었다. 택시는 속력을 내기 시작했다. 백미러 속의 풍취도 급하게 뒤로 물러나며 바뀌어갔다. 낯선 거리는 무심하게 흘러갔다.

영빈의 몸이 앞으로 쏠리면서 택시가 멈추어 섰다. 영빈은 요금을 지불하고 택시에서 내렸다. 영빈은 터미널 광장을 향해 걸어가기 시작했다.

—『창작과비평』 1995년 여름호

문밖에서

그 서류봉투는 책상 위에 놓여 있었다.

모서리에는 스카치테이프가 붙어 있고 군데군데 누런 자국이 배어 있었다. 단단히 봉해봤어 위쪽은 손때가 묻어 윤이 났다.

서류봉투 뒤쪽으로 여자의 영정이 벽에 기대어 있었다.

가름한 얼굴에 눈이 크고 깊다.

작은 날개 같은 도톰한 입술이, 금방이라도 웃음소리를 터뜨릴 것 같다. 검은 띠를 두르지 않았다면 전혀 단순하고도 엄숙한 중년의 비밀은 찾아볼 수 없는 얼굴이다.

햇빛이 긴 무늬를 이루며 오른쪽 벽을 지나 출입문을 비춘다.

문에는 사천왕 사진 네 장이 압핀으로 꽂혀 있었다.

문이 열린다. 수환이 들어선다.

스무살을 갓 넘긴 훤칠한 청년이다.

희고 반듯한 이마 아래 두 눈은 영정 속 여자의 눈매와 닮았다.

수환은 영정을 응시한다.

어머니, 수환의 목에서 울대뼈가 들먹거린다. 그는 책상 밑에 놓여 있는 상자를 들고 문을 나선다.

상자를 신발장 위에 올려놓고 주방으로 간다.

무심코 커피포트를 꺼낸다.

영심은 항시 커피포트에 커피를 가득히 끓여 놓았었다.

문득 주위에 있는 것들이 실체가 없는 것처럼 보이고 눈에 보이는 것이 텅 빈 것같이 느껴진다.

문밖에서

그 서류봉투는 책상 위에 놓여 있었다. 모서리에는 스카치테이프가 붙어 있고 군데군데 누런 자국이 배어 있었다. 단단히 봉해놓은 위쪽은 손때가 묻어 윤이 났다. 서류봉투 뒤쪽으로 여자의 영정이 벽에 기대어 있었다. 갸름한 얼굴에 눈이 크고 깊다. 작은 날개 같은 도톰한 입술은 금방이라도 웃음소리를 터뜨릴 것 같다. 검은 띠를 두르지 않았다면 단순하고도 엄숙한 죽음의 비밀은 전혀 찾아볼 수 없는 얼굴이다. 햇빛이 긴 무늬를 이루며 오른쪽 벽을 지나 출입문을 비춘다. 문에는 사천왕 사진 네 장이 압핀으로 꽂혀 있었다.

문이 열린다. 수환이 들어선다. 스무살을 갓 넘긴 훤칠한 청년이다. 희고 반듯한 이마 아래 두 눈은 영정 속 여자의 눈매와 닮았다. 수환은 영정을 응시한다. 어머니. 수환의 목에서 울대뼈가 들먹거린다. 그는 책상 밑에 놓여 있는 상자를 들고 문을 나선다. 상자를 신발장 위

146

에 올려놓고 주방으로 간다. 무심코 커피포트를 꺼낸다. 비어 있다. 영신은 항시 커피포트에 커피를 가득히 끓여놓았었다. 문득 주위에 있는 것들이 실체가 없는 것처럼 보이고 눈에 보이는 것이 텅 빈 것같이 느껴진다. 베란다 창 너머로 태양이 빛나고 있다. 수환은 망연히 바라본다.

영신이 죽기 이틀 전이었던가. 위암이었는데 막판엔 시도때도없이 진통제를 맞았다. 그날도 진통제를 맞아 아직 수면으로 빠져들기 전이었다. 앙상한 뼈만 남은 상체를 일으키더니 창밖을 물끄러미 응시했다. 나무의 우듬지 사이로 햇빛이 빛나고 있었다. 영신이 슬프게 말했다.

"햇빛이 좋구나."

그녀의 눈길이 주위의 모든 것 위로 스쳐갔다. 황량한 병실이 보기 싫어서 수환이 걸어놓은 그림이며 꽃들, 그리고 영신이 아끼던 주전자와 찻잔에도 시선이 머물렀다. 눈길이 다시 창밖으로 향했다.

"내 방 책상서랍에 오래된 서류봉투가 있을 거야. 그걸 연희 아줌마에게 주어라. 책상 밑 큰 상자에는 사천왕 자료가 들었는데 법화스님께 전해드려라."

법화스님이 거주하는 관음사는 정릉 골짜기에 있었다. 수환은 택시에서 내려 일주문을 지난다. 제법 무거운 상자를 사천왕문 앞에 내려놓고 잠시 숨을 고른다.

천왕은 고대신화 속에 등장하는 귀신들의 왕으로서 수미산의 동서남북을 관장한다. 불법수호 역할을 자원했기 때문에 사찰 입구에 세워졌다. 동쪽을 지키는 지국천왕(持國天王)은 온몸에 푸른색을 띠고 왼손은 칼을 오른손은 주먹을 쥐고 있다. 서쪽의 광목천왕(廣目天王)은 입을 크게 벌린 것이 특색이다. 온몸이 흰색이며 손에는 창과 탑을 쥐고 있다. 남쪽의 증장천왕(增長天王)은 붉은색이며 오른손에 용, 왼손에 여의주를 들고 있다. 북쪽의 다문천왕(多聞天王)은 온몸이 검은색이다. 비파를 들고 있다. 사천왕은 온갖 악을 경계하며 사찰이 청정도량임을 나타낸다.

"어머니는 왜 사천왕에 깊이 빠졌어요?"

수환이 영신에게 물어본 적이 있었다.

"글쎄……"

"무섭잖아요."

"자세히 살펴보면 그렇지도 않아."

"………"

"생활이 나태해질 때 사천왕을 보면 긴장감이 들어. 어찌 보면 친근하게 어르는 것 같기도 하고. 그래서 다시 찾아보고 싶지."

수환은 상자를 어깨에 메고 요사채 쪽으로 걸어간다. 대웅전은 대지에 비해 들썩 크고, 탑이며 석등 연화대는 방금 돌에서 깎아낸 듯 멀끔하다. 칠성각만이 옛 모습 그대로였다. 공양보살인 듯한 아낙이 현대식 부엌에서 얼굴을 내민다.

"어떻게 오셨수?"

"법화스님 뵈려고 왔는데…… 어제 전화를 드렸어요."

"지금 예불중이시니까 잠시만 기다려요."

수환은 상자를 툇마루에 내려놓는다. 어디에선가 바람이 불어왔고 뒤이어 풍경소리가 아련히 울려퍼진다.

영신이 전국의 절을 휘돌면서 사천왕을 보러 다닌다거나 사진이나 자료를 일일이 철해놓는 열성을 품고 있었음에도 정작 불자는 아니었다. 영신의 행보는 일주문을 지나 사천왕문 앞에서 끝이 난다. 대웅전은 고사하고 국보급인 사리탑이며 진귀한 탱화가 절 안에 있다 하더라도 절대 거들떠보지 않았다. 수환이 영신을 따라 해인사를 찾았을 때도 그랬다. 천왕문 앞에서 사진이나 찍겠다면서 그 부근을 떠나지 않았다. 수환은 혼자서 대웅전이며 팔만대장경을 둘러보았고, 연화대에서 목을 축이고 다시 천왕문으로 왔다. 영신은 지국천왕을 보고 있었다. 문득 영신이 고개를 돌렸다. 환각이었을까, 영신의 눈빛은 마치 지국천왕이 쥐고 있는 주먹과 같았다. 그만큼 영신의 눈초리는 사나웠다. 사천왕에 대한 집착이 병리적인 현상이 아닐까 하는 의구심을 그날 이후 수환은 떨쳐버릴 수 없었다. 깊은 신심으로 부처에게 귀의하는 것이 한결 건강한지도 모른다.

"놔둬라."

연희가 말했었다. 광주에 살고 있는 연희는 영신과 여학교 시절의 단짝이었다. 영신네가 십여 년 전에 서울로 솔가했지만 광주에 살 때 두 여자는 하루가 멀다 하고 오삭가삭했다. 연희는 서울에 오면 영신네에 묵어가곤 했는데 우연한 기회에 수환이 이 문제를 내비쳤다.

"아예 머리 깎은 사람도 서너 명 있단다."

"왜요?"

"때가 되면 너도 이해하겠지."

연희는 무엇인가를 아는 눈치였으나 굳이 입밖에 내려고 하지 않았다. 다만 혼잣말처럼 이렇게 부언했을 뿐이다.

"세월이 약이라는 말도 헛것이다."

영신은 감히 청정도량 안으로 들어서지도 못하고 사천왕문 밖에서 서성댔을 뿐이다. 무엇이었을까. 무슨 죄과였을까. 평범한 주부의 일생을 사천왕의 부라린 눈빛 속에 가둬버린 그 죄과는 과연 무엇일까.

'저세상에도 사천왕문이 있다면 어머니, 다시는 문밖에 나오지 마세요.'

법화는 왜소한 체구에 초로의 스님이었다. 십여년 동안 토굴에서 수행을 했다고 영신에게서 들은 적이 있다. 수환은 법화를 따라 상자를 들고 방으로 들어간다. 법화는 우려낸 녹차를 잔에 따른다.

"고운 보살이었는데……"

법화는 상자를 연다. 사천왕에 관한 온갖 자료들을 일일이 매만진다.

"사천왕에 관심있는 것은 알았지만 이렇게까지 전문적으로 연구한 줄은 몰랐네요."

"연구하신 건 아니구요. 그냥 모으신 것 같아요."

"모든 일에는 우연이란 게 없는데."

법화는 찬찬히 수환을 쳐다본다. 서늘하게 찌르는 눈빛이다. 뭔가 알고 있었다면 수환은 실토를 했을 것이다.

"혹시 스님께서 아시는 것이 있으신지요?"

"가족이 모르는 것을 내가 어찌 알겠는가요? 다만 이 자료들을 보니까 이상한 생각이 드네요. 왜 여기에 집착했을까요?"

"………"

"모친과 관련해서 특별히 기억나는 것 없어요?"

"어머니에게 미움을 많이 받았어요. 어릴 적에요."

150

"말썽꾸러기였군요."

"그랬을 수도 있는데……"

"업장이 깊지 않고서는 자식을 미워하기가 힘든데…… 특별한 사정이 있었을 거예요."

법화는 이것저것을 캐물었다. 광주에서 살았다는 대목에서 법화는 목소리를 높였다.

"광주항쟁과 관련이 있는 것 같아요."

"어머닌 참여하지도 않았는데요."

법화는 토굴 십년 수행도 복잡미묘한 사람의 심리를 파악할 수 없음을 쓸쓸하게 자인했다.

"인과의 법칙은 한치의 오차도 없는 것이어서 찾아보면 나오겠지요."

법화는 눈을 반개한 채 나무관세음보살 하고 뇐다. 수환은 자리에서 일어선다.

신호음이 떨어진다.

"여보세요."

연희의 생생한 목소리를 듣자 수환은 눈물이 핑 돈다. 연희는 영신의 병문안을 여러번 왔지만 정작 장례식에는 참석을 하지 못했다. 영신의 간곡한 유언으로 조촐하게 가족장을 치렀다.

"수환이에요."

"엄만 어떠시니?"

"실은…… 장례식 치른 지 두 주 지났어요."

침묵이 수화기에 잠시 머문다.

"다녀가신 지 얼마 되지도 않았고 가까운 거리도 아닌데…… 어머니가 특별히 당부하셔서……"

연희는 슬퍼하지 않는다. 그래도 되는 거니,라고도 하지 않는다.

"네 엄마, 죽으면서도 잘났다."

그리고 거칠게 욕을 해댄다. 이상한 것은 그 욕이 수환의 몸속에 있는 무거운 어떤 것을 누그러뜨린다는 것이다.

"아주머니께 뭔가 남기셨어요."

"뭔데?"

"서류봉투인데 단단히 봉해놓아서 내용물이 뭔지 모르겠어요. 수일 내로 광주에 내려갈게요."

"장지는 어디니?"

"경기도 공원묘지예요."

"죽어 있는 꼴 좀 볼 겸해서 내가 올라가마. 모레는 어떠니?"

"저야 괜찮지만."

"어차피 갈 텐데, 네 엄마 성질머리하고는."

이틀 후 두 사람은 고속버스터미널에서 만나 택시를 타고 공원묘지로 향했다.

영신의 묘지는 아직 잔디가 뿌리를 내리지 못해 흙무지 그대로였다.

"이렇게 갈 거면서…… 못난 기집애."

연희의 말 하나하나의 둘레에 미묘한 정적이 퍼진다. 수환은 무덤 주위를 한바퀴 돌다가 흙무지가 조금 흐트러진 옆쪽을 손으로 다진다. 연희는 눈물을 감추려고 눈을 몇번 깜빡거린다.

"잘 보내드렸니?"

수환은 기억한다. 어릴 적, 아주 어릴 적까지 거슬러 올라가면 영신

152

이 수환의 잠든 얼굴을 바라보며 남몰래 흐느꼈음을. 눈물이 그의 이마 위에 떨어질 때의 그 저릿한 사랑의 느낌을. 가출을 하기도 하고 학업성적도 밑바닥까지 떨어졌으며 미움밖에 받은 것이 없다고 아우성쳐댔지만 한줄기 사랑의 빛을 놓치지 않으려는 듯, 수환은 그 흐느낌을 가장 내밀한 곳에 간직하고 있었다. 그 얘기를 병상에서 했을 때 영신은 비로소 마음놓고 눈물을 흘리는 듯했다.

"어머니의 삶이 저 때문에 뭔가 잘못 풀려간 것이 아닌가 하는 생각이 들어요."

"너 때문이 아니야. 시대가 그랬지."

"시대라뇨? 무슨 시대?"

연희는 한숨을 짓는 것으로 말막음을 하며 은박지 자리를 꺼내 무덤 앞에 펼친다. 음식물도 내놓는다.

"먼길을 왔으니 한나절은 놀다 가야겠다."

연희는 김밥을 수환의 입에 넣어준다. 수환은 겨우 넘기고 얼른 캔커피를 집어든다. 한모금 마시고 서류봉투를 꺼내 연희에게 건넨다. 연희는 한동안 바라보다가 눈을 들어 먼 곳에 시선을 준다. 무덤들은 가뭇 조용하고 수굿하다. 억새꽃이 바람결에 날아다닌다. 연희는 음료수 한잔을 마시고 봉해놓은 곳을 뜯는다. 얇은 노트와 신생아의 양말 한쪽 그리고 면사포를 쓴 여자의 흑백사진이 들어 있다.

"그 여자."

연희가 나지막이 부르짖었다.

"아는 분이세요?"

"안다기보다……"

수환은 연희의 손에서 사진을 빼내 주의깊은 시선으로 바라본다.

신부는 아름다웠다. 반듯한 이마 아래 커다란 두 눈은 꿈을 꾸듯 시선이 멀었고, 볼연지를 칠했는지 뺨 주위에 섬세한 음영이 드리워져 있었다. 신부는 자기 마음속을 가득 채우고 있는 행복과 사랑을 수줍게 드러내고 있었다. 연희는 노트를 수환에게 건넨다.

이   름 최미애(남편을 기다리다 총에 맞은 임산부)

생년월일 1957년 3월 19일생(23세)

직   업 가정주부

사망일시 1980년 5월 21일

사건개요 임신 8개월이었던 최미애는 5월 21일 광주시 중흥동 집 앞 골목에서 전남고 교사인 남편을 기다리다 전남대 정문 쪽 골목 입구에서 계엄군이 정조준한 총에 머리를 맞고 그 자리에서 사망했다.

증언자 최정구(동생)

증언내용 고교 1학년인 나는 21일부터 휴교령으로 집에 있었다. 21일 낮에 둘째누나가 급하게 뛰어들어오며 큰누나(최미애)가 죽었다고 외쳤다. 큰누나는 결혼 후 우리집 바로 앞집에 세들어 살고 있었다. 매형은 교사였는데 학생들의 동태를 살피러 나갔다. 누나는 12시까지 돌아오겠다고 나간 매형이 돌아오지 않자 걱정이 되어 골목길에서 기다리던 중이었다. 공수대원이 골목 어귀에 들어와 누나를 정조준해 쏘았다고 누군가가 말해주었다. 총알이 머리 한가운데를 관통했다. 식구들이 뛰쳐나가보니 골(뇌)과 피를 쏟은 채 죽어 있었다. 누나를 집으로 옮겨놓으니 뱃속에서 아기가 마구 뛰었다. 아이라도 살려보려고 여러 병원에 연락했으나 아무도 오지 않

왔다. 결국 아기도 죽고 말았다. 누나를 묻은 지 보름 만에 광주지
방검찰청에서 시체를 부검하라는 연락이 왔다. 시체를 파와 조선대
부속병원에서 부검을 했다. 부검이랬자 총맞은 부위(이마)에 큰 못
을 집어넣고 두 번 돌려본 것뿐이다. 그날 오후에 누나는 망월묘역
으로 이장됐다. 어머니의 꿈속에 자주 나타나 "어머니 배가 아파
요"라고 하면서 울먹였다고 한다.

수환은 다 읽고도 노트에서 눈을 떼지 못했다. 움직이지 않는 눈동
자가 격분의 심정을 드러내고 있었다.
"어떻게 이런 일이 일어날 수 있지요? ……이분과 어머니는 무슨
연관이 있는 건가요?"
연희는 풀대를 꺾어 입에 물었다. 그녀는 미간을 찌푸리며 풀대를
잘근잘근 씹었다. 갑자기 떠오른 기억이 그녀를 괴롭히는 것 같았다.
수환은 자리에서 일어나 무덤 사이를 이리저리 거닐었다. 그가 다시
앉았을 때 연희는 짐짓 명랑한 표정을 지으며 말했다.
"배고프다. 일단 먹고 보자."
수환이 캔커피를 들어올리자 연희는 작은 웃음소리를 냈다.
"꼭 네 엄마 같다. 네 엄마도 마시는 걸 좋아했지, 커피든 물이든."
"………"
"음식물을 씹을 때 나는 소리와 턱의 움직임이 이쁘게 보이지 않는
다나. 그래도 우리끼리 있을 땐 큰 양푼에다 고추장 넣고 비벼서 우적
우적 잘도 먹었다."
"저도 많이 봤어요."
"소녀시절 땐 온갖 티를 내는데. 가슴앓이하는 남자애들 꽤 많았단

다."

"상상이 안되는데요."

"그 당시엔 흔치 않은 피아노를 배웠는데 교본은 꼭 가슴에 껴안고 다녔다니까. 재능도 뛰어나지 않았는데 말야."

두 사람은 웃는다.

"네 엄마 약오르겠다."

연희는 영신의 무덤에다 대고 장난기 섞인 목소리로 말한다.

"영신아, 친구들이 니 뒤에서 흉본 거 너 몰랐지? 그때는 차마 말을 못했는데 이제라도 하니 참 고소하다."

연희는 또 무엇이 생각났는지 쿡쿡 웃는다.

"영신아, 너 개신교에서 가톨릭으로 바꾼 속내를 밝혀볼까?"

"뭐예요?"

"미사포."

"미사포요?"

"미사드릴 때 쓰는 것 말야. 네 엄마하고 그걸 사러 얼마나 돌아다녔는지 알아? 이쁜 걸 고르려고. 결국 찾지 못하고 고급 레이스를 사다가 직접 만들었지. 그걸 쓰면 네 엄마 성모 마리아 저리 가라였어."

두 사람은 한바탕 시원스럽게 웃었다. 수환은 앞에 놓인 김밥이며 전을 거의 다 먹어치웠다. 연희는 영신의 무덤을 힐끗 돌아보며 네 아들 밥 먹였다, 하고 내심으로 말하는 듯했다. 다시 고개를 돌렸을 때 어두운 느낌을 주는 수환의 검은 눈이 연희를 응시하고 있었다.

"제가 5·18 베이비라는 거 아시죠? 생물시간에 알게 되었어요."

붉은 혈조가 수환의 여윈 볼에 나타난다.

80년 5월.

광주에서 시가전이 격렬할 때 영신은 남편과 함께 도시를 빠져나왔다. 폭력이 무서웠고 일상이 무너진 나날들이 두려웠다. 그녀가 꿈꾸던 평화로운 세상은 그림자이며 죽음과 함성과 총성만이 실재하는 것 같았다. 그것은 낯선 세계였다. 본당 신부의 소개로 그들 부부가 묵게 된 곳은 시외의 과수원 안에 있는 별채였다. 거실 한켠에 성모 마리아상이 있고 주위의 풍광은 고즈넉하고 평화로웠다. 그들은 테라스에서 차를 마시고 식사를 했다. 결혼한 지 두달이 채 안된 때였다. 남편이 포도주를 구해왔다. 아주 먼 곳으로부터 연발총 소리가 들려왔다. 약간의 두려움은 두 사람의 간격을 좁혀주었다. 그날 밤 낫 같은 초승달이 떴다. 취기가 오르면서 그의 팔이 슬쩍 스치기만 해도 그녀는 환락의 소란함을 느꼈다. 전율이 두 사람의 몸 위를 달렸다. 오월의 밤이었다. 대기는 부드러웠고 하얀 배꽃들이 눈송이처럼 흩날리고 있었다. 그가 그녀의 머리카락을 쓸어내릴 때 안개꽃이 피어나는 것 같았다. 입술과 입술이 맞닿을 때 분꽃이 피어났고 가슴에서는 모란이 피어났다. 이윽고 깊고 은밀한 곳에 꽃이 피어났을 때 그녀는 속세에서는 한번도 본 적이 없는 오색영롱한 꽃을 보았다. 그 꽃 속에 별과 달, 온 우주의 행성이 조화롭게 운행하며 하나의 생명을 실어보냈다. 며칠 후에 과수원 주인집 아들이 와서 계엄군이 도시를 장악했다고 알려주었다. 남편은 시가지 동태를 살피러 나갔다. 오후 늦게 돌아온 남편은 아직 떠날 때가 아니라고 말했다. 영신이 집에 돌아온 것은 오월이 끝나고도 열흘이 지나서였다. 도청건물의 벌집 같은 총탄자국은 최후의 결전이 얼마나 무자비했는가를 말해주고 있었고 신문과 텔레비전에서는 총을 반납하라는 공고를 연일 내보냈다. 영신에겐 먼 나라 일처럼 느껴졌고, 피신했던 것을 천만다행으로 생각했다. 한동안 연락이 끊겼던 파출부 나주댁이 몰라보게 수척해진 몰골로 나타났다. 나주댁은 주뼛주뼛하면서 아들이 상무대로 끌려갔다고 털어놓았다. 그 아들은 영신도 서너 번 본 적이 있다. 야간상고를 졸업하고 정비소에서 일하던 건실한 청년이었다.

"새댁도 알다시피 우리 아들놈이 폭도가 웬말이오. 젊은 혈기에 시위대에 잠시 휩쓸렸을 뿐인데…… 그래도 우리 애는 목숨이라도 건졌구만이라우. 별별 흉흉한 소문이 나도는데 기가 찰 노릇이오."

나주댁이 떠도는 풍문들을 늘어놓았다. 특히 임산부가 총에 맞아 죽었다는 대목에 이르러서는 하늘도 무심하시지, 하면서 절통한 심정을 드러냈다. 영신은 숨이 꺽 막히고 눈앞이 아뜩해졌다. 귀에 들은 것이 즉각 상상이 되어 눈앞에 어른거렸다. 그러나 어디까지나 소문이어서 곧 영신의 뇌리에서 가뭇없이 사라졌다. 더위가 한창 기승을 부릴 무렵 영신은 입덧을 했다. 산부인과 의사는 임신이라고 진단을 했고 태아가 들어선 날까지 정확히 짚어냈다. 영신은 고요한 음악으로 태교를 시작했고 채식 위주로 식단을 짜고 외출도 삼갔다. 배가 불러오면서 영신은 저 영원하고 신성한 생명의 용솟음침을 온몸으로 느꼈다. 아기가 태어날 때 제일 먼저 보여줄 것을 생각하느라 밤잠을 설쳤다. 황량한 분만실을 생각하면 오싹해졌다. 온갖 빛깔의 꽃과 종소리, 아름다운 음악이 흘러나오게 해야 한다. 악기 중에서 가장 신비한 음색을 내는 하프의 선율이, 아기가 듣는 최초의 소리가 되게 하겠다고 수없이 다짐했다.

해산날이 가까울 무렵 산부인과 병원에서 나오는데 우연히 연희와 마주쳤다.

"그새 아기까지 가졌니? 깨가 쏟아진다."

"넌 뭐가 바빠서 연락 한번 안하니?"

"그렇게 됐어."

다듬지 않은 부스스한 머리카락이며 작은 체구에 어울리지 않는 큰 가방을 어깨에 둘러멘 연희의 모습이 평소의 깔끔한 매무새가 아니었다.

"너 실연당했니? 꼴이 뭐니?"

영신이 타박을 주니 연희는 손사래를 치고는 주위를 슬쩍 둘러보았다.

"실연이구 뭐구 그게 문제가 아니라……"

연희가 말을 삼키는 바람에 영신은 호기심이 동했다.

"우리집에 가서 얘기나 듣자."

"그날의 엄마를 상상해봐."

연희가 먼 곳에 시선을 고정시킨 수환을 바라보다가 말을 잇는다.

"대부분의 임신한 여자들은 불룩 나온 배를 감추려고 애를 쓰는데 네 엄마는 보란듯이 배를 쑤욱 내밀고 한손을 얹고 있었어. 코트 속에 썰크 원피스를 입었는데 주름을 풍성하게 잡아서 더욱 강조해 보였지. 지나는 사람마다 바라보았어."

영신은 무등산 자락에 위치한 고급아파트에서 살았다. 통유리창으로 시가지가 한눈에 보였다. 수가 놓인 투명한 레이스로 아기방 창문이며 침대를 장식하고, 그 방을 장난감과 옷, 그림책으로 가득 채웠다. 요정이 금방이라도 튀어나올 것 같았다. 연희는 주스를 다 마실 때까지 이렇다 할 말을 꺼내지 않았다. 큰 가방은 연희가 앉은 의자 옆에 있었는데 지퍼가 약간 벌어진 틈새로 스타킹 뭉치가 드러났다. 영신이 참지 못하고 물었다.

"너, 저거 뭐니?"

연희가 황망히 가방을 자기 발치 쪽으로 끌어당기며 말했다.

"아무것도 아니야."

"스타킹인 것 같은데."

"으응, 스타킹이야. 속내의도 있고 수건도 있어. 좀 사줘라."

"너 정말 뭔 일이 있구나."

"일은 뭐……"

연희는 말끝을 흐렸다. 연희는 스타킹과 수건을 꺼내어 테이블 위에 놓았다. 내의도 꺼내다가 도로 집어넣으며 말했다.

"내의는 관둬. 고급이 아니거든."

"고급이 아니면 어떠니?"

"속옷을 더 고급스럽게 입는다던데."

지퍼를 끌어올리는 연희의 손을 밀치고 영신은 가방 속에 손을 넣었다. 내의를 한움큼 쥐고 꺼내는데 서류봉투가 딸려나왔다. 연희가 빼앗으려고 손을 내밀었으나 영신이 잽싸게 옷을 끌어당겼다. 내의 겉면이 미끄러워서 서류봉투가 바닥에 떨어지고 말았다. 서류봉투 안에 들어 있던 용지들이 영신의 발치에 떨어졌다. 영신은 냉큼 훑어보았다.

이　　름 박정석(남)
생년월일 1965년 11월 12일생(15세)

직 　업 공원

증언자 이정순(어머니)

　사건개요 80년 5월 21일 서방 사거리에서 계엄군의 진압봉으로 구타당함. 전남대부속병원에서 좌측 무릎 내심(다리를 유지시키는 가장 큰 힘줄) 절단수술을 받음. 정신이상 증세 보임.

이 　름 김경희(여)

생년월일 1962년 5월 23일생(18세)

직 　업 학생

증언자 이씨(어머니)

　사건개요 80년 5월 20일 노동청 앞 시위 도중 공수대원들의 구타로 머리와 척추에 부상을 입음. 정신이상 증세 보임.

"이런 걸 왜 갖고 다녀?"

영신의 물음에 연희는 난색을 보였다.

"절대 비밀이다."

"글쎄 비밀은 지킬 테니 말해봐."

"실은 우리 교회 신도 중에서 세 명이 죽었어. 구속자도 있고 부상자도 많아."

　목사와 가족들이 추모예배를 드리려고 망월동 묘지에 간 적이 있다. 무덤들에 떼도 입히지 못해 벌건 황토흙이 그대로 드러나 있었다. 어디서 나타났는지 전경들이 방패를 앞세우며 가로막고 나섰다. 울면서 울면서 쫓겨났다. 달도 잃어버린 칠흑같은 밤에 반대편 야산에 올라 무덤 쪽을 바라보는 수밖에 없었다. 목사와 연희를 비롯한 젊은이 서너 명이 비밀리에 오월 관련자 신원파악에 나섰다. 보따리 장사는 위장일 수 있으나 적지 않은 자금이 필요하기도 했다. 연희가 속해 있는 '송백회'라는 모임의 회원들은 나서서 물품을 팔았다. 영신은 머뭇거리다가 넌지시 물어보았다.

"임산부가 총맞아 죽었다는 소문이 있던데."

"최미애 말하는구나."

"최미애?"

"그 여자 기록도 여기에 있어."

연희는 용지뭉치에서 한 장을 뽑아 영신에게 건네주었다. 면사포를 쓴 여자의 사진이 용지 한켠에 붙어 있었다. 신부는 꽃처럼 눈부신 스물세살의 나이였다.

"우리 또래야."

"그래, 우리 또래구나. 게다가…… 임신까지 하고."

"조사를 해보니까 떠도는 소문들이 다 사실이더라구."

영신은 자기도 모르게 한손을 배 위에 얹었다. 연희는 용지들을 가방에 넣고 수건으로 덮은 다음 스타킹을 얹었다. 영신은 지갑에 있는 지폐를 다 털어주었다. 연희가 가고 난 뒤에 영신은 거실 한켠에 무연히 서 있었다. 어느 하나의 생각도 질정(質定)이 되지 않다가 그녀는 문득 입밖으로 한마디 말을 내뱉었다.

"그때 나는……"

배꽃이 하얗게 흩날리던 그날의 정경이 한폭의 수채화처럼 떠올랐다. 그녀의 입가에 미소가 떠올랐다가 이내 사라졌다. 피 흘리며 쓰러지는 임산부와 뱃속에서 꿈틀거리는 태아가 선연히 떠올랐다.

"그때 최미애는……"

그날 이후 영신은 몸 둘레를 스치고 지나가는 어떤 기미를 느꼈다. 그것은 생각이라기보다 감촉에 가까웠다. 이마에 스치는 서늘한 입김 같은 것, 또는 장례식에 쓰는 꽃향기 같기도 했다. 꽃도 종소리도 음악도 없이 수환은 태어났다. 그녀가 가둬놓은 잠재의식은 이따금 생생한 꿈으로 나타났다. 최미애가 슬픈 미소를 지으며 손을 흔드는가 하면 웅크린 태아가 어느 순간 고개를 쳐들면서 화등잔 같은 눈빛으로 영신을 쏘아보기도 했다. 수환을 안고 있는데 별안간 태아로 변하는 꿈도 꿨다. 연희는 어두운 꿈이랑 영혼의 문제에 매달릴 필요가 없다고 말했다. 그러나 연희도 밤마다 술을 마셔야 잠을 이룰 수 있다고 털어놓았다. 한국 주재 외국기자가 찾아온 적이 있었다. 비밀과 기동성이 필요해서 연희는 영신에게 자가용을 부탁했다. 영신은 꼬박 일주일을 차를 몰고 다녔다. 그때 최미애의 집을 방문했다. 최미애의 남편은 사건의 정황을 말해주다가 격동하는 감정을 추스르지 못하고 눈물을 흘렸다. 그가 방문을 열었다. 아기옷이며 장난감이 수북이 쌓여 있었다. 아기 양말 한쪽이 한켠에 놓여 있었다.

"한쪽은 에미와 함께 묻었지요."

영신은 아무도 모르게 양말을 슬쩍 집어들었다. 출산준비를 하면서 영신이 가장 아릿한 감각으로 쓰다듬은 것은 양말이었다. 그 작은 몸에 손가락 열 개 발가락 열 개뿐만 아니라 손톱 발톱이 각각 열 개 붙어 있었다. 만지면 말갛고 투명해서 금세 물처럼 녹아들 것 같았다. 아기의 신체 중에서 제일 신묘한 부분이었다. 주인 잃은 아기 유품 중에서 유독 양말이 눈에 뜨인 것은 이런 연유에서였을 것이다. 기자는 수많은 취재 중에서 임산부의 죽음을 취재하는 데 가장 많은 시간을 할애했다.

영신은 눈에 띄게 수환을 멀리하기 시작했다. 젖도 떼고 목욕도 나 주댁에게 맡겼다.

"이 애와 난 연이 맞지 않아."

영신은 별자리까지 들먹였다.

"앤 물고기좌야, 난 처녀좌고. 둘은 상극이야."

"언제부터 점성학을 공부했니?"

연희가 빈정거리자 영신은 공허하게 웃었다. 젖을 떼자 수환은 병 치레가 잦았다. 그것도 수환을 미워하게 된 빌미였다. 그밖에도 많았 다. 입맛이 까다로운 것도, 또래의 애들과 어울리지 않는 것도 있었 다. 수환이 다섯살 때였던가. 영신이 피아노를 들여놓았다. 수환에게 개인교습을 시켰는데 막무가내로 싫어했다. 수환은 손이 부어오르도 록 매를 맞았다.

"너는 생떼가 심했어."

"그랬던가요?"

"결국 피아노를 못 배웠잖아."

"피리를 불었잖아요."

수환의 목소리는 조금 격해졌다가 다시 조용한 목소리를 되찾는다.

"피리를 불면 잃어버린 세상을 찾을 것 같았어요."

연희는 그의 등을 서너 번 토닥여준다.

"그 시절엔 모두들 그랬어. 나도 오랫동안 연애하던 남자와 헤어졌 어. 잘생기고 집안도 좋은 남자였는데 그와 결혼하면 행복할 것 같아 서. 행복하면 죄스러울 것 같았지."

연희는 자료조사 때 만난 시민군 출신과 결혼했다. 정비공이었던 남편은 출감하고 나서 한동안 이 대학 저 대학에 불려가 강연도 하고 시위가 있을 때마다 선두에 나서기도 했다. 그는 다시 정비공으로 돌아갈 수 없었다. 연희가 초등학교 교사 자격증을 따서 생활을 영위했다. 그는 지금도 열한달은 무위도식하다가 오월이 오면 다시 시민군이 된다.

"네 엄마도 그랬지. 주위가 상처투성이인데 네 엄마같이 심성이 고운 사람이 혼자 행복해지면 오히려 이상한 거지."

"………"

"죄의식과 행복해지면 안된다는 심리가 널 미워하는 것으로 나타난 거야."

"죄의식은 제가 태어난 것과 관련이 있는 게 아닌가요?"

"그때는 숨쉬고 있는 것조차 부끄러웠어."

"………"

"만약에 네가 '날 가졌을 때 엄마 기분은 어땠어요?' 하고 묻는다면 저세상에서 엄마가 뭐라고 대답하겠니?"

"………"

"'그때 나는 흩날리는 배꽃과 달과 별을 가슴에 꼭 품었지. 너처럼 상상으로 만든 것 같은 아기를 낳으려고 말야' 하고 네 엄마는 당당하게 말할 거야."

수환은 눈물을 삼킨다.

두 사람은 비탈길을 내려온다. 정문을 지나니 택시가 달려온다.

"그 서류봉투 저한테 주실 수 있어요?"

"왜?"

"제가 간직하고 싶어요."

"그래라."

연희는 가방에서 서류봉투를 꺼내 수환에게 건네준다. 택시가 두 사람 앞에 멎는다.

그 서류봉투는 수환의 방에 있다. 수환은 잠들어 있다. 약간 벌어진 커튼 사이로 달빛이 들어온다. 달빛은 수환의 어깨를 비스듬히 질러 서류봉투를 비추고 있다. 노트가 삐죽이 나와 있다. 면사포를 쓴 신부 사진 반틈이 내보인다. 수환이 몸을 뒤척이며 오른쪽으로 눕는다. 두 손을 모아 가슴에 묻는다. 숨을 깊게 몰아쉬면서 몸을 웅크린다. 서류 봉투에 미세한 충격을 준다. 아기 양말의 발목 부분이 밀려나온다. 신부의 자태도 온전하게 드러난다. 고요하다. 그러나 모든 것들이 움직인다. 달빛도 수환도 신부도 양말도 숨쉬듯 움직인다. 수환은 숨결에 따라 태아의 자세로 바뀐다. 숨결이 차츰 고르게 오르내린다. 이윽고 수환은 안착한다.

신부는 수환을 보면서 웃고 있다.

—『창작과비평』 2002년 여름호

김치를 담그며

행주치마를 벗어놓자마자
장바구니를 챙겨드는
희영에게 여진이 묻는다.

장에 가려고.
겉절이거리 사오려고.

나도 따라가야지.
엄마 혼자 힘들잖아.

효녀 났네.

여진은 수줍은 미소를 살짝 흘린다.
희영이 보기엔 아직도 철없는
아이같이 보이는데
어느새 스물이 넘어버렸다.

부모에게 이야기하기 전에는
아무것도 실체로 일어난 것 같지 않던
시기를 지나 이제 여진은
혼자만의 내밀한 방을 갖게 될 것이었다.

그 내밀한 방에 낯선 남자가 문득
끼어들 수도 있을 것이고 청춘의
혼돈과 불확실성, 불타는 사랑 또는
삶의 극한을 통과하면서 자기
자신을 살펴보는 힘과 삶의
준엄함을 느끼기도 할 것이었다.

여진은 올해 차츰 부쩍
부엌살림에 관심을 드러냈다.
예쁜 접시며 찻잔을 사들이고
요리책을 보면서
반찬을 만들어보기도 했다.
그러나 뭐니뭐니 해도 배추김치
담그는 솜씨야말로 진짜배기
부엌살림의 진수였다.

모녀는 집을 나선다.
오전의 태양빛을 받아
나무들이 긴 그림자를
드리우고 있다.

김치를 담그며

행주치마를 벗어놓자마자 장바구니를 챙겨드는 희영에게 여진이
묻는다.

"장에 가려고?"

"김칫거리 사오려고."

"나도 따라가야지. 엄마 혼자 힘들잖아."

"효녀 났네."

여진은 수줍은 미소를 살짝 흘린다.

희영이 보기엔 아직도 철없는 아이같이 보이는데 어느새 스물이 훌
쩍 넘어버렸다. 부모에게 이야기하기 전에는 아무것도 실제로 일어난
것 같지 않던 시기를 지나 이제 여진은 혼자만의 내밀한 방을 갖게 될
것이었다. 그 내밀한 방에 낯선 남자가 문득 끼여들 수도 있을 것이고
청춘의 혼돈과 불확실성, 불타는 사랑 또는 슬픔의 극한을 통과하면

서 자기 자신을 살펴보는 힘과 삶의 준엄함을 느끼기도 할 것이었다. 여진은 올해 들어 부쩍 부엌살림에 관심을 드러냈다. 예쁜 접시며 찻잔을 사들이고 요리책을 보면서 반찬을 만들어보기도 했다. 그러나 뭐니뭐니 해도 배추김치 담그는 솜씨야말로 진짜배기 부엌살림의 진수였다.

모녀는 집을 나선다. 오전의 태양빛을 받아 나무들이 긴 그림자를 드리우고 있다. 오래된 아파트라 나무들도 무성하다. 여름이 끝났음을 알리는 소슬한 바람이 불었다. 지난 여름은 유난히 무더웠다. 이십여 년의 타향살이를 청산하고 서울의 변두리 지역으로 이사온 것이 한 달이 조금 지났다. 희영에게는 귀향이지만 광주에서 어릴 때부터 자란 여진에게는 낯설고 물선 타관일 터였다. 무엇보다 김치 때문에 투정을 부렸다. 이사 후유증에 피곤도 하고 덥기도 해서 김치를 담그지 못했다. 희영의 올케가 담가다준 김치는 어딘가 심심하고 어릴 적 친구가 갖고 온 갖가지 김치도 입맛에 당기지가 않았다.

모녀는 대형 슈퍼마켓으로 들어간다. 비닐로 쌈박하게 포장해놓은 배추를 몇번 만지작거리다가 모녀는 밖으로 나온다. 희영이 말한다.

"그곳을 찾아가보자."

같은 동에 사는 할머니가 들고 오는 배춧단을 본 적이 있었는데 방금 야지에서 뽑아온 것처럼 싱싱했다. 두어 정거장 너머에 농산물 직판장이 있다고 언뜻 주워들었다. 버스를 타자 여진이 혼잣말처럼 중얼거린다.

"말바우시장이 재밌었는데."

광주 변두리 지역에 위치한 말바우시장엔 방금 산지에서 실어내온 배추며 무, 야채, 갖은 양념거리, 싱싱한 해산물이며 별의별 먹거리도

많았다. 70년대 초까지만 해도 말 수레에 곡식이며 채소를 싣고 와 난
장을 벌이던 곳이었다. 대형 슈퍼마켓 때문에 재래시장이 죽어가는
판인데 말바우시장만큼은 늘상 활기찼다. 희영이 광주에 솔가해서 처
음 손맛의 묘미를 익히게 된 것도 바로 말바우시장에서였다. 말바우
시장과 아스라한 기억의 언저리가 합쳐지면서 희영의 눈길은 잠시 가
없는 시간의 들판을 달려간다. 저쪽 어딘가에 김치 잘 담그던 여자들
의 영상이 언뜻 떠오른다.

"이제 좀 후회돼."

여진이 말한다.

"뭐가?"

"광주에 있을 때 그 아줌마들한테 확실하게 김치 담그는 솜씨를 배
워둘걸."

"엄마가 있잖아."

"원조가 중요하니까."

그렇다. 희영이 아무리 용을 써봐도 그 여자들을 따라갈 수 없었다.

"수연 아줌마와 혜자 아줌마 두 분 중에 엄만 누구 김치가 더 맛있
었어?"

수연의 이름이 구체적으로 튀어나오자 희영은 잠시 가슴을 에는 듯
한 느낌이 들었다. 이런 날, 바람은 소슬하고 햇빛은 빛나고, 고운 딸
과 나들이하듯 장에 가는 마당에 금선(琴線)을 건드리는 것이 두려운
듯 희영은 호흡을 가다듬는다. 그리고 심상한 듯한 어조로 묻는다.

"우리 딸내미는 어느 아줌마 김치를 더 맛있어했을까?"

"수연 아줌마."

"혜자 아줌마도 둘째가라면 서러워하는 솜씬데."

170

"그렇긴 해도 수연 아줌만 시각적으로 끝내줬잖아."

수연은 양념을 처바른 포기김치에 검정깨를 톡톡 뿌렸다. 접시에 먹기 좋게 썰어놓으면 붉은 양념과 검은 깨의 조화는 가히 환상적이었다. 혜자는 대범한 편으로 포기김치를 통째로 상에 내놓고 손으로 주욱주욱 찢어놓는다. 수연의 김치가 물이 자박자박 배어난다면 혜자의 김치는 물기라곤 아예 없었다. 혜자는 절인 배추의 물기를 짜내는 전용 짤순이를 갖고 있었다. 아주 오래된 고물 세탁기였는데 세탁과 짤순이가 분리된 것이었다. 맛을 굳이 분별하자면 수연 김치는 갓 양념한 생지가 맛있고 혜자 김치는 익을수록 맛이 났다. 남도에서는 김장김치가 익으면 반 정도는 냉동실에 얼려두었다가 한여름에 먹는다. 푹 삭아 약간 군둥내가 나기는 했지만 바로 그 맛이 별미였다. 묵은지는 단연 혜자 쪽이 우세했다. 남도 여자들 대부분이 음식솜씨가 뛰어났는데 특히 두 여자의 김치솜씨는 '게미'가 있다고 정평이 나 있었다. 희영이 처음 '게미'란 말을 들었을 때 무슨 뜻인지 몰라 애를 먹었다. 깊고도 쌈박하고 은근하면서도 질리지 않고 입안에 군침이 돌게 하지 않으면서도 오래도록 입맛을 내게 하는 심심미묘한 맛, '게미'는 남도 여자만 낼 수 있는 유구한 맛이었다. 희영의 손맛에서 '게미'가 있다고 겨우 인정을 받은 것은 거의 십여년이 흐른 뒤였다.

버스에서 내려 물어물어 농산물 직판장에 당도한다. 서너 포기씩 묶어놓은 배추더미를 주욱 훑어보며 희영이 말한다.

"저건 별로야."

"어떻게 알아?"

"봐, 잎사귀가 초록빛보다 흰빛이 더 많지? 그러면 덜 고소하거든."

"저 배춘 맛있어 보이는데."

"큼직하고 먹음직스럽긴 하지만 어딘가 헐렁해 보이잖아. 줄기는 좀 짧은 듯하고 속이 단단해야 돼."

마침 희영의 눈에 삼삼히 들어오는 배춧단이 있었다. 두 묶음을 사고 양념거리도 산다. 집으로 돌아오니 어느새 한나절이 지나버렸다. 배추를 다듬는다. 여진은 수첩을 꺼내와 끄적거린다.

"거들지 않고 뭘 써?"

"자세히 적어놓아야지."

"백날 적어봐야 소용없어."

"………"

"손맛이라는 게 있단 말야. 나중엔 손이 저절로 알아서 하구."

"손이 알아서 한다고?"

"그만큼 수없이 담가봐야 한다는 거야."

여진은 희영이가 하는 대로 소금을 한움큼 쿤다. 소금물에 적셔낸 배추를 반틈으로 가르고 줄기 켜켜이 소금을 뿌린다. 희영의 손가락 사이로 빠져나가는 소금이 적당한 양이라면 여진의 것은 뭉턱 빠져나간다. 여진은 한숨을 포옥 내쉬며 말한다.

"절이는 것도 장난이 아니네."

그리고 뭔가 마음에 짚이는 것이라도 있는 듯이 느닷없이 이렇게 부언했다.

"수연 아줌마 왜 그렇게 돌아가셨어?"

"그 좋은 솜씨를 두고…… 손이라도 두고 가지."

희영의 입에서 저도 모르게 이런 말이 흘러나왔다. 수연이 죽고 나서 주변 여자들이 흔히 쓰던 말이었다. 땡볕이 내리꽂히던 그 스산한 여름, 수연의 시신이 한줄기 연기로 사라지고 나서 그 돌연한 소멸을

172

감당할 수 없었던 희영은 그녀의 존재를 추상으로 만들어놓았다. 수연의 삶은 단순화되어 피카소의 소의 형상처럼 몇개의 선으로 남아 있다. 김치 잘 담그던 여자, 여성운동권의 대모, 조울증으로 시달리던 여자, 고층아파트에서 떨어져 삶을 마감한 중년여자. 그 여자가 지니고 있던 이상이며 열정 꿈 슬픔 사랑 분노 적개심 좌절감 목멤 모두가 갑작스런 죽음 속으로 함몰되었다. 그런데 지금 김치를 담그고 있는 모녀 가운데를 슬그머니 걸어 들어온다. 웃을 때 콧잔등 위로 잡히는 주름이 어제 본 듯 희영의 뇌리에 떠오른다. 도톰한 입술 때문에 거동 전체가 도발적으로 보이던 것이며 주변 여자들이 전도사 구두라고 놀리던 굽 낮은 구두도 떠오른다. 작고 귀여운 손이지만 일찍부터 저승꽃처럼 검은 반점이 점점이 박힌 손등도 생각난다. 고무장갑을 마다하고 맨손으로 살림을 하는 습성 때문이었다. 그리고 6월의 어느 밤이었던가. 최루탄 가스를 흠뻑 뒤집어쓰고 희영의 집으로 찾아와서는 슬프게 웃으며 말했다. 내게 지금 노래가 필요해. 두 여자는 무등산 자락을 기어올라 밤늦도록 노래를 불렀다. 수연은 「목포의 눈물」을 4절까지 불렀다. 어느 누구도 4절까지 부른 사람을 희영은 그전에도 그후에도 보지 못했다.

배추를 소금에 절인 후 두 시간쯤 경과하면 뒤집어놓고 손으로 꼭 꼭 눌러 소금이 골고루 배게 한다.

여진이 방금 수첩에 쓴 것을 읽는다. 희영은 가벼운 웃음을 지으며 들었고 탐탁한 마음으로 정겨이 바라보다가 다음은 찹쌀죽, 하고 말한다. 여진은 희영의 손놀림을 보면서 수첩에 적는다.

찹쌀가루를 찬물에 골고루 풀어 얕은 불에서 젓는다. 덩어리가 생기지 않도록 계속 젓는다. 보글보글 끓으면 죽이 된다. 파 마늘을 다듬는다.

희영이 수연을 처음 본 것은 광주로 이사하고 나서 집들이를 했을 때였다. 수연의 남편과 희영의 남편은 대학동문이었다. 김치맛을 본 수연은 오만상을 찌푸리며 말했다.

"워메 요것이 뭔 맛이다요? 서울네기 다마네기들은 요런 것을 먹고도 뱃심 좋게 산다요? 뱃심이 어디서 나오는지 아요?"

"………"

"앞으로 뱃심 좋게 살라면 손맛부터 바꾸시오. 꼭 여진이 엄마 같구만. 하얗고 약하고."

수연은 연신 타박을 놓았다.

희영의 남편은 금세 남도 음식에 맛을 들여서 반찬투정을 해댔다. 별수 있겠는가. 희영은 수연을 쫓아다녔다. 수연을 따라 김칫거리를 사러 간 곳이 말바우시장이었다. 시장바닥을 휘돌면서 깐깐하게 김칫거리를 고르는 모습은 손끝 매운 살림꾼이었다. 김치뿐만 아니라 토속 밑반찬들도 배워나갔다. 아무리 배워도 수연의 솜씨를 따라갈 수 없었다. 그럴 것이 유구한 전통 속에서 배어난 손맛이기 때문이었다. 수연의 친정 쪽이 내로라하는 솜씨꾼들이었다. 토속음식으로 우리 고장 맛자랑이라는 텔레비전 프로에 출연한 적이 있는 수연의 할머니는 그렇다 치고 어머니 이모 당숙모 언니 줄줄이 요리의 고수들이었다. 수연네는 일년에 두 번씩 큰 행사를 치른다. 봄에 추자도에 가서 생멸치를 사와 젓을 담그는 일과 유난히 고소한 해남 배추를 사와 김장 담그는 행사가 그것이었다. 희영은 수연을 따라 추자도에 간 적이 있었다. 여인네 열댓 명이 흰 수건을 머리에 두르고 뱃머리에 앉아 할머니로부터 옛날 옛적부터 전해오는 음식들의 비법을 들었다. 판소리의 한대목처럼 운율이 흐르는 쉰 듯한 목소리는 뱃머리에 부딪치는 파도 소리와 뒤섞여 어떤 장대한 흐름을 느끼게 했다. 유구한 비법이 여인 네 손들에 놓여 있었다. 여인네들은 평화스러워 보였다. 면면히 흐르 는 어떤 흐름 속에 자신도 일부분이라고 느낀다면 어찌 초조해한단 말인가. 참석을 하지 않는다거나 열성을 보이지 않으면 수연 할머니 는 매섭게 호통을 치셨다. 이런 행사를 통해 김치 담그는 일이 단순한 먹거리가 아님을 은연중에 드러내고 있었다. 일상화되어 스스로는 인 식하지 못하겠지만 희영은 여인네의 손끝에 묻어나는 생활이, 삶의 불멸성으로 이어지는 광경을 본 것이라고 두고두고 회상했다.

수연의 남편이 시국사건으로 구속되는 바람에 그녀는 행사에 참석 하지 못한 적이 있었다.

"글쎄 우리 할머니가 뭐랬는지 알아?"
하면서 수연은 할머니 말투로 말을 이었다.

"'가막소에 간 것이 무슨 대수냐. 하늘이 무너지지는 않는다' 하시 면서 마구 호통을 치시는 거야. 하늘이 무너져서 세상이 끝나야만 김 치 담그는 일을 그만둘 수 있다는 거지. 강짜도 그런 강짜가 어딨니."

수연 할머니는 큰 독에 김치를 가득 담아서 외숙부에게 들려 보냈 다. 외숙부는 뒤뜰 그늘에 땅을 파서 김칫독까지 묻어주었다. 그해 겨 울에 수연네에 들락거리던 사람들은 김치 한가지만으로도 너끈히 밥 한사발을 먹어치웠다.

수연은 자부심과 결연한 태도로 옥바라지를 했다. 비슷한 시기에 구속된 노동자의 부인, 혜자와 대조적이어서 수연은 주위로부터 감탄 을 자아내게 했다. 혜자는 눈에 눈물을 달고 다녔다. 수연은 구속자

가족모임까지 만들었다. 젖먹이 아기까지 들쳐업고 이리저리 분주히
돌아다녔다. 예고도 없이 희영의 집을 불쑥 찾아오기까지 했다.

"이 잔은,"

수연은 도자기로 빚은 예쁜 찻잔을 두 개 내놓았다.

"꼭 둘이서만 마시자. 우리집에선 차 한잔 마음놓고 마실 수가 없거
든."

"언제든지."

"창가에 앉아 차를 마시고 싶을 때가 있거든. 결사적인 느낌이 아니
라 그냥 안온하고 고요하게 말야. 하지만."

수연이 은밀한 눈빛을 지어 보였다.

"하지만 말야, 이런 여유조차 미혹으로 느껴질 때가 있거든."

"지나친데."

"그래 지나치지. 우린 아마 19세기 러시아 귀족으로 태어났어야 했
는지도 몰라. 식탁이나 정원에서 혁명을 논하는……"

수연은 이내 내가 무슨 말을 하지? 하고 자책했다. 그리고 털실뭉치
를 내놓으며 양말을 뜨라는 것이었다.

"……구속자들이 손뜨개 양말을 받으면 얼마나 힘이 나겠어."

수연은 상대방으로 하여금 개인적인 것에서 집단적인 것으로 옮기
게 하는 능력을 갖고 있었다. 희영은 뜨개질을 좋아해서 양말을 열 켤
레나 떴다. 수연의 권유로 후원회에 참석해서 박수갈채를 받았다.

"아까워서 어떻게 신을끄나."

양말을 받아든 혜자가 말했다. 붉은 바탕에 초록색으로 당초 무늬
를 놓은 양말이었다. 혜자는 희영의 눈총도 아랑곳없이 공작실로 짠
양말을 세 켤레나 챙겼다. 면회를 다녀온 가족들로부터 웃지 못할 이

야기가 흘러나왔다. 구속자들이 양말을 신주 모시듯 가슴에 품고 지낸다는 것이며 예쁜 처녀의 섬섬옥수를 떠올리며 밤잠을 설친다는 등등이었다. 이러한 풍문이 촉진제가 되어 후원회는 단단히 결속되었고 그 한가운데에 수연이 있었다.

배추는 맞춤하게 절여졌다. 꼭 짜서 소쿠리에 얹어놓는다. 노르스름한 속배추 몇가닥을 넣어 된장국을 끓인다. 여진이 수첩에 부리나케 적는다.

"이건 김치도 아닌데 왜 적어?"

희영의 말에 여진은 조그만 날개처럼 반응이 빠른 입술을 살짝 들어올리며 말한다.

"막간의 묘미."

"묘미는 무슨."

여진은 밥을 먹다가 문득 묻는다.

"사랑은 어떻게 와?"

"어떻게 오다니."

"연인들이 어떻게 만나고 어떻게 사랑하는지 궁금해."

"때가 되면 알게 돼."

"사람 만나는 것도 별자리와 관계가 있어?"

여진은 성좌에 관심이 많다. 성능 좋은 망원경을 창 옆에 두고 늘 별자리를 살폈다. 대학도 천문학과에 가고 싶어했는데 수학2를 해야 한다고 해서 포기했다.

"난 황소좌 엄만 천칭좌야. 수호성좌는 똑같이 금성이고, 금성은 사랑의 성좌야. 이집트 속담 중에 이런 말도 있어. 나로 하여금 별자리와 유사하게 되도록 하소서. 이 말을 외우면서 잠들 때가 많아."

"한 사람을 사랑하기 위해선 별과 달, 해 그리고 온 우주가 조화롭게 움직여야 하는지도 몰라."

"엄마 멋지다."

"멋진 말은 얼마든지 할 수 있는데 문제는."

"문제는?"

"고추야."

남도에선 고춧가루는 김장 때나 쓰고 봄 여름 가으내까지 말린 고추를 갈아서 양념에 버무린다. 단순히 매운맛이 아니고 깊고도 은근하다고나 할까. 예전엔 돌확에 갈았고 지금은 방앗간은 물론이고 인근 작은 슈퍼마켓에도 고추 가는 기계를 갖추고 있다. 희영은 아쉬운 대로 믹서기에 고추를 간다.

수연의 김치솜씨가 전국적으로 찬탄을 받게 되는 계기가 찾아왔다. 이한열 열사의 장례식 때였다. 수연은 주변의 여자들을 불러모아 주먹밥과 김치를 장만했다. 수많은 조문객들은 음식을 먹으며 눈물을 흘렸다. 호화 도시락이라면 아무도 입에 대지 못했을 것이다. 그들은 80년 5월 광주시민의 나눔의 밥을 생각했을지도 모른다. 주먹밥과 김치는 세월을 건너뛰어 5월과의 일체감을 만들어내었다. 김치맛을 잊지 못하는 전국 각지의 청년들은 남도 처녀를 색싯감으로 찍겠다고 호기있게 장담을 해왔다.

어느때부터였을까, 수연의 김치맛이 달라진 것은. 마치 시장바닥에서 퍼주는 김치처럼 쌈박하지만 깊은 맛이 없어져갔다. 굳이 따져보면 이철규 사건 이후부터였다. 조대생으로 정보기관에 끌려가 고문을 받다 죽었는데 고문의 흔적을 없애려고 수원지에 수장을 해버린 사건이었다. 60여일이나 이어진 사인규명에 수연은 식사책임을 맡았고 대책회의에도 주요 인사로 참석했다. 사인은 규명되지 않았다. 그리고 동구권이 무너지고 쏘비에트 연방도 어이없이 무너졌다.

그즈음 수연의 행동은 나른해 보여 분명치가 않다. 그녀의 현실감각은 그녀를 놓치고 저만치 물러난 것 같았다. 무언가를 골똘히 응시하지만 어딘가 안정성이 없어 보인다. 공연히 시내를 떠돌다가 상가를 기웃거리며 물품을 마구 사들이기도 한다. 어쩌다 집에 가보면 무기력하게 누워 있었다. 그녀와 외부 사이엔 투명한 커튼이 몇개 드리워져 있는 느낌이었다. 커튼 자락이 가볍게 하늘거리면 예전처럼 활기있게 행동했고 두껍게 커튼을 치면 전혀 낯선 사람 같았다.

그럴 즈음 수연의 남편으로부터 전화를 받았다.

"오늘은 여진 엄마가 집에 좀 들러주세요. 혼자 있으려고 하지 않아요."

수연의 남편은 돌아가면서 이 사람 저 사람에게 부탁을 하는 눈치였다. 그날 혜자도 와 있었다. 혜자는 음식점을 내려고 수연에게 이러저러한 조언을 듣고 있는 중이었다. 혜자의 남편은 5월항쟁 때 도청을 사수하다가 계엄군에게 체포된 후 모진 고문으로 뇌에 손상을 입었다. 출옥 후 온갖 치료를 받았지만 차도가 전혀 없었다. 나주 정신병동에 장기 입원중이다. 혜자는 그제나 이제나 눈물이 많았다. 희영이가 남편의 안부를 묻자 눈시울을 붉히면서 금세 눈물을 뚝뚝 흘렸다. 그리고 넋두리를 쏟아내었다. 급기야는 입에 걸리는 사람마다 거친 욕설을 퍼부었다. 그녀는 단단한 몸매를 뒤흔들며 울부짖었고 마침내 굳건한 두 다리를 일으켜세워 냉장고 문을 열었다. 맥주를 꺼내 병째로 마셨다. 눈물을 손등으로 쓱쓱 닦아내고 언제 울었냐는 듯이 활짝 웃었다. 술기운이 돌자 홍조가 나타났다.

"성님들 이해들 하시우. 가끔 술 좀 퍼마셔야 가슴이 뚫리니까."

생기가 넘쳐나면서 혜자는 건강한 육체에 대한 긍지를 짐짓 내보였다. 그녀의 육체는 이렇게 말하는 것 같았다. 여자의 육체는 사상보다 강하다,라고. 남자들은 여자들의 몸속에 있는 이 영원한 생명력을 이해할 수 없을 것이다.

수연이도 그랬었다. 맨손으로 김치를 담그던 손마디는 툭툭 불거져 있었고 팔뚝과 두 다리는 근육으로 단단했다. 보행에 사랑에 분만에 투쟁에 알맞도록 만들어져 있었다. 그런데 어떤 너울이 드리우면서 생생하던 자태는 빛을 잃어가고 있었다.

수연은 혜자의 변화무쌍한 자태를 망연히 바라보고 있었다. 그리고 갑자기 오한을 느낀 듯 두르고 있던 스웨터의 앞자락을 꼭 여미더니 자리를 박차고 일어나 잽싸게 방으로 내달렸다. 두 여자도 뒤미처 따라 들어갔다. 그 방은 사방이 책으로 빽빽이 둘러싸여 있었다. 수연은 제목을 훑어보면서 책을 솎아내기 시작했다.

『민중의 역사』『국가와 혁명』『정치경제학 교과서』『다시쓰는 한국현대사』『조선철학사 개요』『변증법적유물론』『사적유물론』……

"쓸데없는 책은 버려야지."

하고 수연은 공허하게 웃었다. 뭔가 서늘하게 찌르는 것 같은 느낌이 그 웃음 속에서 배어나왔다. 혜자는 널브러진 책들의 제목을 읽어가면서 내뱉듯 말했다.

"무슨 귀신 씨나락 까먹는 소리인지 모르겠네."

"이제 이런 책들이 무슨 소용이란 말야."

재빨리 말하는 수연의 목소리가 끝에 가서는 약간 떨렸다. 그리고 고개를 돌려 희영을 바라보았다. 그 짧은 순간 수연의 눈빛이 변했다. 적개심으로 날카롭게 빛났다. 희영은 그 눈빛을 두고두고 잊지 못했다. 그 눈빛은 말하고 있었다.

이런 책들이 폐기처분되게 한 것은 너 같은 부류의 사람들 때문이야. 너는 투명한 레이스를 쓰고 모든 걸 보고 있었지. 너는 결코 레이스 밖으로 나오지 않았어. 너는 여전히 평온하고 가정도 잘 지키고 적당히 정의롭기도 해서 남들로부터 우대도 받지만, 난 알아. 너 같은 부류는 아무것도 변화시킬 수 없다는 것 말야.

수연의 적개심은 화살처럼 희영의 심장에 와 박혔다. 희영은 비틀거렸다.

"성님들, 책들을 빨리빨리 치우고 맛난 것 해먹자요."

낌새를 챈 혜자가 떠들썩한 말투로 얘기했다.

수연은 눈길을 걷고 침착하게 책 한권 한권씩 쌓아 단단히 묶었다. 적개심이 사라진 그녀의 얼굴은 다시 무기력하고 무심해져서 마치 비실체인 양 느껴졌다.

희영은 큰 양푼에 양념을 섞어 버무린다. 여진은 손가락으로 양념 맛을 보며 어딘가 마땅찮은 기색을 내보이며 말한다.

"뭔가 빠진 것 같아."

"젓갈이 좀 모자란 게 아닐까."

희영은 이사올 때 혜자가 한통 담가준 멸치젓을 조금 넣어본다. 그래도 제맛이 안 난다. 희영은 고무장갑을 벗고 맨손으로 양념을 버무려본다. 그렇게 한동안 뒤적거리다 한움큼 배추에 싸서 여진의 입 속에 넣어준다.

"마술이다, 마술."

여진의 얼굴에 미소가 피어오른다. 고개까지 주억거리며 덧붙여 말한다.

"확실히 손맛이 들어가야 되는구나."

"정성스런 마음도."

희영이 배추포기에 양념을 바르면 여진은 검은 통깨를 살짝 뿌린다.

혜자는 기사식당을 인수해 착실히 꾸려나갔다. 혜자는 바쁜 와중에도 희영일 불러내 수연의 집을 찾곤 했다. 일부러 김칫거리를 사와 수연의 집에서 담그기도 했다. 수연은 이미 오래 전에 부엌살림에 손을 놓아버리고 있었다.

그날도 셋이 모여 김치를 담그고 있었다.

"성님들, 나 시집올 때 뭘 갖고 왔는지 말해볼끄나."

혜자는 심상한 말투로 계속해서 말했다.

"워낙 찢어지게 가난해서 달랑 이불 한채만 해주더라고. 쓰던 돌확도 하나 주더만. 시집오기 전날 엄마가 울기는커녕 훈장처럼 말씀하시데. 서방하구 새끼들 밥 세때 꼭 챙겨서 먹이라고. 혼수도 못해주는 주제에 웬 잔소린가 빤히 쳐다봤지. 괴롭다고 밥때 넘기지 말고 오뎅이니 햄이니 주전부리로 반찬 해먹을 생각 아예 말고 김치를 꼭 담가 먹으라고 호통까지 치셨어. 세월이 흐르면서 그 말씀이 자꾸 생각나더만. 아무리 괴로워도 밥 세끼는 찾아먹었어. 금방 죽어 나자빠질 것 같아도 김치는 꼭 담가 먹었지."

혜자의 눈길은 배추포기에 가 있었지만 사실 수연의 반응을 살피고 있었다.

"혼자 있으면 아무것도 하기 싫어."

수연이 말하자 혜자는 눈시울을 붉혔다. 수연은 파를 다듬고 있었지만 손길은 안착감이 없고 그냥 기계적으로 놀리고 있었다. 어떤 불안감에, 아직은 확실하지 않은 생각에 끌려가고 있는 것 같았다.

희영이 화장실에 가려고 발걸음을 서너 걸음 떼어놓았을 때였다.

"안돼."

수연이 부르짖었다. 희영은 허공에 들린 한쪽 발을 미처 내리지도 못한 채 수연을 바라보았다.

"밟지 마."

두려움이 섞인 억눌린 목소리로 수연이 다시 말했다. 희영의 발밑엔 아무것도 없었다. 수연은 벌떡 일어나 희영의 팔을 나꿔채며 한쪽으로 밀었다.

"하마터면 죽일 뻔했잖아."

하면서 거실 중간까지 길게 드리운 그림자를 가리켰다. 베란다에 있는 영산홍이 비낀 햇살에 드리운 그림자였다. 수연은 가슴이 떨리는 듯 한손을 가슴에 얹고 말을 이었다.

"너무나 여린 것이어서 한번에 밟혀 죽을 수도 있단 말야."

"성님, 그림 잘 보고 뭘 그래."

혜자의 말에 수연은 들은 척도 하지 않았다. 그리고 희영이 밟았던 그림자 한 귀퉁이를 가리키며 나직이 말했다.

"네가 밟은 잎사귀에서 비명소리가 났어."

혜자는 우리 성님 어쩔끄나, 하면서 수연의 어깨를 부여잡아 앉히며 눈시울을 붉혔다. 혜자가 부리나케 일어나 냉장고 문을 연다. 냉수를 컵에 따른다. 컵을 수연의 입에 갖다댄다. 수연은 혜자의 행동이 아연한 듯 왜 그래? 하면서 컵을 밀쳐낸다.

희영은 아직도 주춤 서 있었다. 방금 일어난 일과 그것을 받아들이고 분석하는 두뇌의 한부분이 접합되지 않은 듯했다. 그 틈새로 어떤 울림이 희영의 몸 둘레를 스치고 지나가고 있었다. 막연하게나마 희영은 어떤 비전(秘傳)의 문을 흘낏 본 듯했다.

희영은 어릴 때부터 그 문을 찾고자 애를 써왔다. 그 문을 열고 들어가면 무한하고 신성한 불멸의 의식을 가지게 될 것이라고 기대했다. 그곳은 전쟁이나 미움은 찾아볼 수 없고 사람들끼리 서로 사랑하고, 삼라만상이 모두 하나여서 새나 꽃들에게 말을 걸 수 있고 또 말을 들을 수 있을 것이었다. 빛의 날개가 온 존재 위에 펄럭이고 노래와 춤과 내면의 지복으로 생활을 영위하는 곳……

어느 곳에서도 찾을 수 없었는데 수연이 문득 그 문을 열고 그곳을 보여주었다.

희영이도 꽃들이 호소해오는 힘을 느꼈다. 꽃들이 자신의 일부분처럼 느껴지기도 했다.

바로 그 지점.

그 지점을 넘어서면 이른바 미치게 되는 것이고 그 지점 아래는 무상한 세상일 뿐이었다. 면도날처럼 아슬아슬한 그 지점을 견지하기 위해선 지속적으로 현실에 전념하는 과정이 필요했다. 자칫하면 저 너머로 훌쩍 가버리기 십상이었다. 수연은 그 지점을 넘어서 저 멀리 가버렸다.

수연은 오랫동안 통원치료를 받았다. 끊임없이 무언가를 먹어댔고 집을 방문한 사람은 좀체 놓아주지를 않았다.

어느날 희영이 방문했을 때였다. 화장을 진하게 하고 화사한 잠옷을 입고 있었다. 묘한 포즈를 잡으며 이만하면 남편 사랑 받을 수 있겠니? 하고 슬프게 웃었다. 희영이 들고 간 노란 장미는 거들떠보지도 않았다. 희영이 꽃병에 꽃을 꽂자 수연이 날카롭게 소리를 질렀다.

"안 보이는 데 치워버려."

"꽃 좋아하잖아."

"만져봐."

희영이 꽃에 손을 대본다. 수연이 다시 말한다.

"차갑지?"

"………"

"꽃은 왜 차가울까."

수연의 시선이 멀어지고 있었다.

희영은 얼른 꽃병을 치웠다. 희영의 전화를 받고 혜자가 달려왔다. 오는 도중에 펑펑 울었는지 혜자의 눈이 벌겋게 부어 있었다. 수연은 희영과 있을 때와는 다르게 남편의 병세며 식당일은 잘돼가는지 아이들은 잘 크는지 침착하게 묻고는,

"……다음에 올 땐 김칫거리라도 가져와. 내가 솜씨를 발휘해서 너네 손님들 놀라게 해줄 테니."

"우리 식당 김치는 앞으로 성님이 맡아줘. 내가 값은 톡톡히 쳐줄 테니."

"나도 돈 좀 벌어볼까."

"돈만 벌겠수? 성님 솜씨면 인간문화재 감인데."

희영은 수연의 담당의사가 했던 말을 생각하고 있었다. 수연의 병명은 심인성 조울증으로 증상은 공격성과 자학증으로 나타난다. 공격은 주로 가까운 사람이 대상이 된다. 수연은 어느 쪽일까.

며칠 후에 김칫거리를 들고 혜자와 희영이 찾아갔다. 수연은 배추에는 손도 대지 않았다. 의자에 비스듬히 기댄 채 창밖을 내다보고 있었다.

"검은 구름이 몰려오네."

수연이 말했다. 창문 밖은 구름 한점 없이 여름 햇살이 찬연히 빛나고 있었다. 눈동자에 나타난 무기적인 투명성으로 그녀는 모든 물체에서 떨어져나가고 있는 듯했다. 불균형한 의식은 점점 부풀어 확산되는데 그것을 자신의 육체에 붙잡아놓을 수 없었다.

이틀 후 수연은 아파트에서 떨어져 이승을 저버렸다.

수연은 새로운 세계를 꿈꾸며 투쟁하며 헌신했지만 파괴는 받아들일 수 없었다. 파괴까지 아무렇지도 않게 받아들인 사람은 혜자였다. 남편이 끝내 회복하지 못하고 죽음을 맞이하기 위해 집으로 귀향했을 때 혜자는 무언가를 감지하고 부엌으로 내달렸다. 그녀 손에 들려온 것은 보기에도 먹음직스런 김치였다. 그녀는 먹기 좋게 손으로 찢어 남편의 입에 넣어주었다. 남편은 오물거리며 맛있게 먹었다.

"당신 먹이려고 어제 담갔구만. 당신, 김치 맛보려고 집으로 오자고 했지?"

둘만이 아는 은밀한 신호체계로 그들 부부는 마지막 정분을 쌓았다.

일년상을 치른 날 망월묘역은 땡볕이 내리쬐었다. 간단한 추모식을 치른 후 혜자가 마련해온 음식을 묘지 옆에 펼쳐놓고 추모객들이 둘러앉았다. 추모사를 낭독할 때 눈물을 흘리던 얼굴들이 푸짐한 음식들을 보자 금세 희희낙락해졌다. 혜자가 손으로 찢어주는 김치를 넙죽넙죽 받아먹던 추모객들은 웬만큼 배가 부른 뒤에야 고인에게 미안했던지 한마디씩 건넸다.

"자네, 김치가 그립겠네."

"구천에도 김치 잘 담그는 여자가 있는가?"

혜자가 눈을 곱게 흘기며 대거리를 한다. 누군가 읊조리듯 말한다.

"내 윤회 따윈 안 믿네만 자네를 위해서 특별히 믿겠네. 부디 윤회하셔서 이 김치를 먹어보게나. 특히 망월묘역 한가운데서 먹어보게나. 그 맛이 어떤가."

망월묘역의 잔혹성을 용서하듯 햇빛은 눈부셨고 파괴까지도 받아들인 살아남은 자들은 김치 한 보시기에도 즐거워하며 오늘을 살아낼 것이다.

통에 가득 쟁여진 김치 위로 여진이 통깨를 뿌린다. 그리고 뚜껑 닫기가 아쉬운지 한참 내려다본다.

"뚜껑 닫고 베란다에 갖다둬."

희영이 말한다.

"왜 냉장고에 안 넣고?"

"양념 잘 배라고 하루쯤 밖에 둬야 해."

"그렇구나."

"다음번엔 우리 딸내미가 담그는 김치 맛 좀 봐야겠네."

"어떻게 벌써."

"수첩에 잘 적어놓았잖아."

"백날 적어봐야 소용없다며. 손이 알아서 해야 한다구."

"그러니까 해봐야지."

"김치만은 확실하게 배워갖고 시집가야지."

"시집 안 간다며."

"언제 그랬어?"

"예전에."

모녀의 드높은 웃음소리가 청량하다.

어느덧 창가에 어둠이 내리고 검푸른 하늘엔 별이 빛나고 있었다.

—『실천문학』 2001년 여름호

이제금 저 달이

뛰창 너머로 무리진 달이 떠 있었다.
달을 바라보던 벌떡댁은
깊은 한숨을 내쉬었다.
한숨은 낮추 떠돌면서 방안
공기를 무겁게 만들었다.
벌떡댁은 눈길을 돌려 아들을 내려다보았다.
피가 엉긴 머리카락, 부어터진 눈가죽,
입술은 피멍이 들었다. 눈뿌리를 화끈 지지며
벌떡댁의 빰에 눈물이 흘러내렸다.
벌떡댁은 아들의 이마에서 물수건을 떼어냈다.
물수건이 뜨거웠다. 찬물이 반쯤 채워진 대야 속에
수건의 열기를 품었다 열기를 식힌 물수건을
다시 아들의 이마에 얹었다.
광암은은 이마에 와닿는 선뜻한 촉감을
어렴풋이 느꼈다. 눈을 좀체 뜰 수가 없었다.
눈시울이 납덩이만냥 무거웠다. 어둠이 너무러진
몸뚱어리를 다시. 뿌리들이는 것 같았다.
몸뚱어리가 어둠의 무한공간을 휘돌았다.
겹겹이 쌓인 어둠속으로 한없이이 부서진
몸뚱어리가 휘돌려갔다. 끝간 데까지 깊디깊은
곳으로 빠져들어갔다. 그때 난데없이
방망이가 각다귀처럼 달려들었다.
방독마스크와 헬멧을 쓴 괴물들이 날뛰었다.
어둠이 파열되어 또다른 어둠을 겹겹이 만들고,
그러다가 그 어지러운 어둠속.
사방팔방으로 몸뚱어리가 떨어져나갔다.
손끝에 닿는 것, 몸뚱어리에 닿는 것은
아무것도 없었다.
그때 선뜻한 촉감이 다시 느껴졌다.
흩어진 어둠이 부챗살
모양으로 정의되고 깊은 곳에 잠긴
몸이 떠오르기 시작했다.
광암은 가까스로 꿈 밖으로 나왔다.
그는 손을 조금 움직였다.

이제금 저 달이[*]

1

뙤창 너머로 무리진 달이 떠 있었다. 달을 바라보던 벌교댁은 깊은 한숨을 내쉬었다. 한숨은 낮추 떠돌면서 방안 공기를 무겁게 만들었다.

벌교댁은 눈길을 돌려 아들을 내려다보았다. 피가 엉긴 머리카락, 부어터진 눈시울. 입술은 피멍이 들었다. 눈뿌리를 화끈 지지며 벌교댁의 뺨에 눈물이 흘러내렸다. 벌교댁은 아들의 이마에서 물수건을 떼어냈다. 물수건이 뜨거웠다. 찬물이 반쯤 채워진 대야 속에 수건의 열기를 풀었다. 열기를 식힌 물수건을 다시 아들의 이마에 얹었다.

광한은 이마에 와닿는 선뜻한 촉감을 어렴풋이 느꼈다. 눈을 좀체

---

[*] 소월의 시 「예전엔 미처 몰랐어요」에서 인용. "이제금 저 달이 설움인 줄은 예전엔 미처 몰랐어요."

190

뜰 수가 없었다. 눈시울이 납덩이마냥 무거웠다. 어둠이 너부러진 몸뚱어리를 다시 빨아들이는 것 같았다. 몸뚱어리가 어둠의 무한공간을 휘돌았다. 겹겹이 쌓인 어둠속으로 한정없이 부서진 몸뚱어리가 휘돌려갔다. 끝간 데까지 깊디깊은 곳으로 빠져들어갔다. 그때 난데없이 방망이가 각다귀처럼 달려들었다. 방독마스크와 헬멧을 쓴 괴물들이 날뛰었다. 어둠이 파열되어 또다른 어둠을 겹겹이 만들고, 그러다가 그 어지러운 어둠속, 사방팔방으로 몸뚱어리가 떨어져나갔다. 손끝에 닿는 것, 몸뚱어리에 닿는 것은 아무것도 없었다. 그때 선뜻한 촉감이 다시 느껴졌다. 흩어진 어둠이 부챗살 모양으로 정리되고 깊은 곳에 잠긴 몸이 홀로 떠오르기 시작했다.

광한은 가까스로 꿈 밖으로 나왔다. 그는 손을 조금 움직였다.

"정신이 좀 드냐, 잉?"

벌교댁이 광한의 손을 꾹 잡으며 물었다.

"엄니."

"그랴."

"눈 좀……"

"눈이 퉁퉁 부어터졌은께 그냥 가만 있거라이."

"물……"

벌교댁은 손으로 광한의 목을 받쳐 물을 먹였다. 차가운 물이 광한의 목줄기를 타고 흘러내렸다. 아들을 다시 누이며 벌교댁이 씨걱거렸다.

"사람을 이 지경으로 만들어놓다니…… 개 백정보다 더한 놈들이랑께. 그랑께 에미 말을 들으라고 안하더냐."

광한은 몸을 조금 움직거렸다. 옷에 피가 말라붙어 껄껄했다. 광한이 말했다.

"옷 좀 갈아입어야 쓰겠소."

벌교댁이 웃옷을 벗겼다. 밭고랑 같은 갈비뼈가 나타났다. 여기저기 피멍이 들었다. 터진 살갗엔 피가 엉겨 있었다.

"이 노릇을 으짤끄나, 골병이 들어도 단단히 들겠는디. 깐딱하다 사람노릇 못하겠구만. 이 일을 어째야 쓸끄나."

벌교댁은 탄식하며 골병에 드는 약을 이리저리 궁리해보았다.

(똥오줌 위에 고인 합수가 제일이라는디. 그라고 두꺼비로 담근 술도 좋다등만……)

시골집에 내려가는 즉시로 구해야 쓰겠다고 다짐하며 벌교댁은 각단지게 말했다.

"인자 당최 데모 생각일랑 허덜 말어라."

뙤창 너머로 푸르스름한 빛이 밝아왔다.

벌교댁이 광한의 공장에 나타난 것은 농성에 들어간 지 닷새째가 지나서였다. 벌교댁은 해남에서도 버스로 30분쯤은 더 들어가는 산간 마을에서 농사를 짓고 살았다. 논 두 마지기와 밭 3백평 일구는 일을 벌교댁 혼자서 꾸려나갔다. 남편인 배서방은 농약중독으로 몸져누워 있었다. 신새벽부터 재밤중까지 한숨도 쉴 틈이 없었다. 그날도 고추밭에서 고추를 따고 있던 중이었다. 올해는 큰물진 것도 없고 태풍도 없어 유난히 풍작이었다. 주렁주렁 매달린 붉은 고추가 귀엽고 탐스러워 한낮의 뙤약볕조차 견디기가 헐했다. 나란히 붙어 있는 밭에서 역시 고추를 따고 있던 나주댁이 한마디 던졌다.

"성님, 올핸 광한이 장가들 비용 좀 나오겠소."

"글씨, 언제 값이 휘까닥 뒤집힐지 누가 알겄는가."

"작년엔 고추금이 좀 좋았소, 잉?"

"작년맨치만 되믄야 좋제."

하고 벌교댁은 얼굴에 흘러내리는 땀고랑을 소매로 문질렀다.

엄마를 찾는 송아지 울음소리가 그윽하게 울려퍼졌다. 조갑지 같은 슬레이트 지붕 너머로 자름자름한 산봉우리들이 둘러처져 있다. 마을을 가로지르는 길 위에는 수양버들이 죽 늘어서 있었다. 그 나무 우듬지 사이로 산새가 날고 있었다. 새마을 사업 덕분에 넓어진 마을길 위로 경운기가 들어오고, 냉장고 텔레비를 실은 대기업의 봉고차가 들어오고, 세금을 재촉하는 선무방송차가 드나들었다.

검은 세단이 마을길로 들어서고 있었다. 세단은 속력을 늦추더니 경적을 울렸다. 세단이 멈춰서면서 차창이 내려졌다. 가까운 밭에서 일하던 아낙네에게 뭐라고 묻는 것 같았다. 아낙네가 벌교댁 쪽을 가리켰다. 차에서 내린 신사가 벌교댁 쪽으로 걸어오더니 두 여자를 번갈아 보며 물었다.

"어느분이 광한이 어머니 되십니까?"

벌교댁은 얼른 대꾸를 못하고 신사를 멀뚱히 바라보았다. 나주댁이 벌교댁을 쳐다보았다. 시선을 벌교댁에게 멈추더니 신사가 다시 물었다.

"아주머니가 광한이 어머니 되십니까?"

"그란디, 왜 그런다요?"

"난 광한이가 다니는 회사의 직원입니다. 잠깐 아주머니께 드릴 말씀이 있어서…… 저쪽으로 나가서 말씀드리지요."

신사는 오던 길을 되돌아 걷기 시작했다. 벌교댁은 경계의 빛을 띠며 따라갔다. 신사가 뒤를 돌아다보았다. 벌교댁의 눈길과 마주치자 슬그머니 얼굴을 돌려버렸다. 그리고 부드러운 목소리로 말하였다.

"농사일이 퍽 힘드시지요?"

"………"

"고추농사가 아주 잘됐구만요."

"………"

"늘그막엔 이런 곳에 와서 살면 정말 좋겠습니다."

다정한 목소리에 뒤이어 가벼운 웃음소리를 냈다. 그러나 벌교댁은 경계의 마음을 풀지 않으며 조심히 물었다.

"광한인 잘 있겠제라. 그란디 뭔 일로 여기꺼정 오셨다요?"

"그것이 저…… 뭐 대수로운 일은 아니고요. 아주머니께 도움을 청할 일이 생겨서요."

세단 옆으로 다가가자 운전수인 듯한 사나이가 안에서 문을 열었다. 신사가 말하였다.

"잠깐 타시죠. 자세한 얘긴 안에 들어가서 해드릴랍니다."

벌교댁은 한걸음 뒤쪽으로 물러서며 눈을 씀벅거렸다. 신사가 다시 말했다.

"별일 아니라니까요. 광한이 때문에 조금 도움을 청할 일이 생겨서 그럽니다."

"그라믄 여기서 말씀하시제라."

"아주머니도 참. 아들 일이라는데 뭘 그러십니까?"

"우리 자석이 뭘 어쨌는디……"

"어쩌긴 뭘 어쨌겠습니까? 마음놓으시고 어서 타세요."

신사가 부드러운 동작으로 벌교댁의 어깨를 조금 끌어당겼다. 벌교댁은 할 수 없이 차 안으로 밀려들어갔다. 치마가 흙투성이어서 벌교댁은 시트 끄트머리에 엉덩이를 걸쳤다. 차가 움직였다. 마을길을 빠져나오자 차가 속력을 냈다. 벌교댁이 물었다.

"무신 일인디……"

신사는 앞만 보고 있었다. 벌교댁이 또 한번 묻자 신사는 담배를 피워물었다. 부드러운 기색은 없어지고 무표정한 얼굴이 되었다. 벌교댁은 가슴이 탁 막혀왔다. 상스럽지 못한 예감으로 가슴이 떨렸다. 벌교댁은 뭔 얘기가 나올까 하고 신사를 계속 쳐다보았다. 신사는 담배 중동을 신경질적으로 비벼 끄더니 소리없이 찬웃음을 흘렸다.

"우리 자석에게 뭔 일이 일어났다요?"

하고 벌교댁은 마른침을 삼키었다. 마음을 질정하지 못한 채 알 수 없는 불안이 자욱히 서려들었다. 벌교댁은 혼잣말처럼 중얼거렸다.

"뭔 일이 일어난 것이 분명헌디."

"일어나도 큰일이 일어났지요."

이윽고 신사가 입을 열었다. 벌교댁의 얼굴이 흐려졌다. 그 때문에 검은 얼굴이 더 검어진 것 같았다. 신사가 잇대어 말했다.

"아주머니 아들이 빨갱이 꾐에 빠져 있어요."

"뽈갱이라고라?"

황황히 되물었지만 벌교댁은 이내 어이가 없다는 듯 도리머리를 흔들었다.

"선상님이 잘못 알고 계시구만이라. 우리 자석은 그런 거 몰라라우. 펜지에도 그런 말 도통 없었응께."

"빨갱이가 나는 빨갱이요 하고 써붙이고 다닌단 말이오?"

신사가 언성을 높이자 벌교댁은 어깨를 움츠렸다. 신사가 설복시키려는 어투로 말하였다.

"아주머니 아들이 빨갱이라는 말은 아니고요. 같은 공장에 빨갱이 사상에 물든 놈들이 있어요. 광한이 이 자식이 멋모르고 놈들의 꾐에 빠져 지금 데모를 하고 있단 말입니다."

"........."

"가서 보면 알게 돼요. 아주머니는 무조건 광한일 끌어내야 됩니다. 그렇지 않으면 콩밥을 먹게 돼요."

벌교댁은 온몸의 맥이 다 빠지는 듯했다.

회사 정문 앞에는 무장전경과 구사대와 닭장차가 거대한 벽을 이루고 있었다. 겁에 질린 듯싶은 가족들이 정문 안으로 들어가고 있었다. "민주노조 사수하자"라고 씌어진 광목천이 2층 창문에서 펄럭이고 있었다. 옥상에선 수건을 머리에 동여맨 농성자들이 구호를 외치고 있었다. 그중에서 광한을 어렵지 않게 발견한 벌교댁은 그 자리에 못박힌 듯 섰다. 웃옷의 가슴께가 별안간 꽉 끼는 느낌이 들었다. 관자놀이에서 피가 쿵덕쿵덕 방아소리를 냈다. 다른 가족들이 건물 현관 쪽으로 몰려갔다. 문은 안으로 굳게 잠겨 있었다. 기름때 묻은 선반들이 쌓여 있어서 안을 들여다볼 수도 없었다.

벌교댁은 옥상을 향해 있는 힘껏 소리를 내질렀다.

"이 자석아, 이게 뭔 일이여. 어쩌자고 이런 일에 다 끼었당가? 어서 싸게 내려와라, 잉?"

벌교댁과 눈이 마주친 광한은 손을 흔들며 뭐라고 소리쳤으나 그것은 어지러운 술렁거림 속에 파묻혀버렸다. 옥상 위에서 마치 고꾸라질 듯 허리를 구부린 청년이 입에 손을 모아 외쳐댔다.

"엄니, 큰방 아짐씨한테 이달 집세 밀린 것 쬐께 참으라 하소."

"염려 마라. 그나저나 밥이나 챙겨 묵냐?"

한 아낙네가 안타깝게 소리쳤다. 보자기에 입을 것이며 먹을 것을 싸들고 온 어떤 아낙네는 연신 보꾸레미를 흔들어대고 있었다. 손등으로 눈가를 훔쳐 닦으며 땅바닥에 너푼 주저앉는 아낙네도 있었다.

먼발치서 가족들을 찾아 서로 외치며 주고받는 소리가 점점 커져 이윽고는 한마디도 알아들을 수조차 없었다. 농성자들 속에서 노랫소리가 울려나왔다.

압제와 감시 속에 우울하고 고통에 찬 죽음의 고역 같은 노동에서
해방되어 자유 얻고 기쁨에 찬
빛나는 노동쟁취 동지여.
두려움 없다 역사는 우리의 것

노래가 끝나자 확성기를 잡은 청년이 힘차게 구호를 외쳤다. 또다른 청년이 농성을 하는 이유를 설명했다. 가족들간에 숙연한 기운이 감돌면서 박수가 터져나왔다.

한켠에 오구구 서 있는 벌교댁은 그 많은 외침과 노래 가운데 어느것 하나도 질정되지 않았다. 벌교댁이 알아왔던 아들의 모습——매달 돈을 부쳐와 마을에서 효자라고 소문나고, 부모 뜻을 거역해본 적이 없던 순박한 아들——은 온데간데없고, 텔레비에서 봤음직한 불온한 청년이 되어 이다지도 가슴을 얼크러뜨려버린 것이다. 집안살림을 붙안고 모지름을 쓰다가도 아들을 생각하면 힘이 솟았다. 시골살림과 달리 대처 물을 먹으면 웬만큼 잘살게 되리라는 기대 또한 벌교댁의

유일한 기쁨이었다. 지금까지는 그리 눈에 띄게 나아진 점이 없지만 워낙 착실한 아들이라 높은 사람들 눈에 잘 뵈어, 언제인가는 배도 든 든히 채우고 발편잠도 잘 수 있는 날이 오지 않겠는가. 그런데 벌교댁을 여기로 끌고 왔던 회사직원 말마따나 광한은 잘못도 큰 잘못을 저지르고 있는 것이다.

벌교댁은 정문 밖을 눈여겨보았다. 정문 밖에서 진을 치듯 그곳에 감돌고 있는 기운은 벌교댁으로서는 공포였다. 살기였다. 내 자석만 이라도 빼내야 될 텐디……

한 아낙네가 주먹 쥔 팔을 흔들며 외쳐대고 있었다. 간절한 심정이 온몸에 굽이치는 아낙네에게 모든 시선이 몰렸다.

"……지 자석도 저기 있는디 말이어라. 자석 말로는 여기 사장이란 자는 별장도 있고 자가용도 몇대나 있고 돈을 억수로 벌었다고 하등만요. 그란디 월급 좀 쬐께 올려달라고 하면 콧방귀도 안 뀐다고 헙디다. 힘을 합쳐 조합을 만들었는디 사장이 못하게 막았다고 하등만요. 조합이 있어야만 월급도 올리고 사장이 마음대로 못한다든디 말이요. 자석을 뽈갱이라고 함스로 여기꺼정 끌고 왔지만 지는 자석한티 들어서 잘 알고 있구만이라. 우리 자석들 말이 맞겠소? 저놈들 말이 맞겠소?"

자석들 말이라고 외치는 속에서 또 한 아낙네가 나섰다.

"우리 아그는 작년에 손가락 두 개를 잘렸는디 치료도 안해주고 약만 발라주더랑께요. 영영 병신이 됐구만이라. 몇번 보상금을 내놓으라고 했지만 들은 척도 안했어라. 그때 지 가슴에 피멍이 맺혔어라."

말을 마친 아낙네는 솟아나는 고통에 가슴을 물린 듯이 두 손을 가슴 위에 모두어 잡고 입술을 사려 물었다. 그때 옥상에서 박수가 터져나왔다.

"엄니, 최고다."

한 청년이 외치며 손가락으로 V자를 만들어 보였다.

가족들이 농성자들과 합세하려는 분위기가 감돌자 갑자기 구사대가 들이닥쳤다. 각목과 쇠파이프로 무장한 구사대들의 모습을 본 가족들은 모두 겁을 먹고 하나둘씩 옆으로 비켜났다. 그러면서도 깡다구 있는 몇 사람이 버티어 서서 구사대에게 대들었다.

"이 세파트 같은 자식들! 느그들 돈 몇푼에 팔려서 이런 추접한 짓거리 하고 다니냐? 만약 우리 자식 몸에 깐딱 잘못 손댔다 하면 이 개자식들 니들 죽이고 나도 죽을 것이여."

구사대는 그 소리에 잠시 멈칫하다가 벌떼처럼 달려들어 각목으로 가족들의 어깻죽지를 가격했다. 비명을 지르고 어깻죽지를 움켜쥐며 뒹구는 가족을 짐짝처럼 구사대 몇이서 질질 끌어다가 길 한켠으로 던져버렸다. 가족은 질질 끌려가면서도 외쳤다.

"이 개 같은 자식들아, 오냐, 니들 죽고 나 죽자."

구사대는 길 한쪽에서 지켜보고 있는 가족들에게도 우르르 몰려가서 각목을 휘둘렀다. 벌교댁은 얼결에 각목으로 등짝을 몇번 두들겨 맞고 정문에서 멀찍이 떨어진 곳으로 밀려났다.

가족들을 눈으로 확인한 농성장은 뜨거운 열기를 내뿜었다.

광한은 어머니를 이곳까지 끌고 온 놈들의 수법에 분노를 묵새기고 있었다. 아무것도 모르는 어머니가 얼마나 놀랐을까. 광한은 부모님께 안부 정도의 편지만 보낸 자신을 질책했다. 아들이 어떤 식으로 살고 어떻게 생각하고 앞으로 무엇을 해야 할 것인가를 부모님께 납득시키지 않으면 안된다. 다음부터는 최소한 일주일에 한번씩 자신의 생활과 생각을 담은 편지를 쓸 것을 다짐하였다.

영길이가 옆에서 자고 있었다. 한 자루의 촛불만이 농성장 안을 밝히고 있었다. 모두들 누워 있고 보초를 서는 두 명만 문 옆에 앉아 있었다. 광한은 창문 너머로 눈길을 돌렸다. 나뭇잎들이 돌개바람을 타고 서걱거렸다. 검푸른 밤하늘에 아기별 두 개가 반짝거렸다. 누가 죽어서 저 별이 되었는가. 가장 급박하고 참혹한 순간이면 자연에 의미를 부여하게 된 것은 그해 5월 이후로 생겨난 버릇이기도 했다. 그때, 홍비호가 죽으면서 남긴 총을 붙안고, 무등산 한 기슭에 숨어서 밤하늘을 보았었다. 콩 볶는 듯한 총소리가 들려오고 있었다. 총소리 한방 한방마다 별이 하나하나씩 새롭게 보였던 것은 사라지는 사람들을 확인하려는 안간힘 때문이었을까. 그 모든 일은 내밀한 깊은 곳에 자리잡고 있다가 일상생활 속에서도 움푹움푹 되살아나곤 했다.

어둠을 가르는 호루라기 소리가 들려왔다.

"놈들이닷!"

누군가가 외쳤다. 놈들의 기습작전이었다. 광한은 영길을 깨웠다. 현관문이 부서져나가는 소리가 들려왔다.

"마지막까지 싸운다."

노조위원장인 수익이가 외쳤다. 계단을 올라오는 어지러운 발자국 소리에 뒤이어 최루탄이 쏟아져 들어왔다. 농성장은 순식간에 격전지로 변했다. 수십명의 폭력배들이 야수처럼 달려들었다. 사람 살려. 울부짖는 소리…… 모두 죽여. 눈이 뒤집힌 폭력배들의 외침소리…… 그들의 모습은 인간이 아니었다. 광한은 쇠몽둥이로 온몸을 난타당했다. 질질 밖으로 끌려나왔다. 몽롱한 중에도 정신을 가다듬으려고 애썼다. 한놈이 그의 목덜미를 잡아끌고 있었다. 닭장차 쪽으로 다가갔다. 문에 막 끌어올려지는 순간 광한은 튕기듯 몸을 굴려 차체 밑으로 들어갔다. 반대편으로 빠져나와 냅다 뛰었다. 차체를 돌아오며 소리치는 전경을 대여섯 걸음 앞지르며 치달려갔다. 뒷문이 보였다. 빗장쇠를 발판 삼아 훌쩍 담을 뛰어넘었다. 이내 골목길로 숨어들었다. 뒤쫓아오는 놈은 없었다. 골목을 휘돌아 만화방으로 갔다. 만화방 문틈 사이로 불빛이 새어나오고 있었다. 광한은 나직이 불렀다.

"영식아, 영식아."

대답이 없다.

"나여, 광한이랑께."

문이 열렸다. 예전엔 같은 근로자였고 지금은 만화방 주인인 영식이가 광한의 손을 꽉 붙들어 안으로 끌어들였다. 밖을 휘둘러보고 문을 잠갔다. 다섯 명의 동료들이 벌써 와 있었다. 얼굴에 흐르는 피를 닦고 있던 기태가 말했다.

"씨펄, 개 같은 놈들. 우리가 너무 방심했당께."

"그렇께 내가 뭐라든가, 저놈들 말을 곧이곧대로 믿으면 안된다고 했제."

영길이가 볼부은 소리를 내뱉었다. 광한이가 덧붙여 말했다.

"우리가 싸울 준비를 단단히 해야 저놈들도 무서워서 함부로 못 들어온다고 계속 주장한께로."

방안에는 침울한 침묵이 서려돌았다. 영길이가 말했다.

"이렇게 모였은께 그냥 주저앉을 수는 없그만. 동료들이 닭장차에 끌려갔을 텐디. 아마 인근 파출소에 갇혔겄제."

"그리로 가보제."

광한이가 말했다. 영식이가 의자를 부수어 각목을 만들었다. 골목길로 나섰다. 보도블록을 깨어 돌멩이를 만들었다. 골목길이 끝나면서 맞은편에 파출소가 보였다. 닭장차는 보이지 않았다.

"저것들이 경찰서로 끌고 갔을끄나?"

영길이가 말했다. 그들은 관내 경찰서로 갔다. 전투경찰들이 정문을 지키고 있었다. 삼엄한 경비를 뚫기에는 역부족이었다. 그들은 뒷담 쪽으로 돌멩이를 던졌다. 유리창이 와장창 깨지는 소리가 나고 광한은 정신없이 튀었다. 어떻게 집에까지 왔는지 모른다. 대문에 몸을 쾅 부딪치고 나서 그대로 쓰러져버렸다.

밤을 꼬박 세운 벌교댁은 날이 밝자 밖으로 나갔다. 약방문을 두드려 머큐로크롬과 연고를 샀다. 아들의 등짝에 연고를 바르면서 벌교댁이 말하였다.

"니 나이가 몇이냐? 서른살이 가까워도 장개도 못 가고…… 잘 있는지만 알았제 요로크름 작신나게 얻어맞고 사는 줄은 몰랐당게."

"………"

"내려가 살잔마다 이놈아. 에미가 혀주는 뜨뜻한 밥이라도 묵고 살면 안 쓰겄냐."

하고 말하면서도 벌교댁은 안타깝고 슬픈 생각이 들었다. 시골엔 젊은 사람이라곤 도통 없다. 남아 있는 젊은이라도 혹 있으면 모두들 뒷전으로 빠진 녀석이라고 쑤군대니 광한이가 내려오면 마을 사람들 말밥에 오르내릴 것이 틀림없다. 또 농사란 게 지어도 지어도 돈 한푼 만져보기도 힘들다. 그러나 이러한 이유들은 아들과 살고 싶은 욕심으로 저만치 물러났다. 아들만 곁에 있다면 지금의 힘든 생활도 한결 헐할 것 같았다. 벌교댁의 나래 치는 생각 속에서는 이미 아들과 살고

202

있었다.

빨간 고추가 눈에 선연히 떠올랐다. 작년같이 3천원 이상만 받으면 30여만원은 떨어지게 된다. 더군다나 봄에 농협에서 전량 수매한다고 약조까지 하지 않았던가. 그 돈이 나오면 애들 아버지도 큰 병원에 가서 치료를 해보고 광한이 밑으로 두 자식들 등록금도 내주고, 전기밥통도 사고…… 골백번도 더 세운 계획들을 애써 지우고 광한이 장가 들려는 계획들을 세워보았다. 우선 사랑방의 방구들을 놓아야 쓰겠다. 지금까지 겨울엔 식구들이 한 방에 잤지만 며눌아길 얻으면 그럴수는 없다. 무너진 울타리도 손을 봐야 할 것이고 잔치에 쓰일 경비도 찬찬히 따져봐야 쓰겠다. 하나 색시가 있어야 말이제. 여기서 광한이가 색싯감이나 얻어오면 월매나 좋을까……

"엄니, 무슨 생각 하고 있소?"

광한이가 물었다. 벌교댁은 자기가 한 생각까지 다 이야기하고 나서 발을 달았다.

"……니 맴속에 품은 색시는 없냐?"

광한은 애써 미소를 지었다. 미소가 빈웃음으로 번져갔다. 벌교댁이 물었다.

"왜 웃냐?"

"지는 안 내려갈랑께 그 돈 나오면 딴 일에 쓰시씨요."

"워메, 이 자석아. 에미 말 좀 듣거라, 잉."

광한은 어머니가 더이상 말을 꺼내지 못하도록 출근채비를 했다. 계획했던 소중한 생활이 허물어진 것 같아 벌교댁은 마음이 헛헛해왔다. 문을 나서는 광한에게 벌교댁은 각단지게 당부했다.

"데몬가 뭔가 하덜 말고 착실히 다녀라, 잉. 아 모난 돌이 정 맞는 법이여."

아들이 가고 난 후, 벌교댁은 때묻은 옷가지를 찾아내 빨래를 했다. 김치를 담그고 찌개도 푸짐히 끓여놓았다. 문을 나서면서 주인집 아주머니에게 머리를 조아리며 아들 부탁을 하는 것도 잊지 않았다.

2

회사 정문 앞에는 전경차 한 대가 세워져 있었다. 최루탄가스가 채 가시지 않았는지 매캐했다. 정문은 닫혀 있었고 옆의 쪽문만 열려 있었다. 광한이 막 쪽문을 들어서는데 경비원이 제지를 했다.

"넌 못 들어와."

광한은 긴장하여 침을 딸꼭 삼키었다. 관리직 간부 서너 명이 치켜뜬 눈으로 그를 보고 있었다. 광한은 공격을 받은 것처럼 어깨를 움츠렸다. 그러나 방금 들어서는 동료들 등에 묻어서 쪽문 안에 들어섰다. 간부들이 광한의 앞을 가로막았다. 그중 한 명이 광한의 멱살을 나꿔채며 말하였다.

"넌 눈깔도 없냐? 이것도 안 보여?"

손을 대지 못하도록 철망을 친 게시판에 세 명에 대한 해고내용이 공고되어 있었다.

이수익 김영길 배광한
위 3인은 회사기물 파괴와 불법집회 및 작업방해를 하였으므로 퇴사조치함.

불온선동에 맹종한 종업원으로서 본 회사의 조치에 순응하고 직
장에 복귀하면 처단치 않을 것이니 이에 대하여 적극적인 협조를
바란다.

광한의 관자놀이에 푸른 핏줄이 뚜렷이 불거졌다. 그는 간부들의
손아귀에 잡힌 채 쪽문 밖으로 내쫓겼다. 출근하는 동료들이 눈길을
내려뜨리고 그의 곁을 피해서 갔다. 영길이가 걸어오고 있었다. 이마
에 반창고를 붙였다. 영길이가 의아한 듯 물었다.
"왜 안 들어가고 있나?"
광한은 안쪽을 턱으로 가리켰다. 간부들이 비아냥거리는 얼굴로
이쪽을 보고 있었다. 영길은 철문과 철문 사이의 틈으로 얼굴을 들이
댔다.
"당했군."
영길이가 내뱉듯 말했다. 입술을 앙다물며 광한의 손을 잡아끌었
다. 그리고 악문 이와 이 사이로 밀어내듯이 말했다.
"우짜튼 들어가보고 볼 일이여."
두 사람은 튕기듯 쪽문을 통과했다. 몇발자국 못 가서 간부들이 둘
러쌌다. 두 사람은 건물 뒤쪽으로 끌려갔다. 승용차가 대기하고 있었
다. 뻗대는 두 사람에게 구둣발이 쏟아졌다. 손을 등뒤로 잡힌 두 사
람은 막무가내로 차에 태워졌다. 두 사람 양쪽에 떡대들이 앉았다. 차
는 뒷문으로 빠져나갔다. 두 사람은 시트 밑으로 얼굴을 처박혔다. 놈
들이 두 사람의 등짝을 팔꿈치로 마구 내리찍었다. 코피가 바닥을 적
셨다. 차가 속력을 냈다. 놈들 중 한 명이 말했다.
"느이들 때문에 사장한테 얼마나 쿠사리 받았는지 알아? 일하러 왔

으면 좋게 일만 할 것이지 노존지 뭔지 개나발을 까고 다녀, 개새끼들
아. 이런 놈들 때문에 사회가 혼란해진단 말야."

그러더니 또다시 마구 주먹이 날아왔다. 차는 시내를 벗어나 외진
곳으로 빠져들었다. 승용차가 멎었다. 쓰레기 하치장이었다. 걷지도
못하는 두 사람을 끌어낸 그들은 운전수까지 합세해서 구둣발로 짓이
겼다. 너부러진 둘을 쓰레기더미 위로 던져버렸다.

"쥐도 새도 모르게 죽일 수도 있어. 니들 몇명 죽여도 회사는 끄떡
없어. 다신 회사 근처에 얼씬거리지도 말아."

악을 쓰듯 협박을 하고 난 그들은 승용차를 타고 사라졌다.

초가을의 태양이 높이 솟아올랐다. 두 사람은 꼼짝도 않고 쓰러져
있었다. 날파리들이 몸 위로 윙윙거리며 날아다녔다. 엉겨붙은 피를
빨아먹기도 했다. 햇살이 차츰 뜨거운 열기를 내뿜었다. 광한은 온몸
으로 햇살을 느끼고 있었다. 혼미한 머릿속이 차츰 깨어났다. 그러나
온몸을 짓누르는 통증으로 몸을 움직일 수 없었다. 온갖 썩은 냄새와
날파리들 속에서 광한은 마치 자신이 쓰레기의 한부분같이 느껴져왔
다. 눈가에 흐르는 눈물조차 서러운 심정도 없이 그냥 무심하게 흐르
는 것 같았다.

차바퀴 굴러오는 소리가 어렴풋이 들려왔다. 소리는 점점 가까워졌
다. 끼익 하고 멎는 소리, 윙윙윙 돌아가는 소리, 우루루 쏟아지는 소
리…… 소리……

"사람이 있는 것 같은디?"

"둘이구만."

"죽은 것 같은디 상관하지 마세."

"아녀. 조금 꿈틀거리는 것 같구만."

말소리가 뒤섞여 구원의 손길이 왔다. 두 사람은 쓰레기차에 태워졌다. 간신히 정신을 추스른 광한이가 운전석 뒤칸을 두들겼다. 시내로 진입하는 도로 위에 그들은 내려졌다. 그곳에서 비교적 가까운 영길의 집으로 갔다. 영길은 파출부로 나가는 어머니와 고등학생인 누이동생과 상하방에 세들어 살고 있었다. 누이동생이 올 때까지 죽은 듯이 누워 있었다. 누이동생은 몇마디 묻지도 못하고 울음을 터뜨렸다. 홀쩍이며 밥을 지었다. 밥상 앞에 앉으니 광한은 자신이 몹시 처량해 보였다. 먹지 않고 차라리 이대로 쓰러져 있으면 편할 것도 같았다. 그러나 할일이 있지 않은가. 낟알이 깔깔해 목을 넘기기가 힘들었다. 물에 만 밥을 밀어넣듯 넘겼다. 어쨌든 다시 기운이 돌았다.

두 사람이 집을 막 나서려는데 우체부가 왔다. 등기속달이었다. 영길이가 봉투 한 귀퉁이를 북 찢었다. 해고통지서였다. 농성 전까지의 날짜 일수와 잔업수당을 합쳐 10만원이 조금 넘는 액수가 적혀 있었다. 우편환도 있었다.

그들은 걸으면서 대책을 세워보았다. 영길이가 말했다.

"아직 믿어지지가 않는구만."

"분명한 건 부당해고라는 거제."

"동료들 움직임이 있을 법도 한디 말야."

"만화방에 가서 낌새를 알아볼끄나."

그들은 만화방으로 갔다. 영식은 하루종일 애태웠다고 하면서 반갑게 맞아주었다. 9시가 지나서야 기태가 나타났다. 이빨이 부러져 한쪽 뺨이 퉁퉁 부어 있었다. 기태가 말했다.

"느이들이 해종일 헤매고 돌아다닐 생각 하니 손에 일이 안 잡히더라."

잠시 사이를 두었다가 기태가 계속해서 말했다.

"위원장은 구속되었어."

"구속이라니?"

광한과 영길이 똑같이 물었다.

"3자개입이라고 하등만."

"뭐야? 3자개입? 우짜서 같은 회사의 노조위원장이 3자개입이대?"

영길이가 어이없다는 듯 멍한 표정으로 입을 다물지 못했다.

세 가지 요구조건을 내걸고 농성이 시작되었다.

1. 상여금 차등제 철폐

2. 임금인상 20%

3. 민주노조 인정

경쟁심을 유발시키지 않는다면 생산성이 오를 수 없다는 회사의 방침은 근로자들간에 분열을 일으켰다. 강제배분율은 전체가 다 일을 잘해도 어쩔 수 없이 등급을 매겨야 되는 불합리한 것이었고 여기에 개입되는 것이 근로감독관의 횡포였다. 그의 눈에 잘 보이면 등급이 올라간다. 최하위 등급을 다섯 번 받으면 감봉을 당한다. 자연히 근로감독관에게 잘 보이려고 금품이 가게 된다.

노조결성은 수익, 영길, 광한 등이 일년여에 걸쳐 쏟아부은 피나는 노력 끝에 피어난 결실이었다. 다수 조합원들의 서명을 받고 결성식을 올린 뒤 시청 사회과에 등록을 하러 간 위원들은 이미 등록된 노조를 보고 아연실색했다. 하루 전에 등록을 했다는 것이다. 위원장 이름을 보니 노사위원회 안에서도 가장 적극적으로 사용자 편에서 일을 하던 자였다. 민주노조 낌새를 챈 회사가 선수를 친 것이었다.

협상 테이블에는 간부급 직원들만이 나타났다. 그것은 협상이 아니라 일방적인 회유와 협박이었다. 사장은 5일째가 지나서야 나타났다. 사장은 위원장과의 단독면담을 요구했다. 위원들은 어쩐지 내키지는 않았지만 부딪쳐보는 수밖에 없었다.

사장은 다짜고짜로 폐업신고를 내야겠다고 엄포를 놓았다. 수익은 마치 흥정을 하는 듯한 사장의 말소리를 듣자 어쩔 수 없는 대결의식이 솟구쳤다. 이쪽이 생존문제라면 저쪽은 다만 흥정일 뿐이었다. 수익은 숨을 한번 몰아쉬고 말하였다.

"사장님이 그러시면 우리도 극렬수단을 쓸 수밖에 없습니다."

"자네 나한테 공갈협박하는 게야?"

"공갈협박은 방금 사장님이 하시는 것 아니겠습니까?"

"어쨌든 사원이 있고 회사가 있는 것이니까, 우리 둘이가 의견을 좁혀 이 일을 풀어나가야 되지 않겠는가?"

"………"

"그동안 직원들과 협상을 서너 번 한 것으로 알고 있네. 오늘은 내나름대로 최대한의 협상제의를 갖고 왔으니 이 이상은 나도 양보할 수 없구만."

수익은 사장의 눈을 똑바로 쳐다보았다. 사장은 담배 한모금을 깊숙이 들이빨더니 침착히 말하였다.

"자네가 딴 근로자를 위해서 희생을 해야 쓰겠네."

"무신 말씀이시오?"

"자네 희생정신을 나도 잘 알고 있네. 이번에도 큰맘 먹고 희생을 하는 것이 어쩌겠나?"

수익은 동료들을 위해선 한 목숨 바쳐도 아깝지 않다고 스스로 다짐한 것을 떠올렸다. 사장은 그 빈틈없어 보이는 얼굴에 일부러 다정한 미소를 띠고 말하였다.

"지금 회사의 형편으로 보아 세 가지 요구를 들어주는 것은 무리네. 그래도 큰 결단을 내려서 1, 2조항은 들어주겠네. 대신 자네가 동료들을 위해서 이 회사를 떠나주게."

수익은 아찔했다. 이런 식으로 걸고넘어질 줄은 몰랐다. 사장의 얼굴에서 단호한 기미를 읽은 수익은 순간, 머릿속이 엉클어졌다. 여러 갈래의 생각이 들끓으며 뒤섞였다. 물만 먹고 잠도 거의 자지 못한 그는 탈진한 상태였다. 그는 동료들을 연민하고 자신을 연민했다. 그는 집단의 위원장이면서 때로는 개인이기도 했다. 개인의 감정이 지금 그를 모호한 입장으로 만들었다.

(나 하나 그만두면 동료들의 사정이 좋아진다. 우선 필요한 것은 생존이다. 이번 싸움에서 얻어내는 것이 없다면 우리 모두가 절망해버릴 것이다. 노조는 부위원장과 조합원들이 다시 재건할 수 있을 터이다. 그리고 나는 어차피 노동현장 생활 일년 계획이 다 차가고 있다.)

그는 응락했다. 사장이 합의서를 내밀며 말했다.

"자넨 역시 희생적이구만. 훌륭해. 한달치 월급과 퇴직금을 경리과에 가서 타가게. 역시 배운 사람과는 말이 잘 통해."

수익은 합의서에 도장을 찍었다. 문을 나서는 그에게 사장이 단호한 어조로 말했다.

"자넨 이제부터 우리 사원이 아니네."

농성자들은 반대였다. 특히 부위원장인 영길과 교육선전부장인 광한이가 앞장서서 반대했다. 영길이가 선동적으로 말했다.

"위원장은 개인이 아니제라. 말하자면 민주노조를 대표하는 상징적인물이구만이라. 이것은 민주노조를 깨려는 수작이 분명하그만."

수익은 아차 싶었다. 자신은 집단의 문제를 지극히 개인적으로 판단하고 결정해버렸던 것이다. 그렇다. 사장은 정확히 노조파괴를 겨냥하며 그런 제의를 했던 것이다. 자신의 덜떨어진 모습이 부끄러워진 그는 두말없이 합의서를 찢어버렸다. 박수가 터졌다. 농성은 계속되었다.

"지금 생각해본께로 모두 놈들의 작전이랑게."

기태가 자못 심중한 낯빛을 띠며 말했다. 영길이가 물었다.

"뭔 낌새를 맡았는가?"

"1, 2조항도 들어줄 수가 없다고 감독관이 말하더라구. 수익이가 약속을 어기지만 않았어두 들어주었을 텐디, 하고 제법 아쉬운 표정까지 짓더랑게."

"동료들은 뭐라구 하등가?"

광한의 물음에 기태가 머뭇거렸다. 기태의 두 눈에는 감춰진 고통의 빛이 떠올랐다. 모두의 시선이 쏠리자 기태는 마지못해 대꾸했다.

"어차피 진 싸움이라고 생각들을 하는 것 같등만. 우리가 좀더 신중했어야 했당게."

"뭔 말이여?"

영길이가 양미간에 주름을 세우며 물었다. 기태는 얼굴 근육이 무엇에 당기는 것처럼 몇번 실룩거렸다. 그는 담배를 꺼내어 물었다. 한모금 깊숙이 들이빨더니 침울한 목소리로 말하였다.

"위원장이 타협본 것을 우리가 받아들였다면 이 지경까지 안 갔을 거라는 얘기들을 수군거리더랑게."

광한은 긴 한숨을 내쉬었다. 영길이가 자조적으로 말하였다.

"그라믄 우리 둘이가 결국 일을 망쳐났다는 얘기로구만."

"그거야, 뭐⋯⋯"

기태가 말끝을 사려버렸다. 영길이가 화난 어조로 말하였다.

"민주노조 지키자는 것이 농성의 목표였잖아. 그리고 우리들이 요구하는 것은 최소한의 권리였잖아. 그란디 이제 와서 우리에게 화를 내여?"

"일이 이렇게 됐은게 말도 많아지는 것이제 뭐."

광한은 흩어지는 담배연기를 시름없이 바라보다 힘없이 말했다.

"어쨌거나 이대로 물러설 수는 없제."

"우린 뭔 일이 있어도 일터로 돌아간다고 동료들에게 말해줘. 내일부터 출근투쟁잉께."

영길이가 결의에 찬 어조로 말하였다.

이튿날 두 사람은 회사 정문 앞 버스정류소에서 만났다. 전경차는 보이지 않았다. 그들을 바라보는 동료들의 눈길에 동요의 빛이 떠올랐다. 그러나 그 빛은 경비원이 보이자 눈꺼풀 사이로 슬그머니 꺼져버렸다. 어느새 나타났는지 구사대들이 두 사람을 에워쌌다. 두 사람은 해고통지서를 내던지며 외쳤다.

"부당해고 철회하라!"

외침이 끝나기도 전에 구둣발이 날아왔다. 연락을 받았는지 형사 세 명이 달려왔다. 둘은 인근 파출소로 끌려갔다. 조서과정도 없이 욕설을 퍼부으며 구타하고 구둣발로 짓이겼다. 두 사람은 7일간의 구류처분을 받았다. 죄목은 기물파괴죄였다.

3

하늘은 낮게 흐리어 차츰 햇빛이 엷어졌다. 벌교댁은 반가운 생각
이 들어 하늘을 쳐다보았다. 먹구름이 끼는 듯하더니 이내 바람이 불
어와 저만치 몰려갔다. 몇달째 가뭄이 계속되었다. 밭고랑은 발자국
만 닿아도 먼짓발을 피워올렸다. 바짝 마른 고춧대를 뽑아내는 일조
차 여간 힘든 게 아니었다. 땅에 단단히 이물린 뿌리가 겨우 뽑힐 때
마다 뽀얀 먼지를 일으켰다. 고춧대는 따로 묶어 땔감으로라도 쓰기
위해 헛간에 갖다놓았다. 지줏대는 내년에 다시 쓰기 위해 흙을 잘 털
어낸 다음 헛간에 들여놓았다. 멀칭비닐까지 걷어내려는 심산이었으
나 어느덧 해는 산마루에 두어 뼘을 남겨놓고 있었다. 그 일까지 끝내
면 곧 밭을 갈아야 될 터인데 비는 한줄금 내릴 기미도 없다. 보리라
도 심어야 몇달 양식이라도 채워질 터인데 하늘까지 이다지도 속을
태웠다.

마당이란 마당엔 온통 고추투성이였다. 벌교댁은 두 손으로 고추를
듬썩 쥐고 후루루 날려보았다. 사가각 소리가 났다. 이 정도 말렸으면
수매할 때 까탈을 부리지 못할 것이다. 벌교댁의 얼굴에 흐뭇한 미소
가 피어올랐다. 정부미차대기에 꼭꼭 쟁여넣었다. 마루에 차곡차곡
쌓아놓았다. 뒤 울안 텃밭으로 갔다. 시금치, 무, 당근 등이 주런이 나
있었고 끝물 가지가 달려 있었다. 저녁반찬 될 만큼 몇개 뽑았다. 된
장을 풀어 무국을 끓였다. 국에 만 밥을 몇숟갈 뜨다 말고 숟가락을
놓아버린 배서방이 힘없이 말했다.

"큰애한티 연락이 없었는가?"

소식이 없었다는 걸 알면서도 이렇게 물어본 것은 심중의 조바심을

나타낸 것이었다. 배서방의 머리맡에 놓여 있는 약병엔 몇개의 알약만 남아 있었다. 제 날짜에 꼭꼭 와닿는 광한의 편지가 안 온 지도 벌써 일주일이 넘어서고 있었다. 편지와 함께 보내오는 돈 3만원은 배서방의 약값에 쓰였다. 약병에 눈길을 던지며 배서방이 계속해서 말했다.

"야가 잊을 리는 없을 텐디……"

"뭔 일이 일어난 거이 아닌지 모르겄소."

"고것이 무신 말이당가?"

"긍께로, 그 자석이 또……"

벌교댁이 말을 삼키는 바람에 배서방이 다그쳐 물었다.

"또라니? 전번에 뭔 일이 있었는가?"

"아니어라."

가뜩이나 병든 몸에 아들이 데모하다 매까지 맞았다는 이야기를 들으면 얼마나 상심할까 싶어 벌교댁은 입을 다물고 말았다. 배서방이 모로 누웠다. 가래 섞인 기침을 몇번 해댔다. 초가을이라고 하지만 아침저녁으로 한기가 돌았다. 벌교댁은 자식들이 오면 먹으라고 밥상을 차려놓고 뒷산에 올랐다. 땔감을 구하기 위해서였다. 고춧대는 불담이 좋지 못하니 소나무가지라도 끊어와야 할 것이었다. 낮에는 산림원의 눈에 띨까봐 산에 오를 수가 없었다. 웬만한 집에서는 연탄을 피우기도 했지만 마을이 귀빠진 곳이라서 한번에 3백장 이상은 배달해주지 않았다. 그것도 솔찬한 돈이라서 아예 연탄아궁이로 개조를 하지 않고 여지껏 비탕으로 더듬는 불쏘시개 아궁이 그대로였다.

(아무렴. 어쩌나저쩌나 해도 밥은 너울거리는 불로 잘 재져서 해야 놀짱놀짱하니 살로 가제.)

소나무의 잔가지를 꺾어 한묶음 만들어놓으니 해는 어느덧 서산으로 넘어가 들물결 오리길에 어둠이 내려앉았다.

벌교댁은 허리가 아파 잠시 쉴 요량으로 나무 그루터기에 앉았다. 먼짓발 가라앉은 낮은 슬레이트 지붕들이 어쩐지 시름겹게만 느껴졌다. 그중에서도 자기 집이 제일 초라하고 가난하게 보였다. 그것만은 틀림없지만 광한이가 아무 탈 없이 공장에 다닐 때는 그렇게까지 시름겹지는 않았다. 그러나 무엇인가 꺾여나간 듯한 느낌이 드는 것은 광한에게 탈이 나고부터였다. 어렵게만 꼬여가는 살림걱정을 이즈막에 와서 더욱 애달캐달하는 심정이 된 것은 그러고 보니 광한이 때문이라고 어렴풋이 짐작되었다. 마음 한구석에 거슬리던 불안과 근심이 배서방의 발설로 인하여 이제는 사실로 드러난 것 같았다.

벌교댁은 손에 잡히는 대로 풀대 하나를 꺾어 입에 물었다. 손이 힘없이 무릎에 떨어졌다. 그 손은 악마디지고 거칠었다. 그러나 지금은 맥이 없어 한숨소리에도 민감하게 떨리는 것 같았다.

벌교댁은 솔가지를 이고 산에서 내려왔다. 광옥이가 가방을 내팽개쳐둔 채 뚱한 표정으로 마루에 앉아 있었다.

"배고플 텐디 밥은 안 묵고 왜 부어터졌다냐?"

벌교댁이 수건으로 몸을 털며 물었다.

"엄니."

"와."

"엄니이."

"말해봐라."

"오늘 교무실로 불려가서 야단맞았당께."

"왜?"

"등록금 낼 날이 지난 거 엄니도 알제?"

"폴쎄 지났냐?"

"엄니는 통 관심이 없당께. 그저 아들 생각만 하제 딸은 우에 것이오? 앉으나 서나 내 아들 내 아들 했어도 오빠가 뭐 우리 식구들 다 멕여살려주요?"

말에 날을 세우며 대드는 광옥의 얼굴을 보고 있던 벌교댁은 저도 모르게 언성을 높였다.

"이놈의 가시내가 별소릴 다 하고 자빠졌네. 글안혀도 느그 오빠 땜세 열불나 죽겄는디……"

광옥은 댓돌 위에 놓여 있는 신발짝을 툭 차버리며 앵돌아서 픽픽 코를 풀고 어깨를 들먹거렸다. 벌교댁이 몇마디 더 고시랑대며 정짓목에 걸터앉자마자 방과 연결되어 있는 쪽문에서 한숨이 새어나왔다. 모녀 이야기를 듣고 있던 배서방의 한숨소리였다. 무던히도 속을 태우고 있다는 것이 그 한마디 한숨소리에도 역력히 느껴졌다. 벌교댁은 한숨소리를 지우기라도 하려는 듯 광옥에게 말하였다.

"고추값이 나오면 등록금 줄 텡께 쬐께 기다려봐, 잉."

마침 광식이가 들어섰다. 심상치 않은 분위기를 눈치챘는지 아무 말 없이 건넌방으로 들어갔다. 광식이도 등록금 재촉을 받았을 터인데 말을 좀체 하지 않았다. 그것이 벌교댁으로서는 더 가슴에 이물리는 고통이었다.

벌교댁이 농협 수매를 기다리는 것은 시중의 고추금이 2천원에서 조금 웃도는 가격이었기 때문이다. 작년같이 3천원 정도만 준다면 살림 형편에 벌써 팔아치웠을 것이다. 한푼, 한푼이 새로운 벌교댁으로서는 자식들의 지청구를 들어가면서도 농협 수매를 기다릴 수밖에 없었다.

저녁상을 치우고 막 정짓간에서 나오는데 나주댁이 들어섰다. 벌교댁이 물었다.

"뭔 일이당가?"

"성님 집에는 못 올 사람이다요?"

입심재기로 소문난 나주댁은 예의 그 걱실한 말투로 한마디 던지고는 마루 위에 털썩 주저앉았다. 몸집도 실해 마루가 꽉 차 보였다. 마루 위에 쌓인 고추포대를 한번 훑더니 낯색이 표표해졌다. 나주댁이 말하였다.

"성님, 참말로 속상하구만이라. 이것저것 들어갈 돈은 많은디 고추금이 요러크름 떨어지니 워째야 쓸게라?"

"내 속말을 자네가 하는구면."

"근디 성님, 그저께 경상도 양양이라나 하는 데서 데모를 혔다고 하등만요."

"데몰 혀? 뭣 땜세?"

"거기가 고추 산지로 유명한 곳이라 하등만요. 고추금이 자꾸만 떨어지니 고추제값받기 데모를 한 거제라. 쇠스랑이니 낫까지 갖고 나와 농협이건 군청이건 쑥밭을 만들어놓았답디다."

"그랑께 농협에서 제때 수매를 해야 될 거 아닌가?"

"날은 점점 오그라지는디 농협에선 꿩 궈묵은 소식이니, 이거 어디 속 터져서 살 수 있겠어라우?"

"긍께……"

"성님, 이장한티 가서 한번 물어나 봐야 쓰겄소."

"나도 가야겄네."

벌교댁은 여물을 본 암소 모양을 하고 따라나섰다. 고샅을 돌아 이장집으로 갔다. 발걸음 소리를 듣고 누렁이가 컹컹 짖었다. 두 사람은 주춤거리며 사립문을 들어섰다. 이장댁네가 방문을 조금 열고 물었다.

"뭔 일들이여?"

"저녁밥은 자셨소?"

나주댁이 붙임성있게 말하고 마루 가까이 다가갔다. 벌교댁도 따라갔다. 나주댁이 잇대어 말했다.

"저…… 이장님 좀 뵈려고 왔어라우."

이장이 얼굴을 기웃이 내밀었다. 뭔 일이냐는 듯 턱을 조금 치켜올렸다.

"고추 땜세 궁금혀서 왔어라우."

나주댁이 말했다. 이장의 이맛살이 찌푸려졌다. 이장댁네가 말했다.

"우리도 지금 그 얘길 하고 있던 중이었구만."

"농협에선 무신 소식 없습디여?"

벌교댁이 물었다. 이장이 대꾸했다.

"오늘만 혀두 그 질문을 수십번 들었소."

"그라겠제라. 모두 이제나저제나 기다리고 있구만이라."

나주댁이 말하자 이장이 대뜸 언성을 높였다.

"내가 고걸 모르겠소. 나도 큰놈 학자금 낼라면 고추밖에 바라볼 것이 없는디…… 아, 나도 뭣이 뭣인지 모르겠는디 어째 자꾸 내 턱만 쳐다보면서 자꾸들 물어봐 쌌소, 잉!"

두 여자는 더이상 말을 붙여보지 못하고 물러나왔다.

전기세 아끼려고 벌교댁은 9시도 못 되어서 불을 끄고 누웠다. 배서

218

방도 잠이 안 오는지 연신 한숨을 내쉬었다. 먼 곳으로부터 산새 울음 소리가 들려왔다. 울음소리는 가까이 다가오더니 뒤 울안에 한동안 머물렀다.

건넌방에서 라디오 소리가 들려왔다. 갑자기 건넌방 문이 열리는 소리가 났다. 안방 쪽으로 걸어오는 소리에 뒤이어 광식의 목소리가 들려왔다.

"엄니, 자요?"

"왜야?"

"지금 뉴스시간에 고추 얘기가 나왔어라."

"뭣이라고?"

벌교댁은 전등을 켰다. 광식이가 문을 열었다. 벌교댁이 재촉했다.

"자세히 말해봐라, 잉."

"정부에서 2천원에 제한수매를 한다고 발표를 하더랑께요."

"뭣이야? 2천원?"

벌교댁은 된서리를 맞은 푸성귀처럼 어깨를 떨구었다. 광식이가 건 너간 뒤 다시 불을 끄고 누웠다. 좀체 잠이 올 것 같지 않았다. 벌교댁 은 밖으로 나가보았다. 항아리 속에 담긴 물을 몇모금 마셨다. 속에서 울컥, 하고 치밀어오르던 것이 조금도 가라앉지 않았다. 산새가 계속 울어댔다.

"왜 그리 울어싸? 이눔의 새새끼야."

하고 냅다 소리를 내질렀다. 산새가 흐드득 날아올랐다. 달이 유난히 밝았다. 벌교댁은 깊은 한숨을 토해냈다.

새벽부터 까치가 소란히 울어제꼈었다. 혹시 광한이한테서 편지가 오려나 하고 벌교댁은 자꾸 동구밖 쪽으로 눈길을 주었다. 벌교댁은 새마을회장인 박회장집에서 하루 품을 팔고 있는 중이었다. 해종일 나락을 베었다. 점심참에 배서방 죽을 끓여주려고 집에 들렀다. 막 상을 갖고 나오는데 장사치로 보이는 두 명의 남자가 사립문을 들어섰다. 수인사도 없이 대뜸 말했다.

"태양초(태양에 말린 고추) 있소?"

"있제라."

벌교댁은 재빨리 상을 내려놓고 고추포대 하나를 풀어 내보였다. 키가 땅딸막한 장사치가 손으로 서너 번 쥐어보며 말했다.

"마르긴 잘 말랐는데 좀 잘구만요."

"잘아야 맵지라."

"요즘은 누가 그리 매운 것 먹는다요?"

하고 까탈을 부리기 시작했다. 또 한 장사치가 옆에서 초를 쳤다.

"금년엔 모든 농사꾼들이 고추만 심궜는지 보이는 게 고추뿐이란 말이여."

"천원 값을 쳐주겠소."

땅딸막한 남자가 단정적으로 말했다.

"천원이라고라."

벌교댁은 되뇌이고 벌린 입을 다물지 못했다. 땅딸막한 남자가 말했다.

"정부에선 수맬 조금밖에 안하고 고추는 지천으로 쌓여 있고, 종당에는 얼마까지 내려갈지 아주머니가 더 잘 아실 것이오. 깐딱하믄 지천에 썩어 나자빠진 것이 고추겠소."

"그렇겐 못 팔겠소."

"팔기 싫으면 농협에 갖다 팔아먹으시오. 아마 없는 손주 환갑에나 능할랑가 모른께."

그 돈에 안 팔면 당신 손해라는 듯이 말을 흘리듯 남기고 장사치들이 나가버린 사립문을 한참이나 바라보고 있다가 벌교댁은 얼척없는 표정으로 군시렁거렸다.

"원 참, 아무리 고추가 똥금이라고 별것들이 다 나서서 속을 밑둥부터 뒤집어놓네, 잉. 더럽다, 더러워. 아침저녁으로 밥 대신 고추 한 바가지씩 아그작아그작 씹어먹드라도 그 돈에는 못 팔겠구만."

벌교댁은 다시 논으로 나갔다. 낫으로 벼 밑둥을 잘랐다. 자른다기보다 쳤다. 너무나 황황해진 마음을 낫으로 쳐내기라도 하려는 듯.

신작로에 검은 세단이 나타난 것은 정오가 훨씬 지나서였다. 세단은 마을길로 들어갔다. 벌교댁은 공연히 가슴이 벌렁거렸다. 세단은 이장집 앞에 머물렀다. 이장을 태우고 벌교댁 집 쪽으로 달려갔다. 잠시 후에 이장이 집에서 나왔다. 박회장 논 쪽으로 걸어왔다. 벌교댁을 불러냈다. 벌교댁은 벌렁거리는 가슴을 긴 한숨으로 다스렸다.

두 신사가 마당 가운데에 서 있었다. 배서방은 마루에 나와 있었다. 벌교댁이 말했다.

"들어가 누워 있으시오."

배서방이 얼얼한 표정을 하고 안으로 들어갔다. 벌교댁은 얼이 나갔었는지 낫을 그대로 들고 왔다. 낫을 부엌문 앞에 쌓여 있는 나뭇단에 박아놓았다. 이장이 두 신사를 소개했다.

"이분은 읍내 지서장님이시고 이분은 광주에서 오신 선상님이신디……"

"앉을 자리도 변변치 못하구만이라."

하고 벌교댁은 머리에서 수건을 벗어 마루 위를 대충 쓸었다. 신사들은 앉지 않았다. 코가 매운지 재채기를 해댔다.

광주에서 왔다는 신사가 말했다.

"요즘엔 광한이한테 연락이 없었지요."

"통 없구만이라. 광한이 회사에 계신 분이제라?"

"그렇소."

"광한인 잘 있제라?"

신사는 대답을 하지 않고 담배를 피워물었다. 지서장이 말했다.

"보아하니 아들이 감방에 간 것도 모르는 것 같구만."

"고것이 무신 뜬금없는 소리다요?"

벌교댁은 아랫도리에 힘이 매시시 빠져 마루 위에 걸터앉았다. 신사가 저간의 사정을 대충 말해주었다. 벌교댁은 들끓어오르는 아들에 대한 분노를 신사의 말 중간중간에 쏟아내었다.

"염병할 놈 같으니라구…… 전번에 그렇게 신신당부를 해농께는……"

"……오늘이 광한이 나오는 날이지요. 아무래도 몸조리도 할 겸 집에 내려와서 얼마간 쉬는 것이 좋겠구먼요. 딴 사원들 눈도 있고 해서 잘못 저지른 사원을 받아줄 수 없지만요. 사장님께서는 광한이가 반성의 기미만 있으면 딴 직장에 넣어줄 수도 있다고 말씀하십니다. 그래도 우리 사장님께서는 광한이를 이쁘게 봐주시지요."

신사가 말을 끝내자 이장이 은근한 어조로 말을 잇대었다.

"아짐씨가 나서야 쓰겠소. 잘못하다간 자석 하나 베리겠소. 매달 돈도 부쳐주고 효자라고 소문났었는디 어쩌다가 그런 물이 들었는지 원."

"요분들 말을 들어봉께는 광한이 이 자석이 물들어도 아주 시뻘겋게 물들었구만."

지서장이 거들었다.

아들에 대한 끝없는 사랑과 신뢰가 노여움으로 치달으면서 벌교댁은 마음이 모질어졌다. 신사가 말했다.

"우리랑 지금 가셔서 광한일 데려오시지요."

"난 모르겠소. 즘생이면 코뚜레를 끼워서라도 끌고 오제라. 그란디 다 큰 자석은 자석이 아니구만이라. 나도 인자는 놈의 자식 보듯 할 수밖에는 없구만이라우."

"그런 무식한 소리가 어딨소?"

지서장이 책망조로 말했다. 잠시 사이를 두었다가 잇대어 말했다.

"자식을 낳아놓았으면 자식 책임을 져야제. 그러니까 자식놈이 고렇게 막되어먹었제."

"그라요. 나는 무식한께 자석 하나 제대로 가리키지 못해 이꼴 당하고 살제라. 자석 하나 잃어뿔렸다, 하고 맴묵었응께 더이상 이래라저래라 하덜 마시써요."

"진짜 콩밥을 멕여야 정신을 차리겠소?"

신사가 위협적으로 말했다.

"콩밥을 멕이든 주리를 틀든 내 알 바 아닌께 어서들 가시오."

그들은 몇번 더 구슬렸지만 벌교댁은 낫을 쥐어들며 말했다.

"먹고살아야 한께로……"

낫을 쥔 손을 벌벌 떨며 벌교댁은 그들보다 먼저 사립문을 나섰다. 그들도 단념하고 세단에 몸을 실었다. 그들이 사라지자 벌교댁은 풀섶 위에 주저앉았다.

(광한아, 이 자석아. 니가 어떤 자석인디. 에미한틴 하늘같은 자석

인디 무담씨 까막소에도 가고 천대를 받고 사냐, 잉.)

벌교댁은 매맞고 돌아온 광한의 몰골을 떠올리고 가슴이 미어지는 듯한 슬픔을 느꼈다. 그러나 에미의 말을 듣지 않는 분노의 감정이 더욱 거세게 솟구쳐 올랐다. 두 감정이 앞을 다투어 싸웠다. 분노의 감정이 워낙 날카로워져서 벌교댁은 눈물도 나지 않았다.

4

그날 오후 늦게 광한과 영길은 7일간의 구류에서 풀려나왔다. 광한은 부모님께 이런저런 사정을 자세히 써서 돈 3만원과 함께 보냈다. 방세와 공과금을 제하고 나니 달랑 2만원이 남았다. 공포가 확 밀려왔다. 아무리 뼈빠지게 일을 해도 가난을 면할 수 없지만 그나마 그 일이라도 못하면 꼼짝없이 굶게 된다. 광주에 나온 지 8년이나 된다. 그동안 놀 틈도 없이 열심히 일을 했지만 지금 남아 있는 것은 아무것도 없다. 그러나? 광한은 그러나에 연결되는 생각들—동료들과 일하고 논의하고 학습하고 신념을 가졌던 것, 노동자가 인간답게 살 수 있는 세상, 그것의 시작인 민주노조 결성 등등—을 구체적으로 떠올려보았다. 아무것도 남은 게 없는 것 같지만 분명히 있었다. 그는 작업장이 그리웠다. 동료들이 그리웠다. 그의 손에 길들여진 기계가 그리웠다. 무슨 일이 있어도 작업장으로 돌아가야 한다.

광한은 회사까지 걸어서 걸릴 시간을 가늠하고 일찍 집을 나섰다. 회사 앞 정류소에서 영길과 만나 정문 쪽으로 다가갔다. 정문이 거대한 철벽과 같았다. 그들을 노려보는 경비원의 눈길이 화살처럼 날아와 가슴에 꽂혔다. 작업벨 소리가 울렸다. 광한은 철문과 쪽문 틈바귀로 얼굴을 들이밀었다. 작업장이 있는 창문에서 손 흔드는 동료를 언뜻 본 것 같았다. 그는 눈을 몇번 껌벅거리고 손을 들어 답을 해주었다. 그러나 이내 작업장 창문이 닫혀버렸다. 아침햇살에 반짝이는 유리창문만 보일 뿐이었다.

경비원이 다가왔다. 그는 가라고 소리를 질렀다. 그러나 회사건물 쪽을 힐끗 보더니 나직이 말하였다.

"이렇게 고집 부려봤자 쓸데없당께. 몸만 축나고, 공연히 파출소에나 끌려가고 말이제. 나도 보기 딱하구만."

"뭐야, 뭐. 얼른 쫓아버리지 않고 뭘 꾸물거려."

달려나온 관리과 직원이 소리를 질렀다. 경비원은 짐짓 험상궂은 표정을 지으며 두 사람을 밀쳐냈다. 쪽문이 거칠게 닫혔다. 두 사람은 철문을 두들기고 발로 차고 소리를 질러댔다. 문은 말없는 벽이었다. 영길이가 쉰 듯한 목소리로 말하였다.

"출근투쟁도 투쟁이지만 노동위원회에 구제신청을 내보는 게 으짤끄나?"

"그래. 무슨 수단을 써봐야 되겠제."

두 사람은 노동위원회가 있는 시내로 걸어갔다. 그들말고도 많은 노동자들이 구제신청을 내고 있었다. 두 사람은 한참을 기다려 접수를 하고 나왔다. 그들은 문구사로 갔다. 급히 작성한 부당해고 철회요구서 2백 매를 복사했다. 퇴근시간까지 기다리려면 아직도 다섯 시간이나 남았다. 그들은 양동시장으로 갔다. 좌판에 쭈그리고 앉아 막국수 한그릇씩을 비웠다. 시장을 어슬렁거렸다. 배, 사과, 단감…… 달콤하고 신선한 햇과일 냄새가 확 풍겨왔다. 광한은 심한 허기를 느꼈다. 방금 막국수로 배를 채웠는데 벌써 허기가 느껴지다니…… 작업장을 떠나면 모든 것이 허기로 느껴지는 때가 종종 있었다. 네온싸인이 반짝이는 밤거리에서 이쁜 여자애들의 발목을 흘깃 본다든가, 각종 전자제품이 늘어서 있는 상가에서 팝송이 흘러나올 때, 또는 백화점의 온갖 호화로운 물품들을 볼 때, 광한은 심한 허기를 느끼곤 했다. 허기 뒤에는 알지 못할 분노가 치밀곤 했다. 그래서 광한은 되도록 시내 중심가엔 나가지 않았다. 그때는 허기의 정체가 무엇인지 생각해볼 겨를도 없었지만 지금 그는 똑똑히 느끼고 있었다. 빼앗겨왔다는 것, 지금도 빼앗기고 있고 앞으로도 계속 빼앗길지 모른다는 것. 이것이 허기의 정체였다. 동료들과 더불어 투쟁의 대열에 나선 것은 이 끊임없는 허기로부터의 탈출이 아닌가도 싶었다.

맛나는 과일을 먹고 싶다. 고기도 먹고 싶다. 건강하고 이쁜 여자애랑 연애도 하고 싶다. 저녁이면 무거운 몸과 머리를 쉴 수 있게 좋은 음악도 듣고 싶다. 한달에 한번쯤 일요일에는 가까운 무등산 중턱이라도 올라가서 맑은 공기를 만끽하고 싶다. 이러한 것들은 무수히 널려 있는데 왜 우리에겐 허용되지 않는 것일까. 우리가 바라는 것이 그렇게 큰 것일까.

광한은 저도 모르게 도리머리를 하고 있었다.

"무신 생각을 하고 있당가?"

영길이가 그의 팔을 툭 치며 물었다. 광한은 쓴웃음을 지었다. 그리고 말하였다.

"복직이 될 때까지 먹고사는 문젤 해결해야 될 텐디 참말로 막막하구만."

"나도 그 생각을 하고 있었제."

"이 근처에 아는 분이 계신데 잠깐 들러봐야 쓰겠어."

"난 아무래도 몸이 안 좋아서 집에 가서 쉬어야 쓰겠구만."

"그라믄 이따 8시에 회사 앞 정류소에서 만나제."

영길과 헤어지고 광한은 장의사가 늘어서 있는 맞은편 거리로 걸어 갔다. 허름한 장의사 간판이 보였다. 널이 한켠에 쌓여 있었고, 짚신 이며 상여꽃들이 죽은 자를 기다리고 있었다. 한지로 만든 하얗고 붉 은 함박꽃들은 마치 살아 있는 꽃처럼 보였다. 죽은 자의 영혼이, 한 지에 소리없이 물이 스며들듯, 살아 생전의 온갖 고통의 여한이 그 상 여꽃에 스며들어 있는 것 같았다.

　　하도 서러워서 못 가겠거들랑
　　넋이 되어 오시고
　　혼이 되어 오소서
　　어허 어허 못 가겠네
　　어허 어허 못 가겠네

(못 가고 있느냐. 비호야. 서러워서 하도 서러워서 구천에 떠돌고 있는 니 넋을 워치게 해야 잠들 수 있게 하겠느냐. 차라리 잠들지 말 거라. 구천을 떠돌면서 너에게 총부리를 겨누었던 자들을 괴롭히고, 가위눌림 당하게 하고, 시뻘건 선혈을 휘뿌리며 죽어간 니 모습이 꿈 속에 나타나게 하고, 이윽고는 너와 같은 죽음 맛보게 될 때까지 잠들 지 말고 지켜보거라.)

광한은 다가갔다. 홍비호의 아버지, 홍노인은 칠성판을 대패로 문대고 있었다. 하던 일을 멈추고 광한을 무표정하게 바라보았다. 광한은 언뜻 홍비호의 모습을 본 것 같았다. 유난히 넓은 이마와, 광대뼈가 튀어나온 것이며, 억센 아래턱, 마당손이라 할 만치 넓적한 손, 엄지손가락 끝이 둥글게 뭉툭하고, 손마디가 짧았다. 그런 손을 보고 광한이가 홍비호를 놀린 적이 있었다.

"애시당초 니는 먹물이 못 된당게. 그 손으로 펜대를 쥐어봐라, 잉. 펜이 꼬부라져 웃겠다."

그런 손은 광한이도 마찬가지였다. 다르다면 손마디가 길달 뿐이었다.

홍노인이 심상한 어조로 물었다.

"5월도 아닌디, 어쩐 일로 다 온당가?"

지난 5월에 다녀간 후로 이번이 처음이었다. 아니 작년에도 5월에 한번 다녀가고, 재작년에도 5월에…… 광한은 표현할 수 없는 노여움이 홍노인의 말 속에 있음을 알아챘다. 홍노인의 5월은 그때 이후로 계속된 것이었다. 광한이로 말하면 먹고사느라고 이따금 홍비호를 잊기도 했다. 그러나 무의식의 끝간 데까지 따라오는 저 처참한 죽음들을 어찌 잊을 수 있을 것인가. 다시는 즐겁거나 행복해질 수 없다는 느낌도 들었다. 온전한 삶을 박탈당한 생존이란 얼마나 적막한 것인가. 홍비호가 죽음으로 맞서 싸웠던 저 적의 무리들이 이 땅에서 사라진다면…… 그래서 광한이 자신도 지금 이렇게 싸워나가고 있지 않은가. 홍비호의 죽음과 연결시키면 어떻게 살아야 할 것인가가 분명해진다. 홍비호의 죽음에 눈물 한번 마음껏 흘리지 못한 것은 저 시퍼렇게 살아 있는 적들에 대한 분노 때문이기도 하다.

"앉거라이."

하고 홍노인이 나무의자를 눈으로 가리켰다. 광한이 앉자 홍노인은 담배를 빼어 물었다. 담배연기가 들어간 쪽의 눈을 씀벅이며 물었다.

"일은 안하고 돌아다녀도 된당가?"

"떨려났어라우."

"고것이 뭔 말이여?"

광한은 저간의 사정을 대충 설명했다.

"……우짜튼 끝까지 싸워야 되는디……"

"그동안 먹고사는 게 문제겠구만."

"아저씬 척하면 삼천리구만요."

"읎는 사람덜이 읎는 사람덜 처지를 아는 법이여. 일이 읎으면 끼니가 간닥간닥해지는 것, 내 다 알제."

"………"

"자네가 하는 일이 용접이라고 했던가?"

"네, 용접이라면 끝내주제라."

"어디 알아볼끄나?"

"그래 주시면 고맙겠구만이라. 그란디 어디까지나 공장에 다시 들어가지 전까지예요. 아침마다 좀 늦을 것이구만요. 공장에 가서 출근투쟁 하고 와야 하니까요."

"똥끝 타는 놈이 바라는 것은 되게 많네이. 될지 안될지는 두고 봐야 알 일이고, 어쨌거나 굶지는 말아야제."

홍노인은 대패를 들었다. 광한도 거들었다. 못도 박고 널 표면에 옻칠도 했다. 광한은 조용하고 수굿하게 손길을 놀렸다. 개개인의 죽음이 비장하듯이 주검을 담을 널 또한 비장해 보였다.

(나 역시 언제인가는 고단한 삶을 끝내고 이 속에 편안하게 뉘어지

겠지.)

상두꾼들이 구슬픈 소리를 먹이는 상여소리가 들리는 것 같았다. 철들기 전 어릴 때는 상여 행렬을 무슨 잔치가 난 것처럼 쫓아다닌 적도 있었다. 같은 마을에 살던 외삼촌이 갑자기 죽었던 날이 떠올랐다. 마을 사람들이 몰려오고 외삼촌 친구들이 어두운 얼굴로 무엇인가를 분주히 준비하고 있었다. 광한은 외삼촌 방으로 들어가려고 했으나 제지를 당했다. 광한은 뒤안으로 돌아갔다. 나뭇단을 옮겨 뙤창 밑에 놓았다. 나뭇단에 올라 찢어진 창호지 틈으로 안을 들여다보았다. 죽은 듯이 누워 있는 외삼촌이 보였다. 하얀 옷을 입고 있었는데, 그렇게 깨끗하게 보인 적은 처음이었다. 외삼촌 친구가 엄숙한 표정으로 외삼촌을 널 속에 넣었다. 어머니가 울부짖었다. 광한은 더럭 겁이 났다. 어머니가 어떻게 될 것만 같았다. 외삼촌은 저렇게 평온하게 누워 있는데…… 다시 일어나 짓궂게 장난도 치고 썰매도 만들어줄 텐데…… 광한은 주머니 속에 들어 있는 팽이를 만지작거렸다. 이것도 외삼촌이 깎아준 것이었다. 어머니가 널을 붙들고 넋두리를 했다.

"이 멍청한 놈아. 빚 2백만원이 사람 목숨보다 더 중요하단 말이제, 이 못난 놈아."

광한은 나뭇단에서 내려와 공연히 집안을 어슬렁거렸다. 외삼촌이 만들어놓은 지게며 망태, 새끼줄들, 또는 새로 간 시렁…… 광한은 헛간으로 갔다. 헛간에는 지난겨울 외삼촌이 온 산을 다 뒤져 고른 덕에 광한의 몸에 딱 맞는 지게다리목 두 짝이 벽에 걸려 있었다. 외삼촌이 말했었다.

"내가 지게를 멋지게 만들어줄 텡께 올 보리농사는 니가 멋진 지게로 다 져 날라라."

상두꾼들이 구슬픈 소리를 먹이기 시작했다. 광한은 어른들이 말리는 바람에 쫓아가지는 못했다. 이상하고 신비스런 일들이 일어날 것 같아 산마루에 앉아 바라보았다. 꽃상여와 만장은 높은 산을 휘돌아 올라가고 있었다. 산기슭엔 불꽃이 달린 듯 진달래꽃이 붉게 타오르고 있었다. 먼 들녘에 아지랑이가 가물가물 피어올라 봄의 습기를 머금은 대지가 마치 숨쉬는 것 같았다. 외삼촌의 넋이 저 아지랑이에 실려 너울너울 하늘로 날아올라가고 남은 사람들만 산을 휘돌아 슬픈 상여소리를 내고 있었다. 그때야 비로소 광한은 외삼촌을 다시 볼 수 없을지도 모른다는 생각이 들었다. 그 이후로는 꽃상여를 바라볼 때 다시는 잔치 기분이 나지 않았다.

건물 너머로 해가 지고 있었다. 광한은 시간이 되어서 나갈 채비를 했다. 홍노인은 천원짜리 두 장을 광한의 주머니에 쑤셔넣었다.
"언제든지 오거라이."
홍노인이 다심하게 당부했다.

영길은 미리 와 있었다. 그들은 골목길을 서성거리다가 동료들이 밀려나오자 부당해고철회서를 뿌렸다. 경비원이 허겁지겁 달려나왔다. 유인물을 받아가던 동료들이 주춤했다. 그러나 유인물을 받던 동료들 중엔 말없는 표시를 하기도 했다. 손을 꼭 쥐어준다든가, 눈 한쪽을 찡긋해 보이기도 했다. 경비원의 완강한 제지로 반도 못 뿌리고 밀려나왔다. 이튿날 회사 정문 앞에서 다시 유인물을 뿌렸다. 갑자기 오토바이 소리가 들렸다. 그들은 파출소로 연행되었다. 얼굴을 알아본 정보과 형사들이 발길질을 하며 욕을 퍼부었다. 또다시 3일간의 구류처분을 받았다. 죄목은 도로교통법위반이었다. 이틀 만에 영길이 어머니가 면회를 왔다. 어머니와 면회를 마치고 돌아온 영길이의 표정이 어두웠다. 영길은 한동안 창살을 바라보고 있었다. 전경 두 명이 무엇인가 이야기를 주고받고 있었다. 이따금 이쪽을 쳐다보곤 했는데 그때마다 광한은 우리에 갇힌 짐승 같은 느낌이 들기도 했다. 영길은 차가운 벽에 등을 기대고 깊은 한숨을 내쉬었다.

"영길아, 안 좋은 소식이라도 들었냐?"

하고 광한은 조심스럽게 말을 꺼냈다.

영길은 노동으로 단단해진 검고 큰 손을 깍지 끼우고 조용하게 말하였다.

"냅다 야단만 치시더랑께."

"………."

"포기하라는 게야. 되지도 않을 거, 고생만 하고…… 엄니가 파출부 노릇으로 벌어다주는 돈으로 놈팽이처럼 살 거냐고 펄펄 뛰시더랑께."

"정말 복직이 되는지 안될지 종잡을 수 없기도 해."

"그렇기도 해."

"이런저런 것 다 걷어치우고 딴 공장에 취직할까 하는 생각도 들고……"

광한이 힘없이 말했다. 영길은 깍지 낀 손을 풀며 말했다.

"딴 공장엔 취직이 쉽게 된대? 이미 블랙리스트에 올라 있을 거구만."

"가족들이 이해만 해줘두 신간 편할 텐디 말여. 난 부모님께 생활이랑 생각이랑 자세히 써서 편질 보냈어. 이해하실진 의문이지만 노력은 계속해야제. 영길아, 엄니께 니 생각을 말씀드려봤제?"

"이따금 드리기도 하지만 워낙 먹고살기가 팍팍하니께, 내 말 같은
건 머리에 들어가지도 않제."

"참말로 투지나 신념 같은 건, 먼저 내가 먹고살 만한 다음의 일일
까, 잉?"

광한이가 자조 섞인 어조로 물었다.

"그렇지는 않제. 먹고살기 위해서, 인간답게 먹고살기 위해서 싸우
는 것인데, 싸움에는 신념이 필요하고…… 그렇다면 이것은 순차적이
아니라 하나일 수도 있겠제."

"그러기 위해선 워치께든지 작업장으로 돌아가야 쓰겠어."

광한은 흔들리는 마음을 확고한 말로 다잡기라도 하려는 듯 또박또
박 말하였다. 그리고 손을 흔드는 동료들의 모습을 그려보려고 애썼다.

3일간 구류를 살고 나온 날 광한은 부모님께 긴 편지를 썼다. 편지를
쓰고 나서 다시 한번 읽어보니 꼭 자기 자신에게 다짐을 하는 투였다.

5

편지를 받아본 벌교댁은 확 구겨버렸다.

(아즉도 정신을 못 차렸당께. 인제는 즈그 에미까지 가르칠라고 달
라드네 잉. 염병할 놈. 오냐, 니가 사서 하는 고생인께 어디 두고 보
자, 잉.)

벌교댁은 바싹 마른 솔가지로 군불을 땠다. 불꽃이 탁탁 튀기며 피
어올랐다. 불담이 좋아 금세 더운 기가 돌았다. 벌교댁은 주머니에서

구겨진 편지를 꺼냈다. 불 속으로 던질까 하다가 그래도 아들의 편지
인지라 다시 한번 읽어보았다.

(…) 우리가 못사는 것은 우리 잘못이 아닙니다. 어머니 아버지
가 평생토록 쇠빠지게 일해오셨는데 지금 남아 있는 것이 무엇입니
까 (…) 아버지는 농약중독으로 누워 계시고 어머니는 고운 옷 한
벌 입어본 적이 있습니까 (…) 농토는 줄어들고 저는 학교도 제대
로 다니지 못했지요. 오히려 일 안하는 사람들이 더 잘살지 않습니
까? 제가 부르짖는 것은 노동으로 사는 사람들은 정당한 대가를 받
아야 한다는 것입니다. 그런데 이 사회는 그렇지 않지요. 오히려 우
리를 천하게 여기고 인간 취급을 안합니다. 이것은 뭔가 잘못되어
있는 것이지요. 가만히 있으면 요모양 요꼴로 살 수밖에 없어요.
아버님, 어머님.
좀더 나아진 세상을 만들어야 하지 않겠어요? 그래서 제가 싸우
는 것입니다.

벌교댁은 옷 한벌, 하는 대목에서는 눈귀에 눈물이 번지다가 다시
눈살이 꼿꼿해졌다.
(이 자석아, 뭘 몰라도 크게 모르구만, 잉. 대처 물 먹어서 머리가
트인 줄 알았드만 영 궁냥이 좁아졌구만. 위째 시상을 고러크름 몰러.
가난은 팔자랑께. 팔잘 워치께 고쳐?)
"아들한테 편지 왔나보구만, 잉."
어느새 왔는지 나주댁이 정짓목에 걸터앉으며 말했다. 벌교댁은 편
지를 주머니에 쑤셔넣었다.

"무신 좋은 소식이라도 왔다요?"

"좋은 소식은 무신……"

벌교댁은 말끝을 흐렸다. 나주댁은 제격 눈치를 알아채고 편지에 대해선 더이상 묻지 않았다. 벌교댁은 솔가지를 꺾어 아궁이에 넣었다. 나주댁이 말하였다.

"저녁밥 먹은 후에 거북이네 집에서 회의가 있다등만요."

"뭔 일로?"

"고추 땜세 의논들을 할 모양이구만요."

"와 이장댁에서 모이지 않제?"

"긍께, 이장이 이리 빼고 저리 빼고 함스로 입을 다물고 있은께, 속 타는 놈이 일 서두른다고 거북이 아버지가 오늘 농협엘 갔다왔다등만요."

벌교댁의 여윈 볼에 붉은 혈조가 엷게나마 어리었다. 반가워 매달릴 듯한 어조로 벌교댁이 물었다.

"농협에선 뭐라고 했대여?"

"안즉은 모르겄소. 이따 가보면 알겄제라. 그라믄 몇군데 더 알려야 되겠은께 이만 가볼라요."

나주댁이 돌아간 뒤, 벌교댁은 서둘러 저녁밥을 지었다. 볼깃한 저녁노을이 산 위에 길다랗게 비꼈다.

낫 같은 초생달이 나뭇가지 사이로 기웃이 솟아올랐다. 거북이네 집으로 향하는 벌교댁의 발걸음은 별나게 가벼웠다. 쌉쌀한 마른 쑥냄새가 바람에 묻어왔다. 이슬이 소리없이 내렸다. 풀벌레 소리가 들려왔다. 발걸음 소리가 다가가면 풀벌레 소리가 일단 멎었다가 몇발짝 옮기면 다시 청을 돋우었다.

여름엔 농약냄새로 개구리, 메뚜기조차 보이지 않았다. 입이 헛헛한 아이들은 달마중이나 삐비로 입을 달래곤 했다. 올 봄에 중학교에 입학한 광옥이는 아직도 어린 티가 가시지 않아 학교에서 돌아오면 입노릇할 것을 찾곤 했다. 초등학생 시절엔 마을 근처에 학교가 있었다. 모두 그만그만한 살림들이라 감자, 옥수수, 고구마 등으로 만족했는데, 읍내에 있는 중학교에 간 이후로 사정이 달라졌다. 학교가 파한 뒤면 튀김집이며 빵집에도 들르는 친구들이 있어 광옥이의 욕구도 새로워졌다.

"엄니, 짜장면이라고 있다는디 우리 한번 먹으러 가자, 잉."
하고 광옥은 눈을 올롱히 뜨고 보채기도 했다. 고추값 나오면 우리 딸내미 짜장면 한그릇 사줘야제, 하고 생각하다가 광한의 핏기 가신 얼굴이 떠올랐다. 가슴이 아릿해왔다. 무심코 손을 주머니에 넣었다. 구겨진 편지가 손에 와닿았다.

"오살 육시랄 놈."
욕을 뱉어내고 눈뿌리에 걸린 눈물을 손등으로 씻어냈다.

소슬한 바람이 불어왔다. 억새 설렁이는 소리가 들려왔다. 느티나무가 흐릿한 달빛 속에 나타났다. 그 뒤로 거북이네 집이 있었다. 여름날이면 시원한 그늘을 만들어주던 느티나무가 몇년 전부터 시름시름 앓기 시작했다. 거북이 아버지는 애가 타서 막걸리도 부어주고, 퇴비를 만들어 나무 둘레를 파고 뿌려주기도 했지만 소용이 없었다. 거북이 아버지는 이모저모로 궁리한 끝에 병의 원인을 찾아냈다. 농약 때문이라는 것이다. 농약포대를 풀어 각각 나누어 가는 곳이 바로 느티나무 밑에서였다. 그때 흩뿌려진 농약이 땅으로 스며들어 2백여년은 더 살았을 고목을 일거에 쓰러뜨리는 것이었다. 그때부터 거북이 아버지는 농약의 피해를 누누이 이야기하곤 했지만 누구 한사람 귀담아 듣는 사람이 없었다. 농약을 안하면 소출이 적어진다. 소출이 적어지면 그나마 가난한 살림마저 쪽박 차게 될지도 모른다. 농약에 잠긴 밥이라도 건져 먹어야 할 판이었다.

누렇게 시든 잎사귀들이 하늘거리는 품이 스산스러웠다. 벌교댁은 열린 사립문을 들어섰다.

"어서 오시씨요. 저녁밥은 자셨소?"

하고 거북이 엄마가 맞아주었다. 마루와 연결된 장지문을 툭 터놓았다. 30여명이 됨직한 부락 사람들이 둘러앉아 수런거리고 있었다. 거북이가 고구마 한개를 쥐고 엉금엉금 걸어다니고 있었다. 범철이라는 번듯한 이름이 있건만 모두들 거북이라고 불렀다. 그애를 보면 수긍이 간다. 유난히 목이 짧은데다 조금 안짱다리였다. 아낙네들의 말밥을 들어보면 에미가 거북이를 뱄을 때 거북인가 자라인가를 먹었다는 둥, 증조부가 2백년 묵은 거북이를 죽였다는 둥, 갖가지 해괴한 소문이 날아다녔다. 그러나 기실은 범철이에 대한 귀여움에서 나오는 별명이었다. 거북이 아버지, 윤규식이 마을 사람들에게 쏟는 정성은 이렇다 하게 번뜻 뜨이는 것은 없지만 개개인의 집안 사정을 잘 알아 관심을 가져주었다. 그래서 각자는 윤규식을 가장 친한 사람으로 자처하고 있었다.

장지문 문턱에 앉아 있던 윤규식은 담배만 뻐끔뻐끔 피우고 있었다. 그는 신경을 써서 놓아둔 농민회 회보에 가끔 눈길을 주곤 했다. 회보는 앉은뱅이 책상 밑에 있었다. 그 옆에 앉아 있던 천서방이 윤규식이 건네준 담배에 불을 붙이고 한모금 빨다가 무심코 회보를 집어 들었다. 한번 훑어보고는 고개를 끄덕이며 혼잣말처럼 중얼거렸다.

"참말로 옳은 말만 써 있네, 잉."

"뭔디 고러크름 봐싸?"

어느새 한자리 끼여든 김서방이 회보를 나꿔채려고 한팔을 뻗쳤다. 천서방은 뺏기지 않으려고 몸체를 옆으로 틀었다. 그리고 연신 고개를 끄덕이며 중얼거렸다.

"하믄, 하믄."

"음머, 참말로 열받치네, 잉."

하고 말하다가 김서방은 빙긋 미소를 짓고 있는 윤규식과 눈이 마주쳤다. 김서방이 잇대어 물었다.

"자넨 무슨 내용인지 알고 있겄구만, 잉?"

"지는 모르겄소."

윤규식은 시치미를 빡 따고들었다. 나주댁이 천서방을 향해 한마디 퉁겼다.

"남정네가 검측스럽게 놀고 있네, 잉. 예쁜 각시 사진이라도 나와 있을끄나?"

그제서야 천서방은 회보를 마룻바닥에 내려놓았다. 김서방이 팔을 뻗치려는 찰나, 나주댁이 걱실한 몸짓으로 막으며 각단지게 말하였다.

"지금이사 딴 데 신경을 쓸 틈이 없어라. 대충 모였은께 아우님이 이야기를 시작해보더라고."

나주댁은 성씨가 같아 윤규식을 그렇게 불렀다. 모두들 주위를 둘러보며 한마디씩 했다.

"이장님은 안 오신당가?"

"박회장님도 온다고 하등만 워째 꿩 귀묵은 소식이여?"

아닌게아니라 부락 유지급들은 한 사람도 나오지 않았다. 유지급이

라야 이장과, 새마을회장인 박두수와 농조직원인 김영우뿐이지만.

"아마 오지 않을지도 몰러."

"긍께로, 우리 같은 가난뱅이 끄트머리들이 모인 데는 안 오겠다, 이 말이지러?"

"아, 이번 일이야 이장이 나서서 혀줄 일인디 깜깜무소식이니, 나원."

여기저기서 터져나오는 모든 말을 가벼운 웃음 속에서 듣고 있던 윤규식은 피우던 담배를 조용히 껐다. 그는 눈꺼풀이 두꺼워 성실해 보이는 눈을 가지고 있었고 이마가 넓었다. 그는 한사람 한사람 탐탁한 마음으로 정겨이 바라보았다. 모내기를 끝내고 들놀이를 갔다온 이후로 이렇게 모여보기는 처음이었다. 그때도 세 명의 유지급들은 가지 않았다. 들놀이에서 계 형식으로 협동회를 만들자는 이야기가 나왔다. 가난한 사람들끼리 도우며 살자는 소박한 바람에서였다. 그러나 이 일이 발단이 되어 윤규식은 읍내 지서에 끌려갔다. 정보과장이 심문했다.

"자네가 주동이 되어 빈민조합을 만들었지?"

하고 다짜고짜로 다그쳤다. 윤규식은 사람 좋아 보이는 그 수더분한 얼굴에 난색을 지으며 더듬거렸다.

"무신 말씸인지 도통 모르겠어라."

"이 새끼가 오리발이네. 전번에 들놀이에 가서 빈민조합인가 뭔가 하는 회를 만들었잖아."

"아, 그거요? 전 또 뭐라구…… 농민협동휠 말하는 것 같은디, 빈민조합이라고 이름붙인 적은 없어라."

"구성원이 모두 빈민이라는디 빈민조합이 아녀?"

"농사짓는 게 다 가난뱅이밖에 될 수 없는디요. 갈수록 가난해진께로 정말 속상하구만이라."

"누가 자네 사정을 듣자고 했어?"

"빈민 빈민 말해싸니까 그라제라. 빈민이라면 무슨 불온한 사람맨치로 말한께 화가 난당께요."

"이 새끼가 말이 많구만."

하고 정보과장이 책상을 주먹으로 꽝 내리쳤다. 그리고 잇대어 목청을 높였다.

"빈민조합 만든 동기가 뭐냔 말이여?"

"빈민조합이 아니라 계 형식으로 협동회를 만들자고 얘기들을 나누었어라."

"그러면 왜 부락 사람들이 모두 그 회에 끼지 않았어?"

"들놀이에 같이 가자구 했제라. 안 가겠다고 하등만요. 소맨치로 코뚜레를 끼워 끌고 갈 수도 없제라."

"그 회를 만든 동기가 있을 거 아냐?"

"동기가 뭐 뚜렷한 게 있겠어라? 그냥 워낙 읎는 사람들인께 계라도 만들어 서로 의지도 하고, 건전한 방향으로 살자고 격려도 하고…… 뭐 그런 것이제라."

"이 새끼, 아주 능구렁이구만. 그 뒤에 감춰진 뜻을 누가 모를 줄 알아?"

"감춰진 뜻이라고요? 난 잘 모르겠는디 과장님이 한번 말씀해주시쇼."

"이 새끼가 누굴 갖고 놀려고 해?"

정보과장이 자리에서 일어나 윤규식의 정강이를 냅다 걷어차는 시능을 했다. 윤규식은 이럴 때일수록 뻗대야 한다는 걸 본능적으로 알고 있었다.

윤규식은 책상 모서리를 움켜쥐고 목청을 높였다.

"그라믄 불우이웃돕기 하는 것도 다 감춰진 뜻이 있단 말이어라? 대통령 부인도 불우이웃돕기 잘하등만요."

"그분이 누군디 함부로 입에 올려싸?"

"워메. 우리나라 국모인디 부르지도 못허요? 옛날엔 신문고라도 있어 억울한 일을 나랏님에게 알렸다는디, 나도 국모에게 펜지 한번 내볼라요. 우리끼리 불우이웃 돕자고 하는디 누구가 못하게 한다고 말이어라."

"불우이웃 돕는 걸 누가 말리자고 했는가?"

정보과장이 말씨를 누그러뜨렸다.

"지금 이런 데 끌고 온 것이 그런 것이 아니고 무엇이겠어라. 그것도 일하는 사람을 막무가내로 끌고 왔음스로……"

"서로 돕는 것도 좋은 일이긴 한데 같은 부락 내에서 대립이 되면 안되지."

"대립을 하긴 누가 대립을 했단 말이어라?"

"신고가 들어왔어, 이 사람아."

정보과장의 음성이 한결 낮아지며 윤규식의 눈치를 살폈다. 윤규식은 당황한 기색을 감출 요량으로 담배를 빼어 물었다. 과장이 라이터 불을 붙여주었다. 윤규식은 담배연기를 천천히 내뿜으며 물었다.

"누가 신고를 했다요?"

"같은 부락 사람인데 밝힐 순 없고, 대통령도 총화단결을 말씀하셨는데 같은 부락 내에서 총화단결이 안되면 어쩌겠나?"

"우리는 총화단결을 했제라. 고발한 자들이 안했제, 안 그러라?"

"아무튼 앞으로 총화단결을 위해하는 짓은 하지 말게나."

윤규식은 어이도 없고 열도 받치고 해서 그날 억수로 술을 퍼마셨다. 그 일 이후로 계도 협동회도 흐지부지되어 버렸다. 이런 일이 어떻게 알려졌는지 군농민회 총무가 찾아왔다. 윤규식은 군농민회에 가입했다.

농민회 총무의 말은 부락 단위 농민회를 결성하는 것이 가장 중요하다는 것이었다.

벌교댁은 까시시 보풀이 인 입술을 달싹이며 윤규식을 바라보고 있었다. 윤규식은 담배 중동을 비벼 끄고 조용히 말하기 시작했다.

"다 아시겠지만 오늘 농협엘 갔었구만요. 처음엔 대꾸도 안혀주고 요리조리 피하길래 아예 들어앉을 심산으로 한쪽에 버티고 서 있었제라."

"싸게 본론으로 들어가보더라고."

천서방이 참지 못하고 촐싹거렸다. 윤규식이 계속해서 말하였다.

"낮밥까지 먹은 후에야 직원 하나가 슬쩍 귀띔을 해주더랑께요."

"그래서?"

다시 천서방이 덤벼쳤다.

"아직 위에서 결정사항이 전달되지 않았다고 하등만요."

"뭣이여? 여적까지 결정사항이 전달되지 않았다고라?"

나주댁이 되뇌이고는 열이 받치는지 얼굴이 상기되었다. 그럼직한 훈수를 잘 내리는 지서방이 한마디 던졌다.

"이번 일도 흑막이 있단 말시."

"수매값 발표한 것이 폴쎄 반달이 지났는디 여적 지시가 없다는 게 말이 되는 것이여?"

천서방이 말하자 윤규식이 말을 받았다.

"그랑께, 오면서 곰곰 생각해본께로 갑자기 수맬 한다고 발표한 내막이 있을 거구만요."

"때가 때인만큼 저것들이 입막음하려고 한 것이 아니겄소, 잉?"

나주댁이 말하자 김서방이 물었다.

"때가 때라니?"

"아니 시상 돌아가는 것도 모르요? 신문도 좀 보고 뉴스도 좀 들어보고 사시씨요."

더 말이 거세게 나올 것 같아 윤규식은 표 안 나게 말을 이어나갔다.

"때라면 다 아시겄지만 오림픽을 말하는 것 아니겄소?"

"그랑게, 오림픽이니 하고 시상천지에서 왼갖 잡것들이 다 오는디, 양양 농민들이 맵다 일어났으니 나라 체면상 입막음을 했다. 이런 말이시."

지서방이 말했다. 천서방이 혼잣말처럼 중얼거렸다.

"오림픽인지, 내림픽인지 원……"

"고추금만 혀도 그러라. 수매발표 전까진 2천원이 웃돌았제라. 근디 수매가를 2천원으로 폴싹 깎아내리니, 장사치들이 얼씨구나 하고 값을 내리쳐버렸제라."

나주댁이 말하자 모두들 한숨을 내쉬었다. 천서방이 갑자기 생각난 듯 고개를 갸웃거리며 물었다.

"규식이, 거 참 이상한 일이 있는디 답해보더라고."

"뭣인디요?"

"파는 사람덜이 가격을 정해야 되는디 우리 것은 우짜서 저것들 맘대로 정한당가?"

"고것이야 농협이 새중간에서 잘혀야 되는디 농협이랑 게 우리 편이 아닝께 그렇지 않겄소?"

윤규식이 대답하자 저마다 한마디씩 씨걱거렸다.

"지미, 씨펄놈의 출자금을 해마다 거둬다가 뭣 하는 것이여."

"농민을 위한 조합, 말이 좋제. 우리들 뜯어먹는 기관이 뻔헌디……"

떠도는 말들이 가라앉으면서 한숨들이 새어나왔다. 한숨이 낮추 떠돌면서 사람들의 가슴을 답답하게 조였다. 각자들 나름대로 세워놓았던 계획들이 부서져나가는 듯한 소리가 들리는 것 같았다. 윤규식이 침묵을 깨며 말했다.

"안즉 실망하실 건 없겠구만요. 오늘은 지 혼자 갔은게 책임없이 말할 수도 있었을 거구만요. 내일 같이들 가봐서 정확히 알아보는 것이 우짜겄소?"

모두들 동의했다. 다 몰려갈 수는 없고 대표자 다섯 명을 뽑았다. 말발이 있는 대표자를 고르는데 모두 남자였다. 나주댁이 시뜩한 눈길로 한마디 던졌다.

"워째 남정네만 고른다요? 나도 한자리 끼일라요. 앉아서 기다리기도 열불나니게. 요것들 그저 수틀린 소리 해싸면 네쿠타이를 획 잡아끌어서 분풀이라도 해야 쓰겠구만."

나주댁은 갑자기 생각난 듯 농민회 회보를 획 집어들었다. 김서방은 놓친 것이 아까운 듯 회보를 빠히 쳐다보았다. 천서방이 빙긋 웃으며 김서방을 향해 농을 쳤다.

"에이 이쁜 각시 사진도 못 보게 됐네, 잉."

244

"하믄, 하믄."

나주댁이 연신 고개를 끄덕이며 중얼거렸다.

"우짜서 고것밖에 안된당가?"

"뭘 혼자서 씨불거린다요?"

하고 김서방이 밸풀이로 눈길을 치떴다. 나주댁은 회보를 마룻바닥에 탁 펴놓았다. 그리고 윤규식을 향해 말하였다.

"아우님, 나는 4백만원이 웃돌고 있어라."

회보엔 농가부채에 대한 기사가 자세히 적혀 있었다. 호당 3백만원의 빚을 지고 있다는 내용이었다. 김서방이 기어코 회보를 손에 넣고 마지막 문구를 읽어나갔다.

(이 엄청난 액수의 부채가 농민이 게으르고 무식해서 생긴 것인가?)

"워메, 천불 날 소리 하고 자빠졌네."

김서방댁이 말했다.

(결코 그렇지 않다. 농민들은 노동자들과 마찬가지로 열심히 일해왔다.)

"하늘이 알고 우리가 알제."

벌교댁이 들릴락말락한 소리로 중얼거렸다.

(그러나 농민을 희생시키는 잘못된 농업정책 때문에 농민들은 헤어날 수 없는 빚더미 위에 올라앉아 있다.)

"워메, 시원한 거. 나가 하고 싶은 말을 다 혀주네, 잉."

지서방이 말했다. 천서방이 회보를 끌어당기며 말했다.

"어이, 규식이. 요런 거 자네 혼자 꿍쳐서 읽으면 안되네, 잉. 요런 거라도 읽어야지 시상 돌아가는 사정을 알 수 있제."

모두들 속에 있는 불안을 애써 감추며 돌아갔다. 벌교댁이 사립문을 나서려는데 윤규식이 따라나왔다. 사람들이 멀어지자 윤규식이 나직하게 물었다.

"광한인 워치게 지낸다요?"

"글씨, 그냥 뭐……"

벌교댁은 말끝을 사려버렸다.

"아짐씨, 너무 심려 마시씨요. 요즘 똑똑한 청년들이 어디 가만히 있을 수 있겠어라우?"

"황소고집이라 에미 말을 안 듣는구만."

"광한이가 그러는 것도 다 이유가 있을 거라는 생각이 드는구만요."

벌교댁은 대꾸도 없이 어둠에 잠긴 오솔길을 걸어갔다. 돌개바람이 몰려왔다. 억새가 서걱거렸다. 윤규식이 주머니에서 부스럭거리며 봉투를 꺼냈다. 그리고 벌교댁의 손에 쥐여주었다.

"요것이 뭣이당가?"

"전번에 약값으로 빌려달라는 돈이어라우."

"자네두 힘들 텐디……"

"아픈 사람 병원엔 못 갈망정 약이라도 드셔야제라."

"고추값 나오면 이내 갚으겠네."

"그라요. 고추값 나오면…… 그라믄 살펴가시오, 잉."

윤규식은 되돌아갔다. 벌교댁은 가물거리는 불빛을 따라 걸음을 옮겼다.

6

　검은 구름이 몰려서 별빛마저 삼켜버린 밤이었다. 광한과 영길은
시멘트 담을 따라 걸어가고 있었다. 이따금 택시가 지나칠 뿐 도시는
어둠에 잠겨 있었다. 담 안쪽으로 은행나무가 있는 곳에 다다르자 영
길이가 말했다.

　"여기서 넘제."

　광한은 등을 구부렸다. 영길은 광한의 등을 발판 삼아 시멘트 담을
넘었다. 영길은 은행나무 둘레에 줄을 단단히 매고 다른 한쪽 끝을 담
밖으로 던졌다. 광한은 줄을 타고 담을 넘었다. 공장 지붕 네 귀퉁이
에 수은등이 흐릿한 불빛을 던지고 있었다. 그 불빛 속에 버티고 선
건물은 괴물 같아 보였다.

　그들은 작업장 쪽으로 발걸음 소리를 죽이며 허리를 낮추어 빠른
걸음으로 기어갔다. 그들은 화장실과 통하는 뒤쪽 작은 샛문 쪽으로
갔다. 광한은 미리 준비해온 드라이버로 샛문 아귀를 맞춘 못을 빼냈
다. 안쪽에 또다른 문이 있었다. 영길은 익숙한 솜씨로 베니어판을 뜯
어냈다. 작업장 안으로 들어서며 영길이가 말하였다.

　"못할 것이 없구만, 잉."

　"우린 노동자여. 우리 손에 들어오면 못해낼 것이 없당께."

　광한이가 대꾸했다.

　수은등 불빛이 창문으로 새어들어왔다. 어둠에 잠겨 있던 기계들이
차츰 형태를 나타냈다. 높은 천장으로 가로질러 있는 거대한 호이스
트 축에 덩그마니 매달려 있는 쇠사슬고리가 그처럼 육중하게 보이기
도 처음이었다. 집채만큼씩 큰 절단기와 유압식 금형프레스기도 얌전

하게 꼭 그대로 자리를 지키고 있었다.

영길은 프레스기 뒤쪽에 앉았다. 광한이 말하였다.

"암만해도 내 부서에 좀 가봐야 쓰겠어. 그동안 너무 궁금해서."

"야, 임마. 그냥 숨어 있제. 들키면 어쩔라구."

"내 슬쩍 기어갔다 올랑게, 넌 여기 꽉 엎어져 있더라고."

밴딩기와 왼쪽 벽면 틈 사이로 광한은 쇳조각들을 조심스럽게 밟으면서 돌아지나갔다. 작업시간 중에 동료들과 밴딩기 이쪽에 몸을 붙이고 반장 몰래 담배를 피우던 자리다. 밴딩기 기사로 있던 박기사의 수더분한 얼굴도 생각났다. 널찍널찍한 용접대와 벽면에는 눈에 익은 공구함이 가지런히 놓여 있었다. 그리고 스포트용접기가 외롭게 앉아 있었다. 용접대 밑을 기어서 스포트용접기 앞에 섰다. 불시에 눈뿌리를 화끈 지지며 뜨거운 것이 흘러내렸다. 광한은 부드러운 손동작으로 용접기를 이리저리 쓰다듬었다. 세세한 부분들이 손에 마쳐왔다. 얼마나 그리웠던가. 잃었던 자신의 물건을 다시 찾은 듯 그는 안도의 숨을 내쉬었다. 어떤 종류의 용접이라도 공장 내에서 그 어느 누구도 광한을 따라올 수 없었다. 사람이 아침저녁 세수하듯 기계도 마찬가지여서 그는 반장이 시키지 않아도 용접기를 닦고 또 닦았었다. 기계 돌아가는 소리를 듣고도 기계가 어떤 상태인지를 담박에 알았다. 광한은 이동선반을 손으로 쓸어보았다. 손잡이를 가볍게 돌려보았다. 광한이가 보살필 때는 손잡이가 힘주는 처음 턱을 넘으면 그뒤로 자연스럽게 걸리는 것 없이 좔좔 돌아갔는데, 벌써 몇턱을 넘어도 선반은 이동할 생각을 안했다. 손잡이의 느낌도 부드럽게 돌아가는 것이 아니라 껄끄적거리는 감이 손에 전달되었다. 그는 입속말로 뇌었다.

"벌써 기계에 무리가 갔구만."

광한은 못내 안타까운 듯 스포트용접기의 육중한 몸체를 몇번 쓸어보았다.

(너를 위해서도 내가 필요한다……)

그는 손등으로 눈물을 훔치고 조심히 걸음을 옮겼다. 절단기 옆을 돌아서는 순간에 영길과 맞닥뜨렸다.

"아이구, 깜짝이야. 넌 뭐 하니?"

광한이 말하자 영길이가 절단기에 손을 댄 채로 씩 웃으며 대꾸했다.

"이거 내 기계 아닌가벼. 하도 오랜만이라 일하고 싶어 미치겠당게."

"짜아식."

"광한아, 이 집채만큼 큰 기계가 우리 손가락 하나로 움직인다는 게 어떤 땐 이상하게 느껴져."

"야, 니 기계는 워째 이 모양이대? 꼭 코끼리같이 몸체만 커가지구서는 멋대가리가 없어."

"그런 소리 하덜 말더라구. 도면에 따라 맞추어놓고 십 밀리, 이십 밀리 철판도 페달 한방 밟으면 팡팡 튀기며 무 썰어져나가듯 할 땐, 정말 가슴까지 시원시원해진당께. 너 이 기계 우습게 보지 마라. 이런 기계, 광주공업단지 안에도 몇대가 안된다."

두 사람은 문득 서로 한참 쳐다보다가 멋쩍은 듯 씩 웃었다. 광한이가 말하였다.

"야, 이렇게 서성거리다가 들키면 맞아죽는다. 저 밴딩기 옆이 숨어 있기에 안성맞춤이라구."

그들은 밴딩기 쪽으로 기어갔다. 웅크리고 앉았다. 광한은 시계를 보았다. 다섯시가 조금 넘어 있었다. 그들은 깜빡 쪽잠에 떨어졌다.

덜커덩하는 소리에 광한은 눈을 떴다. 영길도 눈을 떴다. 문이 열리는 소리에 뒤이어 발자국 소리가 났다. 계속 이어지는 발자국 소리들. 그리고 귀에 익은 동료들의 목소리. 기태의 목소리를 확인한 광한과 영길은 슬며시 몸을 일으켰다. 기태는 담배를 꺼내어 물고 있었다. 담배에 불을 붙이고 한모금 들이빨다가 광한과 눈이 마주쳤다. 기태의 눈시울이 위로 치켜올라갔다.

"느이들……"

말마디를 뇌며 기태는 두 사람 쪽으로 걸어왔다. 두 사람의 손을 잡으며 기태가 말하였다.

"그동안 고생 많았제."

다른 동료들이 몰려와 한마디씩 던졌다.

"니들 생각하면 늘 맴이 아팠제."

"진짜 기쁘구만, 잉."

"그라믄 다시 복직이 된 거제?"

누군가가 물었다. 영길은 새벽의 잠입을 설명했다.

"……우리는 작업장으로 돌아오고 싶었제."

작업장에 침묵이 서려돌았다. 그때 작업벨 소리가 울렸다.

"광한아, 영길아."

이렇게 불러놓고 기태는 잠시 주저하다가 잇대어 말했다.

"의논들을 했으면 좋겠는디…… 곧 반장이 올 거란 말야."

말이 채 끝나기도 전에 반장이 들어섰다. 두 사람 주위를 둘러싸고 있던 동료들이 주춤거리며 물러났다. 반장이 소리쳤다.

"느이들, 뭔 일이야?"

"………"

"어떻게 들어왔어?"

"우리 오늘부터 무조건 일해야 쓰겄소."

영길이가 말했다. 반장은 입가에 비웃음을 띠며 퉁명스럽게 말했다.

"누구 맘대로."

"우린 일할 권리가 있제라."

광한이가 대꾸했다.

"이 자식들, 지들 멋대로네."

하고 반장은 두 사람 옆에 서 있는 기태를 보고 소리쳤다.

"야, 넌 빨리 제자리로 돌아가서 일이나 해."

기태는 주춤거리며 발을 떼어놓다가 두 동료를 바라보았다. 기태는 마른침을 삼키고 반장에게 말하였다.

"반장님, 친구가 이런 일을 당하니까 우리들도 괴롭구만요. 이번 한 번만 선처해주시면 저 친구들도 착실히 일한다고 하등만요. 일도 끝 내주는 친구들이잖아요."

반장은 사람을 무시하는 듯한 웃음을 지으며 나가버렸다. 잠시 후 에 발걸음 소리가 우루루 몰려들었다. 구사대들이 들이닥쳤다. 기태 와 몇몇 동료들이 영길, 광한을 막아섰다.

"어, 이 새끼들 보게. 느이들도 맛 좀 보고 싶어?"

구사대들이 눈을 까지껏 부릅뜨고 달려들었다. 순식간에 기태와 몇 몇 동료들을 구둣발로 짓이겼다. 영길과 광한은 질질 끌려나갔다. 벽 에 몰려 서 있던 동료들은 겁기어린 얼굴로 바라보고 있었다.

무딘 송곳으로 뒷골을 때리는 듯한 통증으로 광한은 의식을 차렸 다. 가까스로 눈을 떴다. 캄캄하다. 이곳은 어디인가 대중을 잡을 수 없다. 숨을 헐떡이는 소리가 났다. 광한은 손으로 더듬었다. 끈적한 촉감이 느껴졌다. 영길은 엎어져 있었다. 다시 손을 휘저었다. 차가운 벽이 손에 닿았다. 사방 공간은 작다. 광한은 주머니를 뒤졌다. 일회용 라이터를 꺼냈다. 켰다. 어둠이 가시면서 광한은 낮은 신음소리를 냈다. 엘리베이터 안이었다. 그렇다면 사장실이 있는 본관건물 안이 분명하다. 영길이가 신음소리를 토해냈다. 광한은 영길을 흔들었다. 꼼짝도 하지 않았다. 라이터가 달아져 뜨거웠다. 껐다. 이대로 죽는 것이 아닌가, 공포감이 확 밀려왔다. 다시 라이터를 켰다. 그러나 불꽃이 산소를 잡아먹는 것을 기억해냈다. 다시 껐다. 산소 부족으로 개구리처럼 뻗어버린 자신의 몸체가 선연히 떠올랐다. 숨이 가쁘다. 머릿속이 구정물이 들이찬 것처럼 먹먹하다. 가슴이 힘겹게 오르내린다. 깊게 가라앉는 몸체. 소리 같지 않은 먹먹한 소리, 소리는 끊기다 이어지고 다시 끊겼다……

(아득히 먼 곳으로부터 들려오는 소리. 후드득 후드득…… 다시 가고 싶지 않은 곳. 무의식의 끝간 데까지 따라오는 저 힘겹고 서러운 세상. 그 세상의 끝에서 나는 소리. 나는 죽은 것인가, 산 것인가. 차갑고 축축한 이것은 무엇인가.)

광한은 기억의 한올을 끌어내어 그것이 빗물이라는 것을 알았다. 그는 이승의 자락을 잡았다. 입을 벌렸다. 빗물이 입 속에 떨어졌다. 꼴깍 삼켰다. 차가운 액체가 가슴을 훑고 육신에 퍼졌다. 그는 자연에 자신을 내맡겼다. 빗물과 신선한 공기가 그를 쓰다듬었다. 젊은 육체는 자연과 화합했다. 자연의 기운이 그를 다시 일으켜세웠다. 이윽고 눈을 떴다. 캄캄한 밤이었다. 비가 그치면서 구름 사이로 그믐달이 나타났다. 영길은 옆에 엎어져 있었다. 광한은 그를 흔들었다. 꼼짝도 하지 않았다. 그의 코에 손을 대보았다. 숨이 새어나왔다. 광한은 온 힘을 다해 영길의 몸을 일으켜세웠다. 몇발자국 못 가서 쓰러졌다. 다시 일어섰다. 멀리서 달리는 빛이 보였다. 신작로의 불빛일 것이다. 그곳까지 가야 한다. 가다가 쓰러지고 다시 가다가 쓰러지고…… 광한은 영길을 붙안은 채 신작로 가운데에 섰다. 이제 걸음을 옮기면 쓰러질 것이고, 다시는 일어서지 못할 것이다. 트럭 운전사가 창문을 열고 욕설을 퍼부으며 비껴서 가버렸다. 그렇게 몇대가 지나갔는지 모른다. 드디어 봉고트럭이 그들 곁에 멎었다. 운전사의 옆좌석에 탄 낯모르는 사람의 도움으로 광한과 영길은 뒤칸에 올라탔다. 차가 속력을 냈다.

영길이가 눈을 떴다. 광한은 반가워 그의 목을 싸안아 윗몸을 일으켰다. 광한이 물었다.

"날 알아보겠냐?"

영길은 천천히 고개를 끄덕였다. 그리고 광한의 손을 잡고 소리없이 웃었다. 영길의 흐트러진 머리카락이 바람에 한쪽으로 쏠렸다. 그의 억센 어깨며 악마디진 손이 한점 힘도 없이 광한의 품속에 놓여 있었다. 피가 귀 밑에 달라붙어 있었다. 광한은 영길의 어깨를 꽉 보듬어 그의 뺨에 자신의 볼을 비볐다.

얼마나 많은 피를 흘렸던가.

5월 27일 새벽이었다.

방향을 알 수 없는 어디에선가 총소리가 들려오고 있었다. 야광탄이 별똥처럼 밤하늘을 가로질러 지나갔다.

홍비호가 마른침을 삼켰다. 광한은 그의 곁에 웅크리고 어둠속을 노려보았다. 엄폐물 뒤로 20여명의 기동타격대들이 숨을 죽이고 있었다. 그곳은 산수동 5거리로 빠져나가는 산마루 부근이었다.

지축을 뒤흔드는 소리가 들려왔다. 이윽고 검은 물체가 산마루를 휘돌아 오고 있었다. 누군가가 사격명령을 내렸다. 정확한 사정거리 안에 든 탱크를 향해 방아쇠를 당겼다. 탱크가 멈추는 듯하더니 요란한 연발사격을 가해왔다. 엄폐물을 파고드는 총소리 속에 모두 몸을 낮게 움츠렸다. 아예 땅에 머리를 처박고 손만 뻗쳐 허공을 향해 무조건 방아쇠를 당기는 동료도 있었다. 엄폐물을 등뒤로 기댄 채 홍비호가 외쳤다.

"자식들! 되게 요란하게 쏴대는디."

그때 몇몇 동료들이 뒤를 향해 우르르 뛰어가며 외쳤다.

"몰려온다. 저것들이 시커멓게 몰려와! 각기 흩어져 몸을 숨기랑께."

홍비호와 광한이 허리를 펴며 동료들이 뛰어가는 쪽을 쳐다보는 순간 뛰어가던 한 동료가 짧은 외마디소리와 함께 앞으로 픽 고꾸라졌다. 나머지 동료들은 순식간에 어둠속으로 빨려 도망쳤다. 엄폐물 너머를 확인한 홍비호가 갈급한 소리로 외쳤다.

"광한아, 정말이야. 저놈들 떼로 몰려오고 있당게."

"실탄 있는 대로 당겨! 당겨!"

광한은 정신없이 외쳤다. 둘은 정면을 향하여 정확한 목표가 없이 방아쇠를 당겼다.

"안되겠다, 튀자. 빨리! 따라와."

홍비호가 외쳤다. 둘은 몸을 돌렸다. 어둠을 뚫고 잽싸게 골목길을 돌던 순간 앞서서 뛰던 홍비호가 돌뿌리에 채여 넘어지듯 고꾸라졌다. 광한은 얼결에 몇발자국 더 달리다가 뒤를 돌아보며 다급하게 소리쳤다.

"야, 빨리 일어나."

홍비호는 넘어진 채로 머리를 조금 들었다가 다시 숙였다. 광한은 땅에 납작 엎드려 홍비호에게 다가갔다.

"야 임마, 정신차려. 많이 다쳤냐, 어딜 다쳤어 어딜?"

홍비호가 부릅뜬 눈을 치켜올렸다. 신음 비슷한 소리를 누르며 상체에 눌려 있는 총을 조금 밀어냈다. 광한이가 홍비호를 일으키려고 그의 허리께로 손을 넣는 순간, 뜨겁고 끈적한 덩어리들이 뭉클뭉클 옆구리를 비집고 쏟아졌다. 광한은 비호의 옆구리를 틀어막았으나 이미 절명의 상태였다.

"우…… 이 총……"

홍비호는 신음처럼 단마디를 뱉어냈다. 그리고 얼굴을 떨어뜨렸다. 광한은 재빨리 총을 집어들고 정신없이 튀었다. 콩 볶는 총소리가 등 뒤를 따라오는 듯했다. 총을 집어들고 몸을 돌려 튀려는 순간 얼핏 마주쳤던 홍비호의 하얗게 까뒤집힌 눈도 자신의 뒤를 따라오는 듯했다. 골목길을 빠져 주택가 뒤 야산으로 숨어들었다. 단숨에 야산의 둔덕을 넘었다. 밭이 시작되는 고랑의 풀섶 사이에서 가쁜 숨을 몰아쉬었다. 아예 밭고랑에 누워버렸다. 총소리는 계속 들려왔다. 총소리의 진동에 풀잎이 이따금씩 광한의 뺨 위에서 바르르 떨었다. 방향도 거리도 분간할 수 없었다. 도청의 방향을 총소리가 요란한 쪽으로 가늠하여 재보았다.

홍비호의 총과 자신의 총 두 자루를 가슴에 올려놓았다. 그제서야 홍비호가 죽었다는 데 생각이 미쳤다. 비릿한 피냄새가 코끝을 자극

했다. 인간의 원초적인 냄새가 차가운 밤공기와 함께 온몸을 휘감았다. 손이 온통 피였다.

며칠 동안 그를 사로잡았던 애국의 마음은 꼬물만큼도 안 남고 오직 분노와 절망만이 치밀어올랐다. 그는 캄캄한 밤하늘을 쏘아보았다. 가까운 곳에서 총성이 울렸다. 문득 별이 반짝, 하고 빛났다. 총성이 계속 울렸다. 이글이글 타 번지는 눈 속으로 새로운 별빛이 나타났다. 총성이 콩 볶는 듯했다. 밤하늘은 온통 별밭이었다.

갑자기 지난 몇날의 피곤이 엄습해왔다. 총을 붙안고 어느결에 잠이 들었다. 눈을 떴을 때는 5월의 아침햇살이 빛나고 있었다.

헬리콥터 소리와 고성능 스피커 소리가 뒤섞여 들려오고 있었다. 발음이 선명하진 못했지만 계속해서 같은 내용을 되풀이했다. 폭도는 총을 버리고 자수하라는 권고방송이었다. 광한은 소스라치게 일어나 주위를 둘러보았다. 자신의 품안에 있는 총을 다시 한번 확인하고 나서야 안심이 되었다. 잔솔들이 듬성듬성 서 있었고 아래로는 잡초만 우거진 묵정이밭이었다. 잡초와 잔솔 사이로 주택의 지붕들이 보였다.

총을 잡고 있는 손에는 검붉은 피가 말라붙어 살갗을 팽팽하게 잡아당기고 있었다. 광한은 엎드린 채로 고랑을 따라 기어갔다. 가면서 비닐봉지, 비료포대 등을 주웠다. 고랑이 끝나면서 소나무숲이 나타났다. 그만그만한 소나무 중에서 유난히 눈에 들어오는 소나무 밑에 앉았다. 주워온 비닐봉지, 비료포대 등으로 총을 싸매고 나서 자신의 웃옷을 벗어 다시 한번 총을 단단하게 감았다. 쭈뼛한 돌을 찾았다. 소나무 밑을 파냈다. 깊이 팠다. 총을 묻었다. 다시 흙을 덮었다. 꼭꼭 밟았다. 넓적한 돌 두 개를 그 위에 얹어놓았다. 보드라운 흙으로 손을 문질렀다. 검붉은 피떡이 부스러지며 하나씩 하나씩 떨어졌다. 홍비호가 옆구리에서 쏟아낸 피였다. 아무리 비벼도 잔금 사이에 박힌 피는 잘 지워지지 않았다.

밭고랑을 내려오면서 자꾸 뒤를 돌아다보았다. 소나무를 눈여겨 외워두었다. 광한이 고등학교를 갓 졸업하고 광주에 나온 그해, 5월의 일이었다. 홍비호는 같은 공장의 동료였다. 항쟁기간 홍비호는 도청에서 시체를 보살폈다. 냄새도 진동했지만 형상 또한 험해서 선뜻 나서는 사람이 없었다.

차는 계속 달렸다. 동쪽 하늘에 새벽의 여명이 밝아오고 있었다. 도시가 다가왔다. 차가 멎었다. 그들은 차에서 내렸다.

"걸을 수 있겠냐?"

광한의 물음에 영길은 고개를 천천히 끄덕거렸다. 광한은 영길의 겨드랑이에 팔을 끼우고 걸음을 옮겼다. 몇걸음 못 가서 영길이 얼굴을 찡그렸다. 광한이 물었다.

"왜 어디 아파?"

"음…… 머……리가 몹……시 아파."

또 몇걸음 못 가서 구토 증세를 일으켰다. 광한은 바로 옆 상점 셔터문 앞에 영길을 조심스럽게 앉혔다. 영길은 괴로운지 머리를 힘껏 뒤로 제치고 몇번 가쁜 숨을 몰아쉬었다. 광한은 일어나서 허리를 구부려 영길의 어깨를 감싸안으며 말하였다.

"영길아, 조금만 참고 있어라. 나 얼른 약국에 갔다올 텡께."

영길은 앉은 채로 셔터문에 기대어 허리를 길게 펴고 입을 앙다문 채로 눈을 떠보려고 애를 썼다.

마침 근처의 약국이 문을 열고 있었다. 광한이 다급히 약국문을 들어서자 약국주인이 잠이 덜 깬 눈으로 위아래를 훑어보았다. 광한이 말하였다.

"약 좀 빨리 지어주쇼. 머리가 몹시 아픈 것 같고, 구역질도 하드만요."

"어제 뭘 드셨죠?"

약사가 무심한 얼굴로 물었다. 광한이 대답을 못하고 머뭇거리자 약사는 대답을 듣지 않아도 다 알고 있다는 듯이 알약 몇개와 까스명수 세 병을 넣은 약봉투를 내주며 말하였다.

"식후에 알약 두 알과 까스명수 한 병씩 드시게 하세요. 천오백원 되겠습니다."

광한은 돈을 내팽개치듯 던져주고 영길이가 있는 곳으로 달려갔다. 영길은 셔터문 앞에 길게 엎드려 숨을 몰아쉬고 있었다. 광한은 영길의 윗몸을 일으켜세우며 말하였다.

"영길아, 조금만 참그라. 이 약 묵으면 금방 속이 편안해질 텡께."

광한은 영길을 셔터문에 기대놓고 알약 두 개를 영길의 입 속에 밀어넣었다. 영길의 이빨은 굳게 다물어져 있었다. 광한은 다른 한쪽 손으로 영길의 볼을 꽉 쥐며 말하였다.

"영길아, 자 이 약 먹으면 금방 좋아진당께. 아 하고 입 좀 벌려봐. 자, 아……"

영길은 눈을 감은 채 굳게 다문 이빨에 겨우 조그만 틈새를 벌려주었다. 광한은 알약을 영길의 입에 밀어넣고 까스명수를 흘려넣었다.

"야, 영길아 꿀떡 삼켜라. 자, 꾸울떡."

그러나 까스명수는 반쯤이나 입 주위에 흘러 영길의 목덜미로 흘러내려버렸다. 광한이 울듯이 말하였다.

"야 임마, 눈 좀 떠봐라. 쪼금만 더 참으면 괜찮을 것잉께."

영길이가 다시 몸을 뒤틀며 목을 앞으로 꺾고 헛구역질을 했다. 광한이는 어깨를 껴안고 한손으로 가볍게 영길의 등을 토닥여주었다.

길 건너편 전봇대의 수은등 불빛이 영길의 헝클어진 머리카락을 더욱 파리하게 비춰주고 있었다. 광한은 다시 영길의 어깨를 받쳐 셔터에 등을 기대게 했다. 신음을 무겁게 토해내는 영길의 입이 반쯤이나 틀어져 있었고 눈은 더욱 칭칭 감겨 이미 얼혼이 나간 얼굴이었다.

"야 임마, 이거 안되겠구나. 일단 병원으로 가자."

광한은 손을 돌려 영길의 허리를 껴안아 일으켜세웠다.

응급실에 뉘어진 영길을 젊은 의사가 진찰했다. 급히 뇌수술을 받아야 한다는 진단이 떨어졌다. 간호원이 물었다.

"의료보험 카드 있어요?"

"없어라."

"그럼 입원보증금 5만원을 입금시키세요."

"곧 만들어오께요."

"입금을 시켜야 입원이 됩니다."

"치료부터……"

광한의 말이 끝나기도 전에 간호원이 짤막하게 가로막았다.

"안돼요."

광한은 가슴이 옥죄어들었다. 공중전화를 찾았다. 영길이 집으로 전화를 했다. 주인집 아줌마가 받았다. 광한이 다급하게 말했다.

"영길이 엄니 좀 바꿔주시씨요. 지금 영길이가 사고가 나서 병원에 있어라."

잠시 후 영길이 어머니가 황급히 달려왔다.

이튿날, 영길은 죽었다. 사인은 뇌출혈이었다. 영길이 어머니는 광한에게 전후사정을 듣고 회사에 전화를 걸었다. 내 아들 살려내라고 울부짖었다. 한 시간도 못 되어 회사측 간부들이 나타났다. 기관원 같은 사람들도 나타났다. 심상치 않은 기운이 감돌았다. 그러나 광한은 영안실 한켠에 멍하니 앉아 있었다. 도무지 현실 같지 않았고, 싸울 기력도 없었다. 영길의 사인진단이 다시 내려졌다. 엑스레이 사진 서너 장도 곁들여 있었다. 허파에 큰 공동이 세 군데나 나타나 있는 사진이었다. 영길은 폐결핵으로 사망처리되었다. 영길과 같이 행동한 광한이가 살아 있다는 것, 병원에서 죽었다는 것. 회사에서는 이 두 가지가 책임을 면할 수 있는 좋은 빌미였다. 영길이 어머니에게 얼마간의 위로금이 전달되었다. 결국 영길의 죽음은 개인의 몫으로 돌아갔다.

영길의 죽음엔 꽃도, 무덤도, 죽음을 알리는 유인물도, 시민들의 긴 행렬도 없었다. 화장터 한 귀퉁이에 서서 영길의 시신이 한줄기 연기로 사라지는 것을 보며 광한은 모든 가능성과 희망과 신념을 가졌던 것, 더운 피와 분노를 가졌던 자신의 가슴팍이 깡그리 말리어간 듯한 느낌이 들었다.

영길이 어머니가 유골을 붙안고 나왔다. 눈물도 메말라 넋이 나간 얼굴이었다. 회사 간부들이 승용차를 대기하고 있었다. 영길이 어머니를 둘러싸고 승용차 쪽으로 몰고 갔다. 차가 떠났다.

핏빛 노을이 동쪽 하늘에 비끼고 어둠이 깃들기 시작했다. 화장터에서 일하던 인부들이 하나둘씩 돌아가기 시작했다. 광한은 돌아갈 마음도 일어나지 않았다. 참으로 그럴 수만 있다면 영길이와 나란히 이 무심한 허공 속에 티끌조차 없이 사라지고 싶었다. 영길이와 같이 투쟁하고, 쫓겨나고, 다시 싸우고, 다시 쓰러지고…… 이 모든 것이 헛된 꿈만 같았다. 무엇 때문에 그랬는가. 그는 알 수가 없었다. 소중한 가치들이 영길과 함께 날아가버린 것 같았다. 빈 쭉정이처럼 허울만 남아서 무심하게 있을 뿐이었다. 그림자 같은 자신을 이끌고 광한은 집으로 돌아왔다. 구멍가게에서 소주 한병을 샀다. 병째로 마셨다. 그대로 쓰러져 잠들어버렸다.

7

해는 점점 짧아지고 공기는 더욱 맑아졌다. 들물결 위에 부는 바람은 풋풋한 대지의 냄새를 실어왔다. 알곡을 털어낸 볏짚단 위에 암소 한마리가 질펀히 앉아 여물을 되새기고 있다. 빈 들판은 아직 걷어내지 않은 허수아비가 을씨년스럽게 서 있다. 무, 배추 갈무리를 마지막으로 푸른 계절은 끝날 것이다.

벌교댁은 헛간에서 멍석을 내왔다. 그 위에 말려놓은 콩깍지를 풀어놓았다. 도리깨를 내왔다. 맨발을 벗고 멍석 위에 올라갔다. 도리깨를 힘껏 내리쳤다. 깍지가 벗겨나간 콩알이 톡톡 튀어올랐다. 콩을 밟은 발바닥이 매끄럽기도 하고 간지럽기도 하다. 도리깨를 거듭 내리칠 때마다 시원한 것 같기도 하고 옹이진 마음이 풀려나가는 것 같기도 하다. 벌교댁은 휘어청거리며 계속 도리깨질을 했다. 깨끗하고 노란 콩알이 알알이 튀어올랐다. 깍지를 털어낸 콩을 한켠에 모았다. 눈가늠을 해보니 열 되는 실히 될 것 같았다. 읍내장에 내다팔아도 광옥의 등록금은 택도 안된다. 아침마다 지청구를 해대는 광옥일 보면 눈에 뜸자리가 난 것이 아닌 이상 산불을 켜지 않을 수 없다.

"웬쑤놈의 가난."

하고 저도 모르게 중얼거리다가 벌교댁은 동구밖으로 눈길을 주었다. 윤규식을 비롯한 다섯 명이 농협에 간 지 서너 시간이 지났는데도 도무지 돌아올 기미가 없다. 산까치가 꽁지를 촐싹거리며 날아갔다. 뒤켠 백일홍나무에 앉아 시끄럽게 우짖었다. 늦가을까지 꽃이 피는 백일홍나무는 그 아름다움에 눈이 부실 정도였지만 벌교댁은 곱다는 생각에 앞서 그 나무가 차지한 평수를 가늠하곤 했다. 옆에 있는 동백까지 합치면 50평 정도는 족히 될 평수를 늘 아까워했다. 뽑아버리고 마늘이라도 심어 돈푼이라도 만져야 쓰겠다고 생각한 적이 한두번이 아니었다.

다섯 명이 동구밖에 나타난 것은 낮밥을 먹고도 한참 후였다. 벌교댁은 앉아서 기다릴 수가 없어 치맛자락에 바람소리를 내며 달려나갔다. 거리가 가까워져 그들의 모양새가 눈 안에 들어왔다. 축 늘어져 걸어오고 있었다. 벌교댁은 힘이 매시시 빠져 걸음을 늦추었다. 어느새 몰려나온 부락 사람들도 침울한 낯빛으로 그들이 다가오기를 기다렸다.

다섯 명과 몇마디 주고받은 김서방이 욕부터 쏴질렀다.

"씨펄놈들이 우릴 벌레만치도 여기지 않는당께."

다섯 명이 듣고 온 대답은 전번과 같았다. 상부에서 아무런 지시사항이 없다는 대답이었다. 그날 저녁에, 모이자고 미리 선통을 놓지도 않았는데 사람들 대부분이 윤규식의 집에 모여들었다.

벌교댁은 저녁을 먹은 후에 양말을 꿰매고 있었다. 나주댁이 사립문을 들어서며 빨리 일어나라고 다그쳤다.

"성님, 빨리 나오시오."

"왜 그래싸?"

"거북이네 가서 의논들을 혀봐야 하지 않겠소, 이?"

"의논을 하믄 뭣 하겠는가?"

"그라믄 이대루 국으루 가만 있겠다는 말이어라?"

"우짜겠는가? 우리네 팔자가 요것밖에 안되는디?"

"요것이 워째 팔자다요? 저것들이 잘못한 것이제. 지는 더이상 못 참겠소."

나주댁은 가슴이 답답한 듯 입을 벌려 공기를 삼키었다. 오늘 농협에 가서 받은 수모가 새삼스럽게 치밀어올랐다. 대꾸도 안해주고 서너 시간을 기다리게 한 저것들의 작태도 작태려니와 벌교댁의 그 동하지 않는 모습도 부아가 나는 일이었다. 나주댁은 벌교댁의 속을 뽑으려는 듯이 요리조리 열받치는 소리를 주절댔다. 약 한첩 못 쓰고 서방도 죽게 된다는 둥, 자식들은 고등학교는커녕 중학교도 졸업을 못하게 된다는 둥, 농협놈들이 약조를 안 지켰으니 이건 법에도 어긋난다는 둥…… 모두가 옳은 말이니 벌교댁의 심중도 자못 열이 받쳐 얼굴이 상기되었다. 벌교댁은 양말에 바늘을 꽂아둔 채로 나주댁을 따라나섰다.

"내 뭐라 하던가. 높은 놈덜이 언제 우리 편 들어서 혀준 적이 있당가? 요것은 내 평생 살면서 얻은 결론이랑게."

지서방은 이 세상 온갖 풍상을 다 겪고 난 듯 미동도 않는 모습으로 앉아 있다가 입을 열었다. 나주댁이 그 말을 넘겨쳤다.

"그라믄 맨날 저것들의 처분만 바라고 살란 말이어라우?"

"뭔 뾰족한 수가 있겠소, 잉?"

김서방이 말했다. 천서방은 성차지 않는 심정이 되어 할소리 못할 소리 막탕막탕 퍼부어댔다.

"……그냥 저것들을 낫으로 콱콱 찍어뿌려야 속이 씨원하겄는디……"

잠자코 있던 윤규식이 입을 열었다.

"어제 농민회 모임이 있어서 갔었제라. 다 아시겄지만 수입 소다, 수입 쌀이다, 수입 담배다, 하고 디립다 미국에서 들여오는디, 갈수록 우리 농산물이 피해가 막심한 것은 뻔한 이치제라. 풍년 들면 풍년 든 대로 값이 똥값이 되어 망하고, 흉년이 들면 수입을 해오는 바람에 망하고…… 이번만 해두 그래라. 담배밭을 일구던 사람들에게 고추농사를 해라, 하고 농협직원들이 싸돌아다녔다고 하등만요. 담배수입을 해오니 담배소출이 많아지면 안되겠기에 하는 수작이 뻔하제라. 그랑게 너도나도 고추농사를 한게로 소출이 많아졌제라. 일이 요렇게 됐당게요. 앞으로 농산물을 미국에서 계속 들여올 텐디, 우리가 이 문젤 심각히 생각하지 않으면 우리 모두 손털고 알거지가 된당께요."

"알거지만 돼도 좋제라. 수백씩 빚을 진 알거지가 되니까 문제제라. 이건 죽기 아니면 살기 문제란 걸 눈 똑바로 뜨고 알아야 된당께요."

나주댁이 말하자 천서방이 받았다.

"그랑게, 거 뭣이냐, 요 일도 미국놈과 관계됐다, 이 말이시?"

"그라제라."

윤규식이 대꾸했다. 천서방이 계속해서 말했다.

"무신 웬수졌다고 우릴 요러크름 못살게 군당가?"

"세상 이치가 다 그런 거 아닌가벼? 뜯어먹는 놈들이 있는가 하면 뜯어먹히는 무지렁이도 있는 것이고……"

지서방이 말하자 천서방이 방금 깨달은 생각을 말로 번져놓았다.

"그랑게 우릴 뜯어먹는 놈들이 바로 미국놈들이란 말이시."

"이제 봉게로 학생들이 미국놈 물러가라고 하는 이유를 알겠구만, 잉."

나주댁이 고개를 끄덕이며 말했다. 윤규식은 미더운 눈길로 주위를 둘러보면서 말하였다.

"지도 오늘 많은 것을 배웠구만이라. 이런 촌구석까지 미국놈들 작태가 번져 있다는 것이 어쩐지 소름끼치기도 하구만이라."

그는 정말 소름이 끼치는지 몸을 조금 떨었다. 그리고 다수의 농민들이 85년도에 미대사관으로 쳐들어간 사건을 간단하게 설명했다. 그것은 대학생들이 최초로 미문화원에 들어간 시기보다 앞선 사건이었다.

분위기가 자못 의기양양해졌다. 그러나 이것도 잠깐이었다. 천서방이 바로 고추수매 문제로 이야기를 돌려놓았다. 나주댁이 담박에 살림걱정을 늘어놓았다. 지금까지 잠자코 있던 벌교댁도 끼여들었다.

"지도 참말로 돈 들어갈 일이 태산같어라. 애아버지 병원에도 가봐야 쓰겠고, 자석들 학자금도 내야 할 거고, 농협 이자도 꺼야 되제라. 연말까지 안 내면 거 뭣이냐, 연체이자라나 뭐라나, 이자에 이자라고 말하면 좀 좋소, 잉? 힘든 말만 골라 쓰는 그 심뽈 정말 알 수 없당게요."

벌교댁은 그동안 쌓였던 말이 저도 모르게 쏟아져나왔다. 벌교댁의 말이 끝나기가 바쁘게 저마다 돈 들어갈 세목을 씨불거리기 시작했다. 한도 끝도 없이 주워댔다.

"내일 당장 농협으로 쳐들어가제."

천서방이 분노가 가시지 않은 목소리로 말하였다. 나주댁이 금세 동조하고 나섰다.

"그라제라. 양양 농민들이 댑다 시위를 하니까 수맬 한다고 했은게, 우리도 시위를 해야 저것들이 수맬 할 것이 아니겠소, 잉?"

모두들 그 제안을 열렬히 받아들였다. 조용히 듣기만 하던 윤규식이 입을 열었다.

"계획도 없이 시위를 하는 것도 안될 말이제라. 준비도 해야 쓰겄고, 이웃부락과도 연대를 해야 쓰겄고…… 말하자면 봄에 씨뿌리고 가을에 걷어들이는 이치같이 순서와 계획이 있어야 되겠제라."

"그라믄 워치케 해야 좋겠는가?"

김서방이 물었다. 윤규식은 오래 전부터 농민운동 활동가들이 있다는 것, 그들의 모임인 농민회가 있다는 것을 설명했다.

"……지 생각 같아서는 농민회에 지원요청을 하는 것이 좋겠구만이라. 싸움도 많이 해본 사람이 잘 싸운다고, 농민회는 저것들과 싸움도 많이 했다고 하등만요."

"우리 편에 서서 싸우는 사람도 있었구만이라."

나주댁이 다정한 어조로 말했다. 이의가 있을 수 없었다. 준비업무를 전번에 뽑힌 다섯 명이 보기로 하고 논의를 끝마쳤다.

윤규식이 벌교댁을 따라나오며 은근히 추켜세웠다.

"아짐씨, 놀랐소."

"뭣이?"

"아짐씨 말씸이 콕콕 찌르더랑게요."

"뭐 평소에 생각하던 말이제. 말 안하고 사니까 생각도 읎는 줄 아

266

는가?"

윤규식의 칭찬을 받고 보니 벌교댁은 공연히 쑥스러워 얼른 발길을 옮겼다.

"살펴 가시오."

다정한 인사를 받으며 벌교댁은 어두운 오솔길을 걸어갔다.

생각하면 벌교댁의 일생에 자기 마음속의 말을 사람 많이 모인 곳에서 이만큼이라도 털어내놓기는 처음이었다. 아무리 괴롭고 억눌려도 눈물짓고 한숨짓는 것밖에 모르던 자기가 사람들 앞에서 그 심정을 털어놓을 수 있었던 것은 스스로 생각해도 이상하였다. 나주댁의 부추김도 있었지만 윤규식을 위시한 부락 사람들과 같은 처지에서 오는 신뢰감이 벌교댁의 가슴 한 귀퉁이를 열게 한 것이었다. 지금까지는 회의라면 이장이 주도한다든가, 새마을회장이 주도한다든가 하는 것뿐이었다. 의논이고 말 것도 없이 이미 정해진 것을 하대하면 그뿐이었다. 슬며시 부아가 치밀어오르기도 했지만——가령 볍씨는 어떤 것을 하라는 둥, 농협출자금을 많이 하라는 둥, 울역을 하라는 둥——으레 그런 것이려니 하고 입을 꾹 다물고 살아왔다. 그것은 나라라고 하는 무섭고도 저항할 수 없는 어떤 힘이었다. 나라. 나라 안에 살면서 우리나라 좋은 나라는 어느 곳에도 없었다. 벌교댁에게 나라는 이따금 구체적인 몸체를 드러낼 때도 있었다. 방망이나 총을 멘 군인 같기도 하고, 엄한 표정을 한 순사 같기도 하고, 서류더미를 넘기는 면사무소 직원 같기도 하다. 어쩌다 읍내에서 그들과 맞닥뜨리면 죄지은 것도 없이 공연히 가슴이 벌렁거렸다. 그런데 그런 나라 사람들과는 다른 진정한 우리끼리 모이니 마음이 놓이지 않을 수 없었다. 그러나 그것이 무슨 큰 힘이 될 것이라고 믿지는 않았다. 무지렁이들이 무슨 힘이 있당가? 하는 생각이 드는 것도 사실이었다. 하나 깊은 늪에 갇혀 있던 벌교댁의 넋은 이제 설레기 시작했다. 자신은 똑똑히 의식하지 못하였지만.

하늘에는 별빛이 총총하다. 들판은 가뭇 조용하고 이따금 삽살개 짖는 소리가 들렸다.

부락 사람들이 같이 모여 고추생산비를 따져보았다. 자신들이 일군 농산물의 가격을 따져본다는 것은 기실 심상한 일이었다. 그 심상한 일을 지금까지 남의 일같이 또는 나라나 상인들이 하는 일이니 내 알바가 아니라고 여겨온 자신들의 과거의 태도가 새삼스레 돌이켜졌다. 대답은 분명했다. 벌교댁은 3백평에 4백여근의 고추가 소출되었다. 묘목대금, 비료대, 농약값, 비닐, 김매는 품삯, 지주대, 경운기 얻어쓴 값…… 등등을 따져보니 근당 2천4백여원의 생산비가 나왔다. 여기엔 벌교댁 자신의 품값은 계산하지도 않았다. 정부가 매긴 2천원 수매가는 벌교댁의 머리로서도 이해가 안되는 액수였다. 그뿐인가. 면내 총생산량 6백70톤 중에서 68톤만 수매한다고 농협에서 발표했으니, 나머지는 상인들에게 헐값으로 팔려나갈 것이 아닌가.

벌교댁은 생산비가 적힌 종이를 이리 둘러보고 저리 둘러보고, 정부에서 발표한 수매가와 비교해보고, 곰곰 따져보고, 고개를 갸웃거리다가 옆에 있는 나주댁에게 귓속말로 속삭였다.

"우리도 같은 백성인디 왜 이리 못살게 굴까, 잉. 아니면 높은 사람들의 머리가 나 같은 무지렁이보다 못한 사람들임에 틀림없당게."

"성님도, 저것들이 어떤 놈들인디…… 우리 것을 뺏어가는 수작들이 분명하당게요."

268

"뺏어가더라도 먹고살겐 해줘야제."

"뺏어가는 놈들이 이런저런 사정을 봐주겠소?"

대화를 듣고 있던 윤규식이 심상치 않은 어조로 말하였다.

"이젠 뺏기지 말아야제라."

대표위원들은 농민회와 이웃부락 사람들과 수시로 만났다. 고추 제 값받기 및 전량수매 대책위원회가 면 단위로 결성되었다.

그런 와중에서도 벌교댁은 광한의 일로 속을 썩이고 있었다. 이따금 오던 편지도 끊어졌다. 애가 탄 벌교댁은 광식이를 광주로 올려보냈다. 토요일, 읍내 학교에서 곧장 광주로 올라간 광식은 하룻밤도 보내지 않고 곧바로 내려왔다. 광식이가 갔을 때, 광한인 없었다. 술병이 너저분하게 뒹굴고 있었고, 밥도 안 해먹는지 냄비며 그릇에 먼지가 쌓여 있었다. 성실하고 책임감이 강한 형으로 알고 있던 광식은 실망이 이만저만이 아니었다. 술에 취해서 돌아온 형은 미안하다고만 말했다. 광식은 어머니의 간절한 심정을 전할 수도 없었다. 집에 내려가겠다고 일어섰을 때, 형은 붙잡지도 않았다. 예전엔 그렇지 않았다. 하룻밤을 꼭 재워 보냈고, 운동화며 학용품 등을 꼭 들려 보냈다.

형의 상태에 따라 어머니의 상태도 민감하게 반응하는 것을 알면서도, 어머니의 빠는 듯한 눈초리에 광식은 사실대로 고하지 않을 수 없었다. 벌교댁은 땅이 꺼져라 한숨을 내쉬며 물었다.

"먹을 건덕지는 있는 것 같더냐?"

"봉지쌀은 있는 것 같등만요."

벌교댁은 애써 눈물을 감췄다. 그러나 뒤미처 떠오른 생각으로 옆에서 구구거리는 암탉을 갑자기 손등으로 홱 내뿌리쳤다.

(남편 복 없는 년은 자식 복까지 없다더니만⋯⋯)

벌교댁은 장닭 홰치는 소리를 듣자 흠칫하고 일어났다. 밤사이 누워 생각하고, 봉창 앞에 앉아 생각하고, 마루에 나앉아 생각하고, 장밤 생각했지만 날이 밝고 보니 정작 무슨 생각을 했는지 머릿속이 어수선하기만 했다.

오늘이 바로 농협으로 몰려가는 날이다. 어젯밤에 윤규식의 집에 모여 다시 한번 다짐을 했건만 벌교댁으로서는 무섬증이 도둑걸음처럼 가슴 한구석에 슬그머니 들어와 앉는 것이었다.

(울분이 치미는 것은 틀림없지만 워치게 관사람들을 대항한단 말인가. 모나면 정 맞는 게 이치인디 혹시 나라법 어겼다고 잡아 가두는 건 아닐까, 잉. 팔자도망은 못한다는디 이런다고 내 살림에 뭐가 달라질랑가.)

이런 마음을 알고나 있는지 꼭두새벽에 윤규식이 들이닥쳤다.

"아짐씨, 일찍 서둘러야겠구면요. 아침밥은 든든히 잡수시고라."

벌교댁은 푸석푸석한 눈길로 윤규식을 바라보다 꿍쳐놓은 자신의 심중을 조금 내비쳤다.

"그랑게 뭣이냐, 나 같은 게 나서서 뭐가 될랑가⋯⋯"

벌교댁은 말끝을 흐리고 한손으로 옷자락을 꼬깃거렸다. 윤규식은 자못 심중한 낯빛이 되어 벌교댁을 바라보았다. 그는 가시주름이 얼기설기 잡힌 노쇠한 얼굴을 물끄러미 바라보며 안타깝고 슬픈 마음이 솟구쳤다. 이럴 줄 알고 새벽부터 부락을 휘돌아다니며 단도리를 했던 것이다. 오랜 세월 동안 가난을 팔자라고 생각해왔던 심중을 단김에 고칠 수는 없는 노릇이었다. 윤규식이 군농민회 모임에서 깊이 새겨들었던 것 중에서 바로 이런 점이 가장 먼저 깨우칠 점이라는 것이었다. 깨우치는 확실한 방법은 일단 싸움의 장소로 나가는 것이었고, 작은 것이라도 우리 편의 요구를 획득해내는 것이었다.

윤규식은 간절한 심정으로 벌교댁의 손을 꼭 쥐면서 살뜰한 목소리로 말하였다.

"아짐씨, 요 앞의 실개천이 있제라."

"………"

"실개천이 모여 큰 내를 이루고, 큰 내가 강물이 되제라. 한사람 한사람 힘이 뭉태면 강물과 같이 큰 힘이 나오는 것이제라."

"………"

"아짐씨 한사람 힘이 그렇게 큰 힘이 된당게요."

"………"

"우짜튼 우리가 못할 말 하는 것도 아니고 바른말 한번 해보자는디 관에서도 뭐라 하겠어라우?"

벌교댁은 윤규식의 사람 됨됨이와 옳은 말에 더이상 심중의 날을 세울 수 없었다.

등록금타령을 해대는 자식들을 뒤밀듯 학교에 보낸 후, 벌교댁은 나갈 채비를 차렸다. 지난 설날에 광한이가 사온 스웨터를 들쳐입으며 배서방에게 말하였다.

"낮밥은 부뚜막 위에 올려놓았은께 거르지 마시씨요."

배서방은 축 처진 눈의 웃시울을 억지로 밀어올리고 벌교댁을 쳐다보았다. 이미 얼혼이 빠져나간 듯한 얼굴에 이따금 의사표시를 하는 건 눈뿐이었다. 그 눈이 지금 어디로 가냐고 벌교댁에게 묻고 있었다.

"고추값 땜세 농협으로 가는 거제라. 고추값 받으면 큰 병원에 한번 가야제라."

벌교댁이 말하자 배서방의 눈에 잠깐 생기가 돌았다. 늙고 병든 몸의 고통이 그대로 벌교댁의 가슴에 마쳐왔다.

(저 냥반, 병원에도 한번 못 가보고 절단이 나면……)

하는 생각이 불현듯 떠올랐다. 배서방의 퀭한 눈이 마치 자기 자신의 삶의 멍처럼 새삼스레 벌교댁의 가슴을 쳤다. 배서방의 짓물린 눈귀에 맺힌 눈물을 손끝으로 씻어주며 벌교댁이 말하였다.

"지렁이도 밟으면 꿈틀거리는디, 영감도 사람이고 나도 사람인게……"

벌교댁은 서리서리 사무친 설움에 가슴을 물린 듯이 배서방의 손을 모두어 잡아 가슴께로 가져가며 잇대어 말했다.

"싸게 갔다올라요."

농협 앞 광장은 농민들로 빽빽이 메워져 있었다. 오랜만의 외출인지라 한복 두루마기를 곱게 차려입은 할아버지, 할머니, 경운기에 동네 사람들을 가득 싣고 들어서는 청년, 상기된 얼굴로 들어서는 아낙네들…… 벌교댁은 나주댁 옆에 꼭 붙어서서 사위를 둘러보고 있었다. 그 옆으로 천서방과 지서방이 농약분무기통을 걸머지고 있었다.

어젯밤에 부락 사람들이 모인 자리에서 윤규식이 말했다.

"싸움은 물론 평화적으로 해야 되제라. 혀도 놈들은 무슨 수를 써서라도 막을 것이구만요. 맨손으로 저것들을 뚫을 수는 없구…… 무슨 좋은 수가 없을랑가요?"

"저것들이 툭하면 최루탄을 쏘는디…… 우리에겐 최루탄도 없구…… 고것 참 깝깝하구만. 그렇다고 평화적으로 하는디 쇠스랑이니 낫 같은 것을 들고 갈 수도 없구 말시."

지서방이 말하자 나주댁이 말을 받았다.

"사방이 횡 터졌은게 최루탄 쏴봐야 별 효과가 없을 것 아니겠소?"

"저것들이 공중에 쏜다요? 사람 머리에도 대구 쏴대는디? 신문에서도 못 봤소, 잉? 한열이도 댑다 머리에 맞고 쓰러졌다고 하등만."

천서방이 말했다. 적당한 묘안을 찾지 못한 채 서로의 눈치만 멀뚱멀뚱 바라보았다. 윤규식이 묘안이 떠오른 듯 빙긋 웃음을 띠며 말하였다.

"고추도 지천으로 쌓여 있는디, 고춧가루를 가져가면 우짜겠소?"

"참말로 고것 참 신통한 방법이구만. 고춧가루를 저것들한티 휙휙 뿌린단 말시."

천서방이 지 먼저 낄낄 웃으며 말했다. 모두들 한바탕 시원스레 웃었다. 나주댁이 또다른 묘안을 내놓았다.

"농약을 독하게 탄 분무기를 가져가는 것도 좋을 것 같구만, 잉."

"농약 때문에 농민들이 죽어가는디, 저것들도 농약맛 좀 보게 하는 것도 좋구만이라."

지서방이 벌교댁을 힐끗 보며 말했다.

"농약통을 등에 지고 있는 힘껏 내뿜어버리면 저것들, 단 일분도 못 견딘단 말시."

하고 천서방이 와짝 어깨가 살아서 분무기 내뿜는 시늉을 해 보였다.

마을 및 면대책위원회별로 준비해온 수십개의 현수막과 울긋불긋한 깃발들이 바람에 펄럭이고 있었다. 경운기가 연단 대신 앞쪽에 세워졌다. 청년 한명이 경운기에 뛰어올라 농민가를 선창했다.

삼천만 잠들었을 때 우리는 깨어
배달의 농사형제 울부짖던 날
손가락 깨물며 맹세하면서
진리를 외치는 형제들 있다.

노랫소리는 질탕치듯 울려퍼졌다. 농협의 문들이란 문들은 모두 안
으로 걸어잠갔다. 이따금 겁기어린 얼굴들이 창문으로 얼른얼른 비쳤
다가 이내 사라졌다. 이윽고 대회가 시작되었다. 부락대표들이 뽑은
대표위원장은 경과보고에 이어 오늘의 대회가 각 마을 및 지역 농민
들의 자발적인 요구를 기초로 이렇게 성황리에 이루어지게 되었음을
치하한다는 말로 끝을 맺었다. 군농민회 회장의 격려사가 이어졌다.
회장은 농산물 수입과 농민의 생존권 관계를 조목조목 따져가며 설명
했고 정부의 농업정책을 비판했다. 이러한 농업정책을 바로잡기 위해
서는 농민의 단결된 힘만이 유일한 무기라고 역설하고 경운기에서 내
려왔다. 현장농민 발언 순서가 시작되었다. 그동안 억눌리고 참아왔
던 불만과 절실한 요구들이 터져나오면서 대회는 함성과 웃음, 분노
와 투지로 한껏 고조되었다. 갑자기 서너너믄 명의 청년들이 고추차
대기를 짊어지고 나타났다. 대회장 한가운데에 고추를 쏟았다. 한 청
년이 고추더미에 석유를 뿌렸다. 성냥불을 당겼다. 불꽃이 피어올랐
다. 청년들이 구호를 외쳤다.
"고추 수매가 2천5백원으로 인상하라!"
"농협은 생산 전량을 수매하라!"
"한국농민 죽이는 미국농산물 수입 중단하라!"
"농산물 수입 강요하는 미국놈 물러가라!"

고추더미는 삼단 같은 불길을 피워올렸다.

벌교댁은 자식보다 더 귀하게 일군 고추가 불꽃에 사그라지는 것을 보고 남몰래 눈물을 흘렸다. 아깝다는 생각도 들었다. 그러나 오죽하면 고생고생 거둔 고추를 불지르겠나 싶어 저도 모르게 분노가 치밀어올랐다.

대열이 함성을 싣고 농협 문 쪽으로 몰려갔다.

"조합장 나와라."

함성이 터져나왔다. 대책위원장이 목청을 높여, 만약 조합장이 안 나오면 뒷일은 책임지지 않겠다고 경고를 했다.

이때쯤 해서 군 당국에는 초비상이 걸렸다. 농민들이 군청으로 쳐들어올 것을 대비해 철제 바리케이드와 2백여명에 달하는 전경과 군청 직원들이 정문에 배치되었다. 지역관계대책회의가 급히 열렸다. 군수, 경찰서장, 안기부조정관, 민정당지구위원장 등등이 모였다. 그러나 아무리 머리를 짜내도 대책이 나올 수는 없는 노릇이었다. 그들은 무지렁이 같은 농민들이 어떻게 저렇게 큰 힘으로 일어설 수 있는가를 도저히 이해할 수 없었다.

"조합장, 나와라!"

함성의 폭발이 일어나고 있었다. 농협 정문이 열렸다. 조합장이 나타났다. 범접하기 어려운 평소의 뻣뻣한 자세는 어느 구석에서도 찾아볼 수 없었다. 뒷짐을 지고 있는 손가락은 계속 떨리고 있었고, 수많은 농민들의 분노어린 눈힘을 당하기가 어려워 살눈썹을 공연히 씀벅거렸다.

대책위원장은 그동안 농협에서 저질러온 반농민적 행위를 엄중 항의했다. 그리고 농협의 상전은 누구냐고 다그쳐 물었다. 조합장은 긴 장하여 침을 삼켰다.

대책위원장이 물었다.

"농수산부 장관이 농민의 상전이오?"

조합장이 대꾸를 못하자 농민들이 아니오라고 외쳤다.

"군수요?"

대책위원장이 물었다. 역시 조합장의 대꾸가 없자 농민들이 아니오 라고 외쳤다.

"조합장, 당신이오?"

이때서야 조합장은 보일락말락한 고갯짓을 옆으로 저었다.

"그라믄 누구다요? 말해봇씨요."

대책위원장이 대차게 물었다. 조합장이 고개를 떨어뜨렸다. 대열 속에서 농민이오 하는 외침이 터져나왔다. 대책위원장이 각단지게 말 하였다.

"이제 알았제라? 농협의 상전은 농민인 걸 똑똑히 알았제라?"

"네."

조합장이 입안에서만 굴리는 듯한 소리로 겨우 대답했다.

평소에 당당하고 하늘 높은 것같이 우러러보이던 조합장이 이렇게 무맥하게 서 있는 것을 벌교댁은 놀란 눈으로 바라보고 있었다.

수매가와 전량수매에 대해 대책위원들이 번갈아가며 답변을 요구 했다. 조합장은 가격문제는 상부의 지시를 따를 수밖에 없으며 수매 량은 농협 지도부와 상의해서 전량 수매하겠다고 밝혔다. 그리고 꽁 무니 빼듯이 건물 안으로 숨어들어가 버렸다.

농민들은 군수의 책임있는 답변을 들어야 한다고 군청 앞으로 대열을 지어 전진하였다.

벌교댁은 온몸에 열기를 느끼고 있었다. 지금까지 서리서리 쌓여온 분노가 터져나와 힘으로 내뻗치는 것 같았다. 속이 시원한 것 같기도 하고 자기 자신이 이제는 한낱 무지렁이 신세가 아닌 것도 같았다. 여태까지 조합장이라면 엄엄한 존재 같아서 설설 기다시피 했는데, 오늘 우리들이 힘을 합쳐 오금을 박아주니 말도 못하고 죽을 상을 짓는 것이 아닌가.

사람이란 떳떳이 살아야 할 것이다. 참고 짓밟히면 누가 불쌍히 보지도 않는다. 오히려 숙보며 점점 더 짓누른다. 지금까지 살아온 것이 그것을 말해주지 않는가. 이제 할말도 하면서 살아야 쓰겠다.

벌교댁은 옆에서 걷는 나주댁의 손을 슬그머니 잡았다. 그들은 눈에 어리는 그윽한 웃음과, 터져나오는 외침 속에서 지금까지와 다른 자신들의 모습을 서로 바라보았다.

벌교댁은 문득 광한의 모습이 떠올랐다. 광한이도 이래서 그 모진 매를 맞고도 싸우는 것이라는 생각에 가슴이 아릿해왔다.

(광한아, 이 자석아, 월매나 서운했을까, 잉. 이젠 이 에미도 알겠다. 실개천이 모여 시냇물을 이루고, 그리고 큰 강이 되는 이치를 이제야 알겠어.)

벌교댁의 주름진 얼굴에 땀방울이 고랑을 지어 줄줄이 흘러내렸다.

군청은 단단히 무장한 전투경찰들이 울을 치고 있었다. 벌교댁은 허리끈을 깡뚱하게 졸라맸다. 그리고 고춧가루가 담긴 두루룩한 주머니를 한번 쓱 훑어내렸다.

"씨펄놈들아!"

벌교댁이 각단지게 쏴질렀다. 그것은 흔히 쓰는 욕이었다. 그러나 그것이 결코 심상하게 한 욕이 아님을 나주댁은 옆에서 똑똑히 느꼈다.

8

　광한은 뙤창으로 비껴들어오는 햇살을 보고 있었다. 배가 고팠다. 며칠 만에 배고픔을 느끼는 것인가. 동료는 죽어갔는데, 그래도 살겠다고…… 그는 쓴웃음을 지으며 자리에서 일어났다. 소주병들이 너저분하게 나뒹굴어 있었고, 먼지는 풀썩거렸다. 못 보던 보꾸레미가 한 켠에 놓여 있었다. 그제서야 광한은 어제 광식이가 왔었다는 걸 기억해냈다. 술이 너무 취했었는지 어젯밤 기억이 가물가물했다. 보꾸레미가 없었다면 광식이가 온 것도 모르고 지나쳤을 것이다. 보꾸레미를 풀었다. 콩, 말린 호박, 무말랭이…… 등등이 소담스레 담겨 있었다. 어머니의 손이 간 양식들을 보니 자신의 처지를 더욱 키질하는 것만 같았다. 데모하지 말라던 어머니의 말이 새삼스럽게 돌이켜졌다. 어머니의 염려가 지금 현실로 나타난 이상, 그는 편지쓰기도 그만두었다. 가난과 슬픔을 일 속에 묻으며 사는 어머니, 밭고랑을 타고 앉아 호미날을 찍어내며 수십번도 더 이 아픔을 되새겼을 어머니. 어머니가 왜 체념했는가를 알 것도 같았다.
　광한은 석유곤로에 밥을 앉혔다. 석유도 거의 떨어져서 그을음이 진동했다. 가까스로 밥이 끓었다. 뜸이 들기도 전에 불이 꺼졌다. 무말랭이를 물에 불려 고추장에 대충 버무렸다. 플라스틱 상에 밥냄비째 올려놓았다. 물에 만 밥을 한술 떠넣었다. 낟알이 깔깔해 입 속에

서 헛돌았다. 생쌀 냄새도 났다. 속이 메슥거렸다. 몇숟가락 뜨다 말
고 수저를 놓았다. 남은 술이 있나 하고 술병을 살펴보았다. 한병에
술이 남아 있었다. 병째로 마셨다. 술을 사올까 하고 주머니를 뒤졌
다. 동전 몇개가 짤랑거렸다. 그는 단념하고 다시 수저를 들었다. 무
심하게 방안을 둘러보았다. 방안에 있는 것은 모두가 자기 모양을 닮
아 후줄근하고 맥이 빠져 있는 것 같았다. 못에 걸려 있는 색이 바랜
작업복, 땟국물이 흐르는 카시미론 이불, 그리고 뙤창. 브로크로 지은
날림집에 창문이라고 붙어 있는 것이 아귀도 맞지 않는 뙤창이었다.
뙤창 밑으로 조그만 책꽂이가 놓여 있었다.『전태일 평전』『민주노조
10년』『거칠지만 맞잡으면 뜨거운 손』『햇살』…… 동료들과 뜨거운
마음으로 읽었던 책들이었다. 그러나 이제는 아련한 상처처럼 느껴져
왔다. 그리고 그림 한장이 벽 한면에 붙어 있었다. 언제인가 영길과
함께 YWCA 6층 기노련 사무실에 간 적이 있었다. 그곳 사무실 간사
에게 얻은 팸플릿 표지 판화를 잘 오려서 벽에 붙여놓은 것이었다. 해
방 광주의 그림이었다. 트럭에 타고 있는 시민군들, 총을 들고 웃고
있는 시민군, 손가락으로 V자를 만들어 보이는 시민군, 김밥이 들어
있는 함지, 시민군에게 김밥을 넘겨주는 아낙네, 어린 딸을 시민군에
게 높이 쳐든 아저씨…… 해방의 기쁨이 넘쳐흐르고 있다.

"저 그림 안에서 비호는 뭘 하고 있을끄나."

뙤창 너머로 과일 사라는 장사꾼의 소리가 들려왔다. 광한은 남은
밥을 마저 먹었다. 대충 치우고 밖으로 나왔다. 주인 아주머니가 빨래
를 널고 있었다. 광한을 힐끗 보더니 방세 문제를 꺼냈다. 광한은 곧
해드리겠다는 말을 남기고 대문을 밀었다. 어디로 가나. 출근투쟁은
이제 엄두도 안 난다. 광한은 걸어서 양동시장 쪽으로 갔다.

홍노인은 손님과 널 흥정을 하고 있었다. 광한일 보더니 낯빛이 흐려졌다. 홍노인은 손님이 원하는 대로 널 흥정을 끝냈다. 홍노인이 물었다.

"자네, 뭔 일이 있었는가? 그 몰골이 뭣이여?"

"그냥…… 좀……"

광한은 말끝을 흐렸다. 또 한 동료를 보냈다고 어떻게 말할 수 있을 것인가. 세월이 가도 아들의 주검이 잊혀지는 것이 아니라, 단단한 옹이로 남은 홍노인 앞에 또 그 비슷한 주검을 어떻게 말할 수 있을 것인가. 광한이 힘없이 말하였다.

"아저씨, 일거리가 있으면 좀 알아봐주세요."

"일거리보다 자네 몸 간수하는 게 더 급하구만."

홍노인은 골방 문을 열어 광한을 눕게 했다. 홍노인이 말하였다.

"널 배달해주고 올 텡께 가만히 누워 있더라고."

광한은 가까스로 몸을 일으켜 골방을 나왔다. 가을햇살이 가게 중턱까지 쏟아지고 있었다. 그는 일거리를 찾아보았다. 박다 만 못이 있었다. 망치를 드는 손이 몹시 떨렸다. 진땀이 흘렀다. 손님이 왔다. 광한의 얼굴을 보더니 그냥 나가버렸다. 얼마 후에 홍노인이 왔다.

"좀 누워 있지 않구."

하면서 홍노인은 조그만 꾸러미를 펼쳤다. 인절미였다.

"먹어보드라고. 헛헛할 땐 인절미가 최곤께."

하고 홍노인은 한개를 집어 광한에게 권했다. 광한은 입에 넣고 우물우물 씹었다.

"기운 차리고 일해야제."

담담한 홍노인의 목소리는 억세게 다져진 생활력으로 하여 어딘가 사람의 마음을 진정시키는 힘이 있었다. 광한은 입에 묻은 콩가루를 손등으로 닦고 한번 씩 웃었다. 홍노인도 웃었다.

골목 어귀에 승용차가 멎어 있었다. 광한이 골목을 꺾어 들어가려는데 승용차 문이 열리는 소리가 들렸다. 광한은 뒤를 돌아다보았다. 두 남자가 차에서 내렸다. 관리직 간부인 김두식과 근로감독관인 박경태였다. 박경태가 말하였다.

"이제 오는가?"

광한은 말을 잊은 듯 멍하니 그들을 쳐다보았다. 박경태가 잇대어 말했다.

"저녁을 안했으면 같이 나가서 먹세."

광한은 공격을 받은 것처럼 어깨를 움츠렸다. 김두식이 넌지시 물었다.

"몸은 괜찮은가?"

"왜 오셨소?"

광한은 밀어내듯이 물었다. 박경태가 미소를 띠며 말하였다.

"찾아온 손님을 바깥에 세워둘 건가? 잠깐 방구경을 시켜줄 수 없나?"

광한은 아무 말도 하지 않았다. 박경태가 광한의 어깨를 조금 밀었다. 광한은 대문을 밀쳤다. 부엌에서 얼굴을 내민 주인 아주머니가 말하였다.

"인제 오는가. 손님들이 아까부터 기다리고 있드만."

광한은 방문을 열었다. 방안을 휘둘러본 김두식이 책제목을 훑어보았다. 날카로운 빛을 내기 시작한 두 눈을 처진 눈꺼풀 사이에 가라앉했다.

광한은 말없이 앉아 있었다. 박경태는 탐색하는 눈으로 광한을 응시하면서 담배를 피워물었다. 한모금 깊게 빨더니 은근한 어조로 물었다.

"고생이 많구만."

"………"

"몸이 안 좋아 보이는데."

"………"

고개를 숙이고 있던 광한이 눈을 들었다. 비난과 냉엄함이 가득한 눈이 두 사람을 번갈아 보았다. 두 사람은 태연하게 눈길을 받았다. 박경태는 시골집에 갔다온 것이며, 어머니가 몹시도 상심하고 있다는 둥, 너스레를 떨었다. 박경태가 계속해서 말했다.

"……애당초 이런 일이 없었으면 좋았을 텐데. 어쩌겠나, 자네도 알다시피 사장님 소신은 누구도 바꾸지 못하는 것 아닌가. 이번에 사장님께서 큰맘 쓰시고 우릴 보내셨어, 이 사람아."

"………"

"본론을 애기하지."

하고 박경태는 김두식을 곁눈으로 흘끔 쳐다보았다. 김두식이 가볍게 고개를 끄덕였다. 박경태는 헛기침을 하더니 말하기 시작했다.

"자네 먹고사는 사정이 꽤나 힘든 모양이니 하는 말인데, 사장님께서 큰돈을 내놓기로 하셨네."

"………"

"그것도 아주 큰돈이네. 천만원이라는 거금일세."

광한은 가볍게 입술을 움직거렸을 뿐이었다. 입안이 바짝 말라와서 말을 할 수가 없었다. 이들을 방안에 들여놓은 것 자체가 잘못이었다. 소리를 지르며 그들을 내쫓았어야 했다. 그러나 저항할 수 없는 어떤 힘에 이끌리듯 그의 내부의 어딘가가 허물어지고 있었다. 영길의 죽음으로 막막한 심정이 뒤엉키고 있던 중이었다. 죽음으로서도 대항할 수 없는 세상의 이치가 벽같이 그의 앞을 가로막고 있었다. 넘을 수 없는 벽의 위압에 그는 절망했고 움츠러들었다. 광한은 위압을 느껴 옹송그리듯 가볍게 어깨를 떨었다. 김두식이 보일 듯 말 듯한 웃음을 띠며 설복시키는 어조로 말하였다.

"천만원이면 자네가 일생 동안 만져보기도 힘든 돈이네. 이런 큰돈을 내놓는 것은 자네 입장을 특별히 생각한 것이야."

광한은 돈의 위력을 알고 있었다. 돈이 있음으로써가 아니라 돈이 없음으로써 알았다. 돈 한푼 없을 때의 막막함과 굶주림의 공포를 누구보다도 잘 알고 있었다. 돈은 구속이었다. 광한에게 있어 자유는 그렇게 구체적이었다. 영길이가 입원하려 했을 때 5만원이 없어 즉시 입원수속을 못했다. 시골 아버지는 돈이 없어 병원 한번 가보지 못했다. 돈이 없어 가고 싶은 학교도 못 갔다. 돈이 없어…… 돈이 없어…… 가난으로부터의 자유는 무엇인가. 돈 천만원 정도 쥐는 것인가. 그것이 결코 아님을 광한은 알고 있었다. 그러나 천만원이란 돈은 유혹적인 것임엔 틀림없다. 광한의 나약해지고 움츠러든 마음은 지금 갈팡질팡하고 있다.

광한의 얼굴에 나타난 갈등을 민감하게 알아챈 박경태가 회심의 미소를 지으며 말했다.

"자네도 고생 좀 그만 해야지. 조그만 가게 차릴 돈은 되니까. 또 고향 부모님께선 얼마나 기뻐하시겠나."

"요구조건이 뭣이오?"

광한이 쉰 듯한 목소리로 물었다. 박경태는 상체를 광한이 쪽으로 기울이며 부드러운 목소리로 말하였다.

"요구조건이랄 것까지야 뭐 있겠나. 어쨌거나 지금 이 상태를 자네가 인정하는 것이지. 어차피 돈을 안 받아도 복직이 될 수는 없으니까 말이네."

"모레 오전중으로 돈을 갖고 오겠네."

김두식이 단정적인 어조로 마무리를 지었다.

그들이 가고 난 뒤, 광한은 꼼짝 않고 앉아 있었다. 천만원. 0이 몇 개인가. 그는 손가락으로 셈해보았다. 0이 일곱 개다. 그러나 감이 잡히지 않는다. 월급이 겨우 18만원인데, 먹고 싶은 것 먹지 않고 입고 싶은 것 입지 않아 겨우 3만원을 저축한다. 그 돈은 시골집으로 보내지만, 일년을 저축하면 36만원 10년이면 3백60만원, 20년이면 7백20만원, 30년이면…… 천만원이란 돈은 얼추 30년 동안 뼈빠지게 일한 액수와 같다. 그 엄청난 돈이 곧 광한의 손에 쥐여질 수도 있다. 광한은 그 돈이 쓰일 궁리를 해본다.

용접을 겸한 자전거 점포를 마련한다. 열심히 일해서 돈을 모으면 서민아파트도 장만하고, 장가들어 가정을 이룬다. 한세상 조용히 살면 그 또한 모자람이 없지 않겠는가. 그러나 다른 동료들은 어찌할 것인가. 그는 점포를 포기한다. 노동상담소는 어떨까. 사무실을 얻으려면 7,8백만원이 든다. 노동법이라면 누구보다도 훤히 알고 있는 그로서는 측면에서 동료들을 도울 수 있을 것이다. 외곽에서 지원하고 조직해내는 것도 중요하다. 또, 또…… 돈이란 이렇게 많은 일을 할 수 있다. 광한은 머릿속에 이 생각 저 생각을 마구 너저분하게 늘어놓았다. 소주를 마셨다. 취기가 오르면서 그대로 모로 쓰러졌다.

　꿈속에서 광한은 어딘가를 걷고 있었다. 길은 몹시 가파르고 어두웠다. 그 길은 무한정 뻗어 있었다. 옆에는 나무들이 늘어박혀 있었는데 잎사귀들이 거무칙칙했다. 난데없이 영길이가 나타나 손짓을 했다. 생시의 모습 그대로였다. 광한은 그를 붙들려고 달려갔다. 달려가면 가는 만큼 영길은 더 멀어졌다. 이번에는 펄쩍 뛰어 영길을 덮치듯 감싸안았다. 그러나 빈 허공뿐이었다. 광한은 애가 타 그의 이름을 불렀다. 목소리가 나오지 않았다. 영길은 막대기로 놀리듯 탁, 탁, 땅을 치며 갔다. 막대기를 끌기도 했다. 그 소리가 몹시도 신경에 거슬렸다. 소리는 막대기에서 나는 것 같기도 하고 딴 데서 나는 것 같기도 했다. 그것은 바로 생시의 소리 같기도 했다. 광한은 꿈에서 벗어났다. 눈을 뜨려고 애썼다. 눈이 떠지지 않았다. 몸을 움직이려고 애썼다. 꼼짝할 수 없다. 손가락 하나만이라도 움직일 수 있다면 깨어날 텐데…… 가위눌림은 오래 계속되었다.

　광한은 온 힘을 다해 손가락을 움직였다. 가까스로 눈을 떴다. 온몸이 땀에 흥건히 젖어 있었다. 일어나 불을 켰다. 담배를 피워물었다. 탁, 탁, 하는 소리가 들렸다. 꿈속에서 들리던 소리와 비슷하다. 소름이 쫙 돋았다. 귀를 기울였다. 소리는 부엌에서 들려오고 있었다. 문을 살그머니 열었다. 수챗구멍에서 나는 소리였다. 소리를 죽이며 부엌으로 내려섰다. 수챗구멍을 막은 쇠망이 옆으로 조금 비껴나 있었다. 수챗구멍 둘레의 시멘트가 바스라져 그 틈새로 쥐가 드나들었던 모양이다. 그 앞에 쪼그려 앉았다. 인기척이 없자 쥐가 다시 나타났다. 조그만 새앙쥐였다. 머리만 쭈빗 내밀다가 놀란 듯 다시 숨어버렸다. 잠시 후 다시 나타났다. 사라졌다. 그렇게 몇번을 시도했다. 새앙

쥐도 꾀가 생겼는지 약간 안쪽에서 이쪽 눈치를 살폈다.

(뭐 먹잘 것이 있다고, 이런 집구석에 다 나타난다냐. 니도 한심하구나야.)

광한은 부엌을 휘둘러보았다. 김칫독 하나, 물통, 바가지, 그릇을 얹어놓은 선반, 냄비, 라면상자…… 다시 눈을 돌려 새앙쥐를 바라보았다. 제법 귀여운 눈이었다. 글쎄, 소나 돼지, 멤생이, 닭…… 등등의 눈들이 귀엽고 슬프기도 한 것을 알고는 있었지만 쥐가 귀엽다고 느낀 것은 처음이었다.

"아무리 뒤져봐야 먹잘 것이 없응께 가더라도 부잣집에나 가서 실컷 먹어라 요것아."

광한은 물통 밑을 받친 벽돌을 꺼내 수챗구멍을 막았다. 방으로 들어와 다시 잠을 청했다.

창문 두드리는 소리에 잠이 잠깐 깨는 듯했다. 뒤이어 광한아, 부르는 소리…… 광한은 눈을 떴다. 겨우 몸을 추세우고 골목으로 면한 뙤창을 열었다. 기태가 서 있었다.

"빨랑 문 좀 열어라이."

기태가 말했다. 광한은 눈을 비비며 마당으로 나갔다. 대문을 열었다. 기태가 들어섰다.

"웬일이대?"

광한의 물음에 기태는 대꾸도 없이 방안으로 들어섰다. 광한은 부엌에서 냉수 한사발을 들이켰다. 벽돌로 막힌 수챗구멍을 보니 어수선했던 지난밤이 생각났다. 광한이 방으로 들어서자 기태가 광한의 낯색을 살피며 말하였다.

"몸이 안 좋아 보인다, 너."

"그냥 그렇제 뭐."

"먼 술을 요렇게 많이 먹었냐?"

술병에 시선을 돌리며 기태가 말하였다. 광한은 속빈 웃음을 웃었다. 기태는 쌓여 있는 술병으로 광한의 괴로움을 가늠했다. 기태는 자책하듯 낮은 목소리로 말하였다.

"그동안 고생이 많았제?"

"나야 뭐, 죽은 사람도 있는디."

"영길이……"

기태는 더이상 말을 잇지 못했다. 눈뿌리에 스민 눈물을 삼키려고 침을 꿀걱 삼켰다.

"뭐가 뭔지 모르겠다, 통."

광한의 말은 사무친 마음을 그대로 드러낸 것이었다. 잠시 무거운 침묵이 흘렀다. 기태가 말하였다.

"동료들도 많이 괴로워들 하고 있어. 다시 농성에 들어가기로 결정을 보았구만."

"………"

"니 복직문제허고 영길이 사인규명이 농성에 들어가는 첫째 조건이랑께."

광한은 대꾸도 없이 담배를 피워물었다. 기태가 이상한 듯 광한의 얼굴을 뚫어지게 바라보았다. 광한은 어제 회사간부들이 왔다갔다는 걸 이야기할까 하다가 그만두었다. 마음이 황황하여 담배만 연신 빨아댔다. 시름없이 흩어지는 담배연기를 바라보며 광한은 침울한 목소리로 말하였다.

"고맙기는 하다만 또 많은 동료들이 다쳐나가고 해고되면 으짤끄나?"

"그렇다고 이대로 주저앉을 수는 없는 것 아니냐. 모두들 그런 심정이고, 이미 결정을 보았구만. 광한이 니가 단단하게 보여야 우리도 힘이 나는 것인께……"

하며 기태는 광한의 얼굴을 그윽하게 바라보았다. 광한의 황황한 마음을 알아채기는 했지만 그것이 지쳐 있는 탓이라고 해석한 기태는, 힘을 주어 광한의 손을 잡았다. 이해와 따뜻한 사랑을 실은 눈빛과 손길이 광한에게 용기를 주었다. 구사대와 경찰과 영길의 죽음과 매타작으로 축난 몸으로 한껏 왜소해진 광한의 가슴 한 귀가 조금 열리는 듯했다. 기태가 말했다.

"내일 점심시간쯤 해서 회사로 와. 출근시간 땐 저것들이 경계를 단단히 하니께 들어오기가 힘들 거여. 우리가 점심시간 때 공차기를 하고 있을 텐디, 니가 나타나면 니 쪽으로 공을 찰게. 공을 따라가는 체하며 너를 둘러싸고 농성장으로 냅다 뛰면 저것들이 미처 손을 쓸 수가 없겠제."

기태는 그 외에도 여러가지 준비상황을 설명했다. 이번에는 가족들의 연대투쟁도 있을 것이며, 재야단체의 도움도 있을 것이고, 무엇보다도 동료들의 투지가 대단하다는 것이었다. 그동안 광한의 외롭고 줄기찬 투쟁이 동료들의 투지를 끌어올렸음을 재차 강조했다.

광한은 무거운 마음으로 한숨을 내쉬었다. 갈등을 털어놓고 싶었다. 회사측으로부터 돈을 받아 좀 편안해지고 싶은 욕구도 있다고 말하고 싶었다. 굶어가며 농성하고, 시위하고, 개같이 매맞고 싶지 않다고 말하고 싶었다. 그러나 신뢰와 사랑의 눈길로 광한의 흔들리는 마음을 감싸안듯 하고 있는 기태에게 차마 그런 말을 할 수가 없었다.

기태는 출근을 위해 자리에서 일어섰다. 기태가 결단성 있게 말하였다.

"내일 보더라고."

광한은 대문을 닫고 들어와 뙤창 쪽으로 갔다. 창을 열었다. 아침햇살이 부챗살처럼 내뻗치고 있었다. 기태는 골목을 빠져나가다가 힐끗 뒤를 돌아다보았다. 가볍게 웃음지은 얼굴이 햇빛에 반짝하고 빛난다. 광한은 갑자기 가슴이 찡하고 다감한 생각이 가득 차올랐다. 기태는 한쪽 손을 들어 주먹을 쥐고 흔들면서 골목에서 사라졌다. 광한은 깨금발을 들고 목을 쑥 내밀었다. 한동안 그렇게 서 있었다. 혼자라고 생각했지만 그것이 아님을 광한은 알았다.

광한은 방청소를 하기 시작했다.

9

갈아엎은 밭고랑마저 가문 날씨에 그대로 말라버렸다. 산비탈의 솔숲은 병이 들어 누렇게 말라가고 있었고, 시냇물은 바닥을 내보인 지가 오래다. 그러나 해가 지고 나면 은근한 저녁노을에 무르녹아 이러한 삭막한 풍경조차 아름답게 보였다.

논둑을 걷고 있던 벌교댁은 자기 집 굴뚝에 연기가 피어오르는 것을 보았다. 광옥이가 그래도 딸내미라고 저녁밥을 짓는 것이 분명했다.

벌교댁은 고샅을 들어섰다. 저녁밥 짓는 냄새가 풍겨왔다. 점심을 거른 속이 헛헛해왔다. 읍내장에서 콩을 팔면서 팥죽이라도 한그릇 사먹을까 하다가 그만두었다. 벌교댁은 허리춤에 단단히 꿰어찬 2만

여원의 돈을 한번 쓸어보았다. 흐뭇한 미소가 피어올랐다.

　그때, 맞은편에서 걸어오던 이장이 그 모습을 보고 은근한 목소리로 물었다.

　"무신 좋은 일이라도 있소?"

　"콩 좀 폴았어라."

하고 벌교댁은 빠른 걸음으로 이장 곁을 지나쳤다. 이장이 벌교댁을 불러세웠다.

　"방금 집에 갔다왔는디 말이요."

　"왜라?"

　"내일 고추 수매한다고 통보가 왔습니다."

　"그래라."

　"긍께로 같이들 나서서 내일 수매장에 오시씨요."

　그러더니 이장은 목소리를 낮추어 은밀히 말하는 것이었다.

　"내일 시위엔 따라가지 않제라?"

　"인제 본께로 일이 고러크름 됐구만이라."

　벌교댁이 고개까지 끄덕이며 쏘아붙였다. 이장이 겸연쩍은 웃음을 띠며 말하였다.

　"내도 참말로 난처하구만이라. 농협에서 서둘러 수맬 했으면 일이 이렇게까지 되진 않았을 텐디 말이어라. 어쨌거나 수맬 한당게, 하구볼 일이 아니겠소? 벌교댁은 돈 들어갈 일도 많제라?"

　벌교댁은 대꾸도 없이 걸음을 재촉했다. 이장은 어쩐지 겨냥이 빗나간 것을 느끼고 초조한 목소리로 말하였다.

　"내일 안하면 기회가 없을 거요."

　시위를 방해하려는 저들의 수작이 눈에 보는 듯 뻔해서 벌교댁은

"참말로 모지리들이구만" 하고 혼잣말처럼 중얼거렸다.

소슬한 바람이 불어왔다. 귀밑머리가 날렸다.

전번 시위 때 군청까지 밀고 들어갔으나 철제 바리케이드와 전경들이 막는 바람에 몸싸움으로만 끝났다. 그러나 시위 탓인지 이튿날부터 고추수매를 한다고 이장이 알려왔다. 그런데 각 가구마다 수매량이 할당되었다. 그 수매량이 전체 물량의 10분의 1도 안되었다. 전량 수매 약속을 한 조합장에게 마을대표들이 항의했다. 조합장은 언제 그런 약속을 했느냐고 오리발을 내밀었다. 화가 치밀어오른 마을 사람들은 내일로 2차 시위 날짜를 잡았다.

벌교댁은 저녁을 먹고 난 뒤 거북이네 집으로 갔다. 마을 사람들이 묵묵히 앉아 있었다. 이장에게서 한마디씩 귀띔을 받은 눈치들이었다. 나주댁이 먼저 그 사실을 털어놓으니 너도나도 이장으로부터 그러한 말을 들었다고 실토했다.

"씨펄놈들이 꼭 여시 짓거리만 한당께."

천서방이 침까지 튀기며 씨걱거렸다.

"그랑께 뭣이냐. 지금 우리들 앞엔 시위를 할 것이냐, 공판에 나갈 것이냐, 두 갈래 길이 놓여 있단 말시."

지서방이 말하자 나주댁이 냉큼 말을 받아챘다.

"무신 갈래길이란 말씀이요? 시위를 하기로 했은께 시위를 하는 것이제라."

"우짜튼 수맬 할 수도 있는 길이 열렸은께 거기에 대해서도 의견들을 나누어보제라."

윤규식이 민주적으로 의견을 모은다는 식으로 말을 비추었다. 김서방이 말을 이었다.

"지는 말이어라, 급한 사람은 수맬 했으면 좋겠다는 생각도 드는구만이라."

"김서방은 곧 자석을 본께로 돈이 급할 것이구만, 잉."

이서방이 말하자 입 건 사람들은 한마디씩 씨불거렸다.

"자석 넷이 있음스로 또 앨 실릴 겐 뭣이당가?"

"하기야 밤농사라도 잘 지어야 살제. 자석들 울타리라도 든든해야 할 것인게."

"워메. 자석만 줄줄이 낳으면 대수다요? 지 먹을 것 지가 타고난다는 말도 옛말이제."

"살기만 괜찮다믄야, 자석들 많은 것도 좋제라."

윤규식이 이야기 줄기를 입막음하고 다시 내일 계획으로 이야기를 끌어들였다. 나주댁이 시위를 해야 할 입장에서 말을 펴나갔다.

"전번에도 같이 앉아서 생산비를 따져봤제라. 수매가 2천원은 택도 안되는 소리고라. 내일 수맬 해도 부분수매 아니겠소? 더 많은 고추가 남을 텐디 시위를 해서 그 문제를 해결해야제라."

"저것들이 우릴 뭘루 보구 고따구 수작을 부리는지 열통 터져 죽겠구만. 촌것들이라고 우습게 본 것이 분명하당께."

천서방이 말했다.

어차피 배정량 가지고는 마을 사람끼리 감정이나 상하게 될 터인즉, 시위를 하자는 쪽의 말이 단연 우세했다.

윤규식이 말하였다.

"그라믄 시위를 하기로 결정을 본 것으로 하제라. 그란디 한가지 의견이 있어라. 물론 시위도 중요하지만 각자 생활 형편도 중요하제라. 모든 분들이 돈이 필요하겠지만, 그중에서 가장 급박한 집안은 내일 수맬 하는 것이 우짜겄소?"

"다 된 밥에 재를 뿌린당가, 자네는?"

지서방이 툴툴거렸다. 윤규식이 넉넉하게 미소지으며 대답하였다.

"몰래 가서 수맬 하는 것은 안될 말이제라. 하지만 이렇게 모인 자리에서 결정을 보는 것은 괜찮기도 하겠구만이라."

"아우님 말 들어본께로 과히 틀린 말은 아니구만. 시위도 다 먹고살자고 한 것인께. 그라믄 꼭 필요한 사람은 말씀 좀 해보시씨요."

나주댁이 말했다. 아무도 나서는 사람이 없다.

"지가 본께로 형님이……"

하고 윤규식이 김서방을 눈짓으로 넌지시 지목하며 잇대어 말했다.

"곧 출산을 할 것인께 돈이 급박하실 거구만요. 그라고 아짐씨도 수맬 하시면 우짜겄소? 아저씨 병환도 깊었은게 병원에 가봐야 할 것 아니겄소?"

윤규식은 벌교댁을 바라보며 말을 끝맺었다. 모두들 그 제의를 받아들였다.

밤이슬이 내려 차분히 가라앉은 황톳길을 벌교댁은 천천히 걸음을 옮겨놓았다. 달은 청천하늘에 둥싯 떠 있었다. 은은하게 흐르는 달빛은 지친 어깨며 팔다리를 어루만져주는 것 같았다. 벌교댁은 마을 사람들의 배려를 고맙게 생각했다. 특히 윤규식의 마음 씀씀이가 더없이 눈물겨웠다. 그러나 마을 사람들이 모두 시위에 나가는데 자기와 김서방만이 빠진다는 것이 어쩐지 속이 편치가 않았다. 돈이 필요한 사정은 모두 마찬가지였다.

한사람 한사람 모여 큰 강을 이루는데 자기 하나 빠지면 그만큼 강줄기가 약해지는 것이 아닌가. 더군다나 농협놈들의 수작을 보면 더 이상 참을 수가 없다. 벌교댁은 저도 모르게 도리머리를 흔들었다.

(불쌍한 내 새깽이들. 이젠 느그들을 위해서도 이 에민 가만 있지 않을 것인께.)

벌교댁은 주먹을 꼭 쥐었다.

세끼 밥 근심없이 먹을 수 있고, 자식들이 남들만큼 교육받을 수 있고, 아플 때 병원 갈 수 있는 세월. 아침에 장닭 홰치는 소리를 들으며 평안히 일어날 수 있고, 일한 만큼 보람을 느낄 수 있는 세상. 그런 시절 그런 세상이 온다면 춤이라도 추련만……

그러나 당장 들어가야 할 돈 때문에 마음이 무거워졌다. 벌교댁은 돈 마련할 길이 없나 하고, 이리저리 궁리해보았다.

(그렇제. 콩 폴은 돈이 있제. 그라고 품을 폴은 돈을 받으면 광옥이 학자금은 될 터이고, 광식이 학자금은 으짤끄나, 아무래도 씨암탉을 폴아야 쓰겄구만. 씨암탉은 값을 실히 쳐준께로 여덟 마리 몽땅 폴면 그럭저럭 맞출 수 있겄제. 영감 병원비는? 옳제. 거북이 아버지가 부락계를 한다고 했제. 첫 번호를 날 달라고 해야겄네. 매달 부어갈라면 더 바쁘게 일해야제. 농한기에 생밤 깎는 일도 있을 것이고 읍내장에 나가 군고구마 장사라도 하제, 뭐.)

벌교댁은 당장에 일이 닥친 것처럼 허리춤을 깡뚱하게 졸라맸다. 사실 자기와 같은 무지렁이 아낙네가 이만큼 궁량이 생긴 것은 무엇일까. 지금까지 가난을 팔자라고 생각해왔다. 눈물을 흘리고 한숨만 내쉬어왔다. 그런데 그것이 아니었다. 가난은 팔자가 아닌 것을 깨달았다.

(웬쑤놈의 가난이 아니랑께. 웬쑤놈의 농협이고 웬쑤놈의 군청이랑

께. 더 거슬러 올라가면 어디까지 갈끄나. 정치를 잘못하는 높은 놈들
도 웬쑤놈이제. 미국놈들 땜세 요 꼬추문제도 일어났다고 했제. 옳거
니. 웬쑤놈의 미국놈이구만, 잉.)

벌교댁은 잠시 걸음을 멈추고 다정한 달님을 바라보았다. 아들이 보
고 싶었다. 벌교댁은 이제야 더 깊이 아들의 심정을 이해할 것 같았다.

이튿날, 벌교댁은 마을 중앙에 위치한 노인정 앞으로 나갔다. 경운
기 다섯 대에 부락 사람들이 타고 있었다. 경운기 앞쪽에 깃발을 내
달고 있던 윤규식이 문득 벌교댁을 쳐다보았다. 그는 감싸안듯 다정
한 눈길을 반짝, 하고 빛냈다. 나주댁이 벌교댁의 손을 잡아끌며 말
하였다.

"성님은 왜 나오셨소?"

"나도 가야 쓰겄네."

벌교댁이 경운기에 올라타자 김서방이 웃음 띤 얼굴로 말을 걸어
왔다.

"아짐씨, 우리 아그는 아짐씨가 받아주시면 되겄구만이라. 아그 받
는 솜씬 아짐씨가 이거제라."

하고 김서방은 엄지손가락을 한껏 펴 보였다.

경운기가 움직이기 시작했다. 배웅을 나온 노인들과 어린아이들이
손을 흔들었다. 무어라고 소리쳤으나 경운기 달리는 소리에 파묻혀버
렸다. 탈, 탈, 탈…… 빨리 내달리라고 아우성치는 소리 같았다. 경운
기 핸들을 잡고 있는 천서방의 모습은 말 탄 장수처럼 근엄하기까지
하였다. 플래카드가 바람에 휘날렸다. 동구밖을 빠져나오자 이웃마을
에서 쓸어나오는 경운기부대와 맞닥뜨렸다. 천서방이 앞장서려고 속
력을 내는 바람에 하마터면 이웃마을 경운기와 맞부딪칠 뻔했다. 천

서방이 급브레이크를 밟는 사이 이웃마을 경운기가 앞질러 나갔다. 천서방이 시뜩해져서 퉁명스럽게 말하였다.

"양반마을 양반마을 해쌓더니만 양반들이 부뚜막에 먼저 올라간당께."

그 소리를 들은 이웃마을 사람이 흔연스럽게 대꾸했다.

"수염이 석자라도 먹어야 살제."

늦게 신작로로 빠져나온 아랫마을 경운기가 신바람을 내며 달려갔다. 플래카드도 별락스리 흰 광목천에 피를 휘뿌린 듯한 붉은 글씨체로 "꼬추 생산비 보장하라" 하고 써 있었다.

지서방이 그 플래카드를 쳐다보며 씨불거렸다.

"글씨 쓸라면 옳게 쓰제. 나 원 무식하기는."

아랫마을 사람이 비웃음을 띠며 대꾸했다.

"음머, 수입고추만 먹은 모양이네, 잉. 꼬추모를 땅에 꽂아보고도 '고추'라고 말하면 그게 어디 진짜배기 농투성이라고 말할 수 있겄소?"

지서방 자신도 늘 그렇게 말해왔던 것이 아닌가. 사무친 원한이 '고추'라는 부드러운 말로 할 수 없었던 것이다.

이 마을 저 마을에서 빠져나온 경운기들이 긴 대열을 이루며 달려갔다. 각자 마을에서 만들어 경운기에 내건 플래카드와 깃발들이 세차게 펄럭였다. 벌교댁을 실은 경운기가 산마루턱에 다달았다. 속력을 늦추어 천천히 올라갔다. 산마루에 올랐다. 저 멀리 읍내가 한눈에 보였다. 흰 건물이 유독 눈에 들어왔다. 군청이다. 치맛자락을 바람에 날리며 벌교댁은 입술을 앙다물었다. 노랫소리가 울려퍼지고 있었다.

(…)

내딛는 첫발은 다르다지만

끝내는 한 길에 하나가 되리.

　모두가 하나였다. 그 하나 속에 벌교댁 자신도 끼여 있는 것이다. 윤규식도, 나주댁도, 천서방도, 모든 경운기 대열도 그 하나 속에 끼여 있었다. 그리고 광한이도 그 하나 속에 끼여 있음을 벌교댁은 자신하였다.

　벌교댁은 산마루를 내려가는 대열을 바라보았다. 그리고 뒤를 돌아다보았다. 큰물진 것처럼 끝없는 경운기 대열이 휩쓸어오고 있었다. 새로운 세상이 올 때까지 이러한 대열이 그치지 않을 것이었다. 벌교댁의 주름진 얼굴에 그윽한 빛이 물결쳤다. 벌교댁은 나주댁이 쥐고 있는 대나무 깃대를 두 손으로 모두어 잡았다. 경운이가 힘차게 달려나갔다.

10

　가을이 완연하다. 시내에서 곧바로 눈을 들면 무등산이 저만치에서 손짓하곤 했다. 이윽고 광한은 산을 올랐다. 하얗게 피어서 쇠어버린 억새꽃이 바람에 하늘거렸고 산등성이엔 단풍이 빨갛게 물들었다. 광한은 기억을 더듬을 필요도 없이 거기, 가슴속 깊이 새겨두었던 그 장소 쪽으로 발걸음을 옮겼다. 야산의 둔덕을 넘으니 밭고랑이 나타났다. 그리고 솔숲이 보였다. 그는 총을 부여안고 누웠던 밭고랑을 눈가늠해가며 한발 한발 옮겨놓았다. 솔숲으로 들어갔다. 유난히 그의 눈에 마쳐오는 소나무 옆에 걸음을 멈췄다. 흙 위에 얹어놓았던 돌은 없었지만 이 장소가 분명했다. 광한은 담배를 피워물었다. 한모금 깊게 빨아들였다. 그리고 수북이 쌓인 낙엽들을 걷어냈다. 준비해온 손삽으로 땅을 파기 시작했다. 한참을 파내려갔다. 이윽고 딱딱한 이물질이 삽 끝에 전해져왔다. 광한은 삽을 팽개치고 손끝으로 파헤쳤다. 흙물을 머금어 누렇게 삭아서 바스러지는 비닐을 뜯어냈다. 누워 있는 시신처럼 두 자루의 총이 나란히 놓여 있었다. 사무친 마음처럼 단단하게 보였다. 총 한 자루를 꺼냈다. 그 차갑고 단단한 물체를 처음 만졌을 때의 공포와 환희가 다시금 생생히 떠올랐다.

총의 쇠 부분은 붉은 녹이 엷게 덮여 있었다. 노리쇠를 뒤로 힘껏 제껴보았으나 녹이 슬어서인지 도무지 꿈쩍도 하지 않았다. 작은 돌멩이로 총등을 나직이 두들겨서 다시 한번 손목에 힘을 주어 노리쇠를 제껴보았다. 어떻게 겨우 제껴지면서 녹이 조금씩 바스라져 떨어졌다. 방아쇠를 잡아당겼다. 철컥 하고 소리가 났다. 녹슨 총이었으나 공이가 때리는 쇳소리는 청량하게 들렸다. 그뿐이었다. 방아쇠는 다시 제자리에 돌아오지 않았다. 그는 쓴웃음을 지었다. 다시 이 구석 저 구석을 매만지다가 총을 어깨 위에 올려 빈 겨냥을 해보았다. 어디인가? 누구인가? 대답은 확실했다. 분명했다. 생가슴을 박박 할퀴듯 모진 아픔이 엄습해왔다. 다시 그런 날이 오지 않을 것인가. 지금은 아직 그런 날이 아님을 그는 알고 있었다.

그는 총을 내려놓았다. 다시 비닐로 소중히 싸맸다. 그리고 묻었다. 흙을 한줌 한줌 덮으면서 꽁꽁 묻었다. 가슴 깊이, 깊이 묻었다. 총을 품은 가슴은 이제 흔들리지 않을 것이다.

눈을 들었다. 불타는 노을을 담은 하늘이 하나 가득 안겨왔다.

골목으로 들어섰다. 창문으로 새어나오는 불빛이 골목길을 비추었다. 이집 저집에서 저녁 짓는 음식냄새가 풍겼다. 광한의 코끝에 유독와닿는 포근한 냄새, 된장찌개 냄새, 아릿아릿한 그리움처럼 어머니가 생각났다.

집 가까이 다가갔다. 늘 꺼져 있던 뙤창에서 불빛이 새어나오고 있었다. 광한은 다급히 대문을 밀치고 단숨에 부엌문 앞에 섰다.

벌교댁은 된장찌개 맛을 보고 있던 중이었다. 숟가락을 쥔 채로 뒤를 돌아다보았다. 몰라보게 수척해진 아들의 얼굴을 찬찬히 뜯어보았다. 가슴이 저려왔다. 눈물이 쏟아질 것 같아 벌교댁은 입 속에 괸 침을 깊게 삼키었다. 벌교댁은 흔연스러운 듯이 심상한 어조로 말하였다.

"어서 씻고 밥 묵자, 잉."

벌교댁은 햅쌀로 지은 밥을 두 그릇 듬뿍 푸고, 된장찌개도 한 양푼 넘치게 떠서 밥상을 들여갔다. 방안에는 쌀자루와 고춧가루가 담긴 비닐봉다리가 한켠에 놓여 있었다.

밥상을 놓고 마주앉았다. 낱알에 기름이 반지르르 돌았다. 광한은 식구들 안부를 물은 끝에

"돈도 못 보내드리고……"

하고 말끝을 흐려버렸다. 벌교댁은 입에 넣은 밥 때문에 얼른 대꾸를 못하고 아들을 바라보았다. 아들은 죄스러운 표정을 짓고 있었다. 벌교댁은 밥을 빨리 목구멍으로 넘겼다. 그리고 말하였다.

"씰데없는 걱정 하덜 말고 밥이나 많이 묵어. 햅쌀은 고대로 살로

가니께."

아들은 어머니의 마음을 알아보았다. 모자 사이에 그윽한 기쁨이 피어났다. 그것은 웃음으로 피어나는 것이 아니라 눈물이 가슴에 차분히 괴어드는 그러한 기쁨이었다.

벌교댁은 고추싸움 얘기를 했다. 광한은 가벼운 웃음 속에 그 말을 들었다. 조합장이 농민들 앞에 벌벌 떠는 장면에 와서는 마음껏 소리내어 웃었다. 벌교댁은 상기된 얼굴로 계속해서 말했다.

"다음엔 군청으로 쳐들어갔제. 바르케튼가 뭔가를 넘어뜨리고 군수실로 몰려가니께 군수가 책상 밑으로 숨어 있더랑께. 참말로 그 몰골이라니. 군수 아니 군수 할애비라도 성난 백성 앞엔 꿈쩍 못하더라니께. 군수 말이 자기 힘으론 어쩔 수 없다드만. 높은 놈들이 이래라저래라 하니 자기도 별수가 없다드라. 그랑께 조합장이니 군수니 하는 것들도 핫바지랑께. 다음엔 서울로 쳐들어가기로 했구만."

어머니의 이야기를 들으면서 광한은 가슴 한 귀퉁이에 남아 있던 응매듭이 스르르 풀어져나감을 느꼈다. 예전에 데모하지 말라던 어머니에게 느꼈던 심정은 착잡한 것이었다. 아들을 염려하는 심정인 줄은 알면서도 어머니의 속에 우리의 적이 있음을 알고 얼마나 괴로워했던가. 어머니가 바라는 삶이란 굴종과 이기주의와 안일이었다. 그것을 떨쳐내기 위해서 어쩌면 어머니와 멀어질 수도 있었을 것이다. 그러나 어머니의 신뢰와 사랑 없이 싸워나가는 일이란 얼마나 고단하고 팍팍한 일인가.

벌교댁은 계속 말하고 있었다.

"누가 해주지 않는당께. 우리들이 나서서 해야제……"

열기가 오르는지 벌교댁의 얼굴에 땀이 배어났다. 그 모습은 광한에게 새로운 투지를 불러일으켰다.

모자는 나란히 누웠다.

"어머니."

광한이가 낮은 목소리로 불렀다.

"와?"

"어머니."

광한은 할말을 찾지 못하다가 뙤창 너머로 눈길을 돌렸다. 방금 솟아오른 초승달이 기웃이 떠 있었다. 끝없이 무정한 길을 걸어온 어머니가 한숨 내쉬며 보았을 달이 오늘도 변함없이 떠올랐다. 광한이 나직이 물었다.

"어머니, 저 달이 서럽게 보이제라?"

벌교댁도 달을 바라보고 있었다. 초승달은 엷은 구름 속을 설핏 지나갔다. 벌교댁이 담담히 말하였다.

"이젠 서럽지 않제."

드문드문 들리던 발자국 소리도 끊긴 지 이미 오래였다. 소리없이 밤이 깊어갔다.

새벽에 일어난 벌교댁은 어제 절여놓은 김치를 담갔다.

두 사람은 아침밥을 든든히 먹었다. 광한은 동료들과 만날 낮시간까지 홍노인 가게에 가서 일을 거들 심산으로, 어머니와 같이 새벽길을 나섰다.

출근하는 근로자들이 드문드문 보였다.

"여그도 일찍 일어나는 사람이 있구만, 잉."

벌교댁이 말하였다.

"일터로 가는 사람이어라."

"여그나 시골이나 일하는 사람들은 별반 다를 바 없구만."

아침노을이 곱게 비껴왔다. 볼깃한 빛이 출근하는 사람들 얼굴 위에 그윽하게 흘러넘쳤다.

벌교댁은 정겨운 눈길로 사위를 둘러보았다. 아들의 어깨 너머로 콘크리트 건물들이 보였다. 예전엔 사람 살 데가 못 되어 보이던 곳이었다. 그러나 아들이 있으므로 그리고 저 서둘러 걸어가는 사람들이 있으므로 삭막한 콘크리트 건물들마저 다감하게 보였다.

두 사람은 버스정류소 쪽으로 걸어갔다. 벌교댁이 버스에 올랐다. 아들이 보이는 좌석에 앉아 차창 밖을 내다보았다. 아들은 손을 흔들며 넉넉하게 웃고 있었다.

(이 자석아, 다 묵고살자고 하는 일인께 으짜든지 세끼 밥 든든히 묵고……)

살눈썹을 적시는 눈물 속에 벌교댁은 언뜻 쟁기로 갈아엎은 땅의 속살을 본 듯했다. 이슬을 머금어 살아숨쉬는 땅의 속살은 벌교댁에게는 언제나 설렘이었다.

아침햇살이 빛나고 있었다.

―『사상운동』1989년 창간호

'오월'의 역사와 함께한 영혼의 기록

임규찬

1

홍희담의 「깃발」을 1988년이 아닌 2003년에 다시 만나니 느낌이 묘하다. 워낙 과작인 작가가 이제야 이렇게 첫 작품집을 낸 탓이지만, 여하튼 '광주' '오월'을 상징하는 「깃발」이 표제작으로 다시금 펄럭이고 있으니 확실히 기분이 묘하다. 이번 작품집에는 「깃발」 이후 비교적 최근에 발표한 작품까지 묶여 있지만, 아무래도 「깃발」은 작가의 이후 작품에 대해서도 '깃발'이다. 홍희담 하면 「깃발」로 등치될 만큼 「깃발」은 '광주' '오월'이라 지칭되는 한 시대의 문학적 상징으로 자리잡은 지 오래되었다.

나 자신에게도 「깃발」이 '그때 그 시절'의 추억 혹은 '80년대'라는 역사로 먼저 받아들여져서인지, 90년대 이후 전개된 격변의 세태를 이 작품이 어떻게 감당할까 관심이 모아졌다. 잘 알다시피 「깃발」은 1988년 발표 당시 큰 반향을 불러일으킨 화제작이었다. 광주민주화운동의 본질적 국면을 정면으로 다룬 최초의 작품으로서, 나아가 계급적 관점과 반제국주의적 시각에 기반한 작품으로서 동시대를 참으로 뜨겁게 달구었다. 역사적으로 볼 때 「깃발」이라는 작품 자체가 껴안고 있는 1980년과 1988년이라는 두 시간성부터가 흥미롭다. 작품 내부를 이루는 1980년의 광주민주화운동과 그것의 해석이 이루어지는 1988년, 즉 1980년대의 시작과 끝이 함께 접맥함으로써 1980년대라는 시대적 형상이 작품에 날카롭게 각인될 수밖에 없었다. 우선 광주민주화운동에 대한 형상화로서 이 작품이 갖는 의미는 항쟁의 최후 결전기를 그려내고 있다는 데 있다. 즉 학생을 중심으로 한 지식인 주도의 초기 국면에서 민중 주도로 넘어가는 운동의 실제적 변화과정을 노동자의 눈으로 침통하게 묘파해냈던 것이다. 도청에 남기로 결심한 여성노동자 형자의 다음과 같은 말은 이 작품의 시각을 압축적으로 대변한다고 해도 과언이 아닐 것이다.

도청에 끝까지 남아 있던 사람들을 잘 기억해둬. 어떤 사람들이 이 항쟁에 가담했고 투쟁했고 죽었는가를 꼭 기억해야 돼. (…) 그러면 너희들은 알게 될 거야. 어떤 사람들이 역사를 만들어가는가를……

한마디로 작가는 기층민중·노동자의 눈으로 광주민주화운동의 역사적 의미를 재해석해냈다. 이 작품의 배후에는 1987년 6월항쟁과 뒤이은 노동자대파업투쟁에서 확인된 바 있는 역사적 연속성이 살아숨쉰다. 또한 그러한 역사적 연속성 속에서 우리 시대를 바라보는 계급적 시각의 문제가 이 작품의 근간이 되고 있다. 그러나 다른 한편으로 바로 그 이유로 이 작품의 한계가 곧잘 지적되기도 했다. 즉 노동자계급에 중심을 두되 타계급과의 연대의식보다 우월감이나 차이에 지나치게 강세를 둠으로써 관념론적 편향과 함께 기계주의적 오류를 낳았다는 것이나, 등장인물들의 생동하는 구체성이 살아나지 못하고 인물형상이 문학적 풍부함을 얻지 못했다는 사실 등등. 이러한 지적들은 대개 수긍할 만한 것이며, 도시 산업노동자인 아들과 농촌에 사는 어머니를 축으로 '노농연대'를 선명하게 제기한 뒤이은 작품 「이제금 저달이」에서도 지속되는 문제이다.

지금도 이런 해석과 평가에 별다른 이견을 달 마음은 없다. 그러나 이번에 새로이 읽으면서 예전과는 다른 지점들이 눈에 들어왔다. 뭐랄까, 좀더 근원적인 지층에서 이 작품이 갖는 질박한 의미가 눈에 잡혔다. 역사를 문제삼을 때 우리는 흔히 '역사의 큰 물줄기'라는 말을 한다. 그런데 이 말이야말로 문학을 이야기할 때 마땅히 음미해야 할 것이기도 하다. 우리가 겪어왔던 역사의 경험을 우리의 이야기, 우리의 서사로 엮어내는 문학이야말로 우리 문학의 존재근거이기 때문이다. 무엇보다 종족의 기억이자 그 기억의 보존을 위한 최고의 방편이 바로 서사가 아니던가.

'큰 물줄기'라는 비유적 표현을 떠올릴 때면 연상되는 하나의 글귀가 있다. 『순자(荀子)』 「유좌(宥坐)」 편에 있는 다음과 같은 구절이다.

공자가 동류의 물줄기를 바라보고 있을 때 자공이 공자에게 여쭈었다.

"군자가 큰 물줄기를 바라보는 이유는 무엇입니까?"

공자 대답하여 가로되, "대저 물이라는 것은 두루 여러 곳에서 생겨나 잠잠하니 이것은 덕(德)과 같고, 그 흐름이 낮은 곳으로 흐르는 것은 그 이치를 따르는 것이니 이것은 의(義)와 같다. 또 그 끝없는 광대함은 도(道)와 같다. 물꼬를 트는 데로 흐르는 것은 메아리가 응하는 것과 같고, 백길 낭떠러지도 두려워하지 않으니 이것은 용기(勇)이다. 항상 평평함을 유지하니 이것은 법(法)과 같다. 물이 차서 넘쳐흐르는 것을 아까워하지 않으니 이것은 바른 것(正)과 같다. 정숙하게 모든 곳에 도달하니 이것은 두루 살피는 것(察)과 같다. 그 출입이 선명하고 간결하니 이것은 선으로 교화하는 것(善化)과 같다. 만번이나 좌절하고서도 반드시 동으로 흘러가니 이것은 의지(志)와 같다. 그러므로 군자가 큰 물을 반드시 바라보는 것이다."

우리가 위대한 역사적 작품 속에서 찾고자 하는 것, 그리고 거기서 만나는 인물들의 삶이 보여주는 바가 사실은 이와 같지 않을까. 작품 속 세계와 인간에게서 풍기는 이러한 윤리적 차원의 큰 움직임이야말로 특정 시대에 대한 해석의 문제보다 우리에게 더 큰 감동을 주는 요소일 것이라는 생각이 든다.

이번에 홍희담의 소설을 읽으면서 새로이 느낀 것이 바로 이것이다. 요즈음 소설에서는 좀처럼 볼 수 없는, 등장인물에게서 느껴지는 '용기'와 '정의' 등의 인간적 미덕이 아름답게 마음을 적셨던 것이다.

가령 자기희생, 무엇보다도 이기주의적 동기가 배제된 위험의 감수, 이타적인 것은 아니라고 할지라도 적어도 무사무욕(無私無慾)한, 자신에 대한 집착에서 어느정도 초연한 용기 앞에서 우리는 겸손해지고 그 대상인물에게 존경심을 갖게 된다. 도덕적 정당성을 향한 강한 의지로 두려움을 극복해나가는 굳건하고 확고한 민중의 행동역량이야말로 「깃발」을 단단하게 흔들고 있는 소설적 힘이다. 총칼로 무장한 계엄군의 진압이라는 가장 비극적인 상황에서 시민군으로 일어서는 저 용기야말로 최근 우리 역사가 보여준 가장 극적인 용기의 표상이었다. 그리고 그러한 용기에 기반한 정의의 투쟁이 있던 시대가 다름아닌 '불의 연대' 80년대였다. 실제로 도청 사수문제를 놓고 지식인집단의 허약성을 질타하는 작가의 시선은 단순한 계급적 차이를 지적한 것일 뿐만 아니라 비겁함이 어떤 모욕보다도 더한 모욕이며, 용기가 없이는 자신의 경우든 다른 사람의 경우든 간에 최악의 것에 대적할 수 없다는 사실을 말하고자 했던 것이 아니었을까. 그리고 사회에서 천대받아왔으면서도 자신의 목숨을 버리면서까지 항쟁에 참여한 민중을 실제로 목도하면서 자연스럽게 지식인이 갖기 쉬운, 지식을 평계로 한 주저와 회의를 비판하게 된 것이 아닐까.

따라서 세계사에서도 유례를 찾기 힘든 사건으로서 광주민주화운동 자체가 내포하고 있는 의미망을 상기할 필요가 있다. 우선 인구 80만의 도시에 무려 3개 여단 2,500여명의 국군 최정예 공수특전단이 투입되어 엄청난 규모의 잔악한 폭력이 백주의 도심에서 자행되었다는 점, 그런 학살 속에서도 시민들이 굴하지 않고 싸워 한때 계엄군을 물리치고 아름다운 자치공동체를 실현했다는 점이다. 이런 역사적 경험의 특수성 때문에 1980년 5월 18일부터 27일까지는 이전의 시간과

다르고 그리고 그 이후의 시간과도 다른 독특한 시·공간성을 함유하
게 된다. 이러한 시간성에 철저히 뿌리를 두고 있는 것이 바로 홍희담
의 모든 작품이다. 가령 87년 6월민주화운동과 7,8월 노동자대파업투
쟁은 광주민주화운동으로부터 직간접적인 영향을 크게 받았다. 광주
민주화운동은 민중항쟁의 한 모델이 되었고, 저항세력들의 정당성을
공유하게 만든 정체성 형성의 근원이었다. 일찍이 "프랑스혁명이 남
긴 가장 중요한 유산은 어떤 곳에서든 반란을 일으키는 사람들이 활
용할 수 있도록 정치적 격변의 모델과 패턴을 마련했다는 점에 있다"
고 한 홉스봄(E. Hobsbawm)의 말처럼, 「깃발」은 이러한 역사적 흐름
에 몸을 맡길 소설적 운명을 지닌 셈이다.

2

그런데 사실 용기의 문제는 항상 현재적으로만 존재하는 것이기에,
광주민주화운동과 그 이후를 보는 시선은 자연 달라질 수밖에 없다.
데까르뜨(R. Descartes)가 말했듯이 사람들이 가장 과감하고 용감하
게 행동할 때는 가장 위험하고 절망적인 상황에 빠졌을 때이다. 광주
민주화운동이 바로 그러했다. 이른바 살아남은 자의 죄의식이 어느
때보다도 강력하게 시대적 그늘을 형성하게 되는 것도 그 때문이다.
당시 보여진 절정의 용기 앞에서 오늘의 존재들은 어느정도 왜소해질
수밖에 없다. 왜냐하면 우리가 용감하다고 한다면, 내일이나 조금 있
다가가 아니라 '바로 지금' 용기있는 어떤 행동을 보여야만 하기 때문
이다. 그렇기 때문에 「그대에게 보내는 편지」의 이런 대목에서처럼 원

죄에 가까운 죄의식이 작품의 바탕에 깔려 있는 것이다.

사람다운 사람은 죽거나 감옥에 가거나 수배되어 사라진 도시에서 남은 사람들은 조금씩 숨을 내쉬며 살아나갔다. 이 도시에선 어떠한 투쟁도 만족의 끝이 없었고 망월묘역과 연관되지 않은 어떠한 삶의 양식도 모두 빛바랜 활동사진과 같았다.

홍희담은 광주의 시공간에 붙박인 채, 일종의 절대적 공동체를 체험했거나 혹은 체험한 사람의 영혼을 접한 사람들이 그 이후의 현실을 어떻게 살아가고 있는가에 자신의 서사적 거처를 정한다. 「그대에게 보내는 편지」에서 도청을 사수하다 체포되어 고문으로 뇌수를 다쳐 정신병원에서 살고 있는 김형철의 비극적인 삶과, 그를 사랑했던 인하가 운동으로 상처를 극복하며 새로운 남자를 만나지만 끝내 결별하고 은둔자에 가까운 삶을 살게 된 것도 그 한 예일 것이다. 사실 현재가 '순간'이 아니라 그 지속으로서 말 그대로의 '現在'라면 그것은 과거를 벗어나서 미래로 나아가는 팽창을 향하여야 옳다. 실제로 홍희담 역시 「깃발」에 이어 「이제금 저 달이」에서 이러한 방향으로 나아갔다. 그러나 그 이후 방향은 달라진다. '패배'한 항쟁이 야기한 상처, 상흔이 눈에 잡힌 것이다. 해서 역사에 대한 '어미'의 마음이라고나 할까, 항쟁 이후 체포되어 고문 등으로 입은 상처와 아픔까지 제것으로 간주하여 그 고통을 함께하고 치유하는 모정(母情)이 전면에 나선다. 또 과거와 미래, 기억과 의지 사이의 긴장을 위해 무언가를 놓치지 않으려 발버둥치는 산고(産苦)와도 같은 안간힘이 어느 작품에서나 팽팽하다.

물론 그 바탕에는 모든 폭압의 기저를 이루는 이기주의 또는 자아중심주의에 대한 결벽증에 가까운 거부가 깔려 있다. 이러한 점을 잘 보여주는 작품이 「문밖에서」이다. 항쟁기간 동안의 한 무고한 임산부의 죽음과 대비해, 자신이 비슷한 시기 안락함 속에서 임신하게 된 사실을 알고 행복해지면 안된다는 죄의식을 안고 살아간 영신이란 여인의 삶을 쓸쓸하게 반추한 작품이다. 그의 친구 연희가 좋은 집안의 애인과 헤어지고 정비공 출신의 시민군 남자, 그것도 열한달은 무위도식하다가 매년 오월이 오면 다시 시민군이 되는 이와 결혼한 것도 그런 심리의 반영이다.

　어쨌든 작가가 이러한 과정을 거치면서 광주민주화운동을 이념적·정치적 차원에서 형상화하고자 하던 데서 벗어나 세월의 변화를 차차 받아들이고 그것을 일상공간으로 끌어안아 개인과 역사, 과거와 현재를 연결시켜 지금의 구체적인 삶의 지속으로 만들고자 애쓰고 있음을 눈여겨볼 필요가 있다. 가령 「김치를 담그며」의 다음과 같은 대목은 그것을 잘 말해준다.

　　막연하게나마 희영은 어떤 비전(秘傳)의 문을 흘낏 본 듯했다.
　　희영은 어릴 때부터 그 문을 찾고자 애를 써왔다. 그 문을 열고 들어가면 무한하고 신성한 불멸의 의식을 가지게 될 것이라고 기대했다. 그곳은 전쟁이나 미움은 찾아볼 수 없고 사람들끼리 서로 사랑하고, 삼라만상이 모두 하나여서 새나 꽃들에게 말을 걸 수 있고 또 말을 들을 수 있을 것이었다. 빛의 날개가 온 존재 위에 펄럭이고 노래와 춤과 내면의 지복으로 생활을 영위하는 곳……
　　(…)

바로 그 지점.

그 지점을 넘어서면 이른바 미치게 되는 것이고 그 지점 아래는 무상한 세상일 뿐이었다. 면도날처럼 아슬아슬한 그 지점을 견지하기 위해선 지속적으로 현실에 전념하는 과정이 필요했다.

이번 작품집에 실린 작품 가운데 「이제금 저 달이」를 제외한 모든 작품이 여성을 주인공으로 하고 있다. 그런데 항쟁 당시를 그린 「깃발」이나 「이제금 저 달이」에서는 역사의 주체로서 당당히 참여하는 여성들의 모습을 목도할 수 있지만, 항쟁 이후를 다룬 작품들에서는 그것의 계승이란 측면에서 항쟁이 남긴 상처를 치유하며, 아이를 키워 역사를 지속시키는 일상적인 어미의 삶에 그 의미를 새로이 부여한다. 물론 이것이 평범한 가정주부를 연상시키는 그런 여성성을 의미하는 것은 아니다. "지속적으로 현실에 전념하는 과정이 필요"하다는 말이 의미하듯 연민으로든 성실성으로든 최선을 다하는 삶의 투신이 있어야 한다는 뜻이다. 그리고 그러한 삶의 투신으로의 손을 놓아버렸을 때, 한때 여성운동권의 대모로 일컬어질 정도로 굳건한 주체성을 견지했던 수연이 조울증에 시달리다 투신자살하는 데에서 보듯 무상성에 굴복하고 마는 것이다.

3

이미 앞서의 설명에서 어느정도 짐작할 수 있듯이 홍희담의 작품에는 매우 순수한 마음들, 마치 태생적으로 마음속에 뿌리내린 듯한 감정들이 어디에나 숨쉬고 있다. 우리가 미덕이라 일컫는 항목을 모두 나열하더라도 거기에 부합될 법하다. 때로 그러한 순수함 때문에 등장인물들이 겪는 삶의 고통은 더욱 격심해지는 것 같은데, 그럴수록 거기 배어 있는 아픔의 힘은 마치 우리로 하여금 '너는 부끄럽지 않은가' 하고 물어오는 듯하다. 특히 항쟁 때 겪은 고문 등의 육체적 고통 탓에 병을 앓고 있거나 죽게 된 이들의 형상에서 더욱 그런 느낌을 받는다. 이러한 순수성을 요즘 소설에서는 보기 힘든 탓인지 그것이 내미는 힘이 새삼 아름답게 다가온다. 이를테면 "잎새에 이는 바람에도 나는 괴로워했다"는 윤동주(尹東柱)의 구도자에 가까운 순결함에 견줄 만하다.

물론 이런 단색적 채색은 뒤집어보면 그 자체가 고스란히 한계로 전화될 수 있다. 소설에서 지나치게 작가가 배후에 자주 어른거리는 듯한 느낌도 인물들을 제멋대로 자유롭게 살게 하지 않고 작가가 따뜻한 손길로 지나치게 보살피는 데서 나온 문제이다. 작가의 의도가 그만큼 모든 것에 앞서 있다는 것인데, 그럼에도 불구하고 산다는 것의 근본, 더구나 바르게 사는 것의 중요성을 깨닫게 만드는 서사적 노선은 각별하게 다가온다. "모든 것은 우리의 생각보다 훨씬 단순하다. 그런가 하면 모든 것은 우리가 알고 있는 이상으로 복잡하게 얽혀 있다"라는 괴테의 말에서 홍희담은 확실히 전자의 노선에 서 있다. 작가는 현실의 복잡성은 인정하되 사고의 복잡성을 가장한 회색의식은 용납하지 않는 단순소박한 진리에 몸을 담근다. 시선의 투명성, 마음의 순수성, 삶의 성실성, 영혼 또는 행동의 정직성…… 그래서 인위와 꾸밈을 거부하는 홍희담이라는 작가는 더욱 귀한 존재로 다가온다.

대개의 경우 우리는 한번 일어난 일은 돌이킬 수 없다고 생각함으로써 잃어버린 것을 잃어버린 것으로서 받아들이고 사실상 과거의 불행을 자연스럽게 치유한다. 문학에서 일반적으로 보이는 과거적인 것이 대개 이러하다. 그러나 홍희담은 '광주'를, '오월'을, 1980년대를 여전히 뜯적거리며 우리들 자신이 역사에 빚지고 있음을 나지막하지만 분명하게 이야기하고 있다. 그래서일까, 이제 다른 길로, 다른 이야기로, 다른 목소리로 이야기를 해보는 것도 좋지 않겠냐고 말하고 싶으면서도, 작가 나름의 붙박이터를 고이 지켜온 비장한 아름다움을 생각하면 이때까지 해오던 대로 그렇게 지속해나가기를 바라는 것이 더 솔직한 마음이다. '오월'의 역사와 함께한 영혼의 기록자로서, 무엇보다 고통의 역사를 보듬고 있는 어미와도 같은 존재로서 말이다.

林奎燦/문학평론가, 성공회대 교수

작가의 말

배고프면 먹고 졸리면 잔다. 세상에서 제일 아름다운 남자인 아들과 착한 며느리, 손녀들이 오면 마냥 웃는다. 딸내미는 또 얼마나 고운가. 적적해지면 편하게 앉아 눈을 감는다. 온갖 상념들이 들끓지만 문득 정적이 찾아올 때도 있다. 이렇게 세월이 흐르다 보면 언젠가는 가을날의 잠자리처럼 투명해지지 않을까. 늙어가는 것도 괜찮은 일인 것 같다.

처녀시절부터 남몰래 짝사랑하던 『창작과비평』에 글을 싣고 또 작품집까지 엮어내니 여한이 없다. 수고하신 여러 선생님들께 감사드린다.

삶의 엄중함 못지않게 작업의 준엄함을 말없이 깨우쳐주신 백낙청 선생님과 황석영 선생님께 감사드리며, 어머니와 송백회 아우들에게 뜨거운 손을 내민다.

2003년 5월
홍희담